Diogenes Taschenbuch 20180

Eric Ambler
Schirmers Erbschaft

*Roman
Aus dem Englischen
von Harry Reuss-Löwenstein,
Th. A. Knust und
Rudolf Barmettler*

Diogenes

Titel der englischen Originalausgabe
›The Schirmer Inheritance‹
Copyright © 1953 by Eric Ambler
Umschlagzeichnung von Tomi Ungerer

Alle deutschen Rechte vorbehalten
Copyright © 1975 by
Diogenes Verlag AG Zürich
60/84/29/6
ISBN 3 257 20180 X

Prolog

Im Jahre 1806 zog Napoleon gegen den König von Preußen. Bei Jena und Auerstedt erlitten die preußischen Truppen eine vernichtende Niederlage. Was von ihnen übrigblieb, marschierte ostwärts, um zu der russischen Armee zu stoßen, die Bennigsen führte. Im Februar des folgenden Jahres traf Napoleon bei Eylau in der Nähe von Königsberg auf die vereinten Streitkräfte.

Diese Schlacht war eins der blutigsten und schrecklichsten Gefechte Napoleons. Sie begann bei Schneesturm und eisiger Kälte. Beide Heere waren halb verhungert und schlugen sich in verzweifelter Verbissenheit um das jämmerliche Obdach der verlassenen Häuser von Eylau. Die Verluste waren auf beiden Seiten sehr schwer, fast ein Viertel der Kämpfenden kam ums Leben. Als die Schlacht am Abend des zweiten Tages endete, war noch keine Entscheidung gefallen. Nur die Erschöpfung rang den Gegnern die Waffen aus der Hand. In der Nacht setzte sich die russische Armee nach Norden ab. Für die Reste des preußischen Korps, dessen Flankenangriffe gegen Neys Truppen fast den Sieg gebracht hatten, gab es nun keinen Grund mehr zum Verweilen. Sie zogen durch das Dorf Kutschitten nach Osten ab. Die Ansbacher Dragoner bildeten den Kavallerieschutz ihrer Nachhut.

Das Verhältnis dieser Einheit zur übrigen preußischen Armee war ungewöhnlich, kam jedoch zu jener Zeit in Mitteleuropa häufig genug vor. Die älteren Dragoner konnten sich noch recht gut erinnern, daß ihr Regiment als einzige berittene Einheit des selbständigen Fürstentums Ansbach dem regierenden Markgrafen den Fahneneid geleistet hatte. Als dann schlechte Zeiten für Ansbach kamen, verkaufte der letzte Markgraf Land und Volk an den König von Preußen, und das Regiment mußte einen neuen Fahneneid schwören.

Doch der neue Herrscher erwies sich als nicht minder unzuverlässig und trat das Gebiet von Ansbach ein Jahr vor der Schlacht von Eylau an Bayern ab. Da aber Bayern der Verbündete Napoleons war, hätten die Ansbacher jetzt gegen die Preußen statt Seite an Seite mit ihnen kämpfen müssen. Aber diese Frage war den Dragonern ebenso gleichgültig wie die Sache, für die sie kämpften. Der Begriff der Nationalität bedeutete ihnen wenig. Sie waren Berufssoldaten, Söldner, wie das im 18. Jahrhundert üblich war. Wenn sie zwei Tage und Nächte marschiert waren, wenn sie leiden und sterben mußten, so geschah das weder aus Liebe zu den Preußen noch aus Haß gegen Napoleon, sondern einfach, weil man sie so gedrillt hatte, weil sie auf Kriegsbeute hofften und die Folgen des Ungehorsams fürchteten.

So sah auch der Sergeant Franz Schirmer die Dinge, als sich sein Pferd in dieser Nacht einen Weg durch die Wälder um Kutschitten suchte, und er machte ohne große Gewissensbisse Pläne, wie er sich aus diesem Schlamassel befreien könnte. Von den Ansbacher Dragonern waren nur wenige übriggeblieben. Und von diesen würde kaum eine Handvoll die unmenschlichen Strapazen überstehen, die noch vor ihnen lagen. Vierundzwanzig Stunden früher hatte er noch gehofft, zu den Widerstandsfähigen zu gehören. Jetzt war er nicht mehr davon überzeugt. Denn am späten Nachmittag war er verwundet worden. Die Wunde machte ihm sehr zu schaffen.

Der Säbel eines französischen Kürassiers hatte ihm die Muskeln des rechten Oberarms bis auf den Knochen durchgehauen. Eine scheußliche Wunde, aber der Knochen war nicht verletzt. So brauchte er sich wenigstens nicht von den Feldscheren schinden zu lassen. Ein Kamerad hatte ihn verbunden und ihm den Arm mit dem Koppel gegen die Brust geschnallt. Jetzt blutete die Wunde nicht mehr, aber Schirmer spürte ein schmerzhaftes Pochen im Arm und war sehr elend, doch das, glaubte er, kam wohl eher vom Hunger und von der Kälte als von dem großen Blutverlust. Er wunderte sich selbst, daß es ihm trotz der Schmerzen eigentlich recht leicht ums Herz war. Das hatte schon angefangen, als ihm die Wunde verbunden worden war. Da schwanden plötzlich Schreck und Entsetzen über seinen blutüberströmten Arm, und an ihre Stelle trat ein selten beglückendes Gefühl von Freiheit und Sorglosigkeit.

Er war ein nüchterner junger Mann, der den Tatsachen klar ins Auge sah und sich nichts vormachte. Er verstand etwas von Wunden. Seine war verbunden worden, als sie noch blutete, und man konnte damit rechnen, daß sie sauber war; aber es war ebensogut möglich, daß er am Wundbrand starb. Er verstand auch etwas vom Krieg und konnte nicht nur beurteilen, daß die Schlacht wahrscheinlich verloren war, sondern auch, daß der Rückzug sie durch Gegenden führen würde, die von durchziehenden Armeen schon völlig ausgeplündert waren. Doch selbst diese Erkenntnis ließ ihn nicht verzagen. Es schien, als ob ihm seine Verwundung eine Generalabsolution seiner Sünden eingebracht hätte, eine Lossprechung, wie sie ihm überzeugender und gründlicher kein sterblicher Priester hätte erteilen können. Er fühlte, daß Gott selber ihn angerührt hatte und jetzt schon alles billigte, was er in Zukunft tun mußte, um am Leben zu bleiben.

Das Pferd stolperte, als es sich durch eine Schneewehe kämpfte. Der Sergeant hielt es am Zügel. Die Hälfte der Offiziere war gefallen, und deshalb hatte man ihm die Führung eines Außenkommandos übertragen. Er hatte Befehl, tief in der Flanke der Truppe weit von der Straße entfernt zu bleiben, und eine Weile ging das auch ganz gut; aber als sie aus dem Walde heraus waren, kamen sie in dem tiefen Schnee nur mühsam vorwärts. Ein paar von seinen Dragonern waren bereits abgesessen und führten ihr Pferd am Zügel. Er hörte sie hinter sich durch den Schnee stapfen. Er selber scheute sich abzusitzen, weil er kaum die Kraft haben würde, nachher wieder in den Sattel zu kommen. Er überlegte einen Augenblick. Nachdem in dieser Schlacht zwei Tage lang so verzweifelt gekämpft worden war, schien es unwahrscheinlich, daß französische Kavallerietrupps noch fähig waren, den Rückzug aus der Flanke zu bedrohen. Diese Flankendeckung war also nur eine stumpfsinnige Vorsichtsmaßnahme nach dem Reglement. Es stand bestimmt nicht dafür, seine Sicherheit deswegen aufs Spiel zu setzen. Er gab ein kurzes Kommando, und die Kolonne zog sich wieder näher zur Straße hin in den Wald zurück. Er machte sich nicht viel Sorgen darüber, daß man seinen Ungehorsam entdecken könnte. Und wenn, so würde er einfach sagen, er habe den Weg verloren; schließlich konnte man ihn nicht schwer dafür bestrafen, daß er der Aufgabe eines Offiziers nicht gewachsen war. Und außerdem hatte er jetzt wichtigere Dinge im Kopf.

Etwas zu essen war die Hauptsache.

In dem Brotbeutel unter seinem langen Mantel steckte glücklicherweise noch der größte Teil der erfrorenen Kartoffeln, die er gestern in einem Bauernhaus erbeutet hatte. Man mußte sparsam und heimlich damit umgehen. In diesen Zeiten war es gefährlich, versteckte Vorräte zu besitzen — ganz gleich, welchen Rang man einnahm. Aber die Kartoffeln würden sowieso nicht lange reichen, und am Ziel dieses Marsches brodelte keine kräftige Suppe. Selbst die Pferde waren besser dran, für sie war noch eine Tagesration Futter auf den Fouragewagen. Die Männer würden zuerst verhungern.

Er zwang ein aufsteigendes Angstgefühl nieder. Bald würde er sich entscheiden müssen — und dazu konnte er keine Angst brauchen. Er spürte schon jetzt, wie sich die Kälte in ihn hineinfraß. Nicht mehr lange, dann mußten Fieber und Erschöpfung sein Schicksal besiegeln. Unwillkürlich preßte er die Knie gegen den Sattel, und in diesem Augenblick kam ihm eine Idee.

Das Pferd war bei dem Schenkeldruck hochgegangen und tanzte ein wenig. Sergeant Schirmer lockerte die gespannten Muskeln, beugte sich vor und klopfte dem treuen Tier liebevoll den Hals. Während es in ruhigem Schritt seinen Weg verfolgte, lächelte er vor sich hin. Als die Kolonne bald darauf die Straße erreichte, war sein Plan gefaßt.

Die Nacht und den größten Teil des folgenden Tages über zog das preußische Korps langsam ostwärts auf die Masurischen Seen zu; dann wandte es sich nördlich nach Insterburg. Bald nach Einbruch der Nacht verließ Schirmer seine Kolonne unter dem Vorwand, einen Nachzügler anzutreiben. Er ritt südwärts über die gefrorenen Seen auf Lötzen zu. Gegen Morgen befand er sich im Süden dieser Stadt.

Er war beinahe am Ende seiner Kräfte. Der Ritt von Eylau immer querfeldein wäre selbst für einen gesunden Mann eine ungeheure Strapaze gewesen. Er konnte sich kaum noch im Sattel halten. Fieber und Kälte schüttelten ihn, und die Schmerzen im Arm waren zeitweise unerträglich. Er fragte sich jetzt wirklich, ob er Gottes Absichten nicht doch falsch aufgefaßt habe und ob das, was ihm als Zeichen göttlicher Gnade erschienen war, sich nicht als eine Ankündigung seines Todes herausstellen könnte. Jedenfalls wußte er, daß es mit ihm zu Ende ging, wenn er nicht sehr bald ein Obdach fand.

Er zügelte sein Pferd und richtete sich mühsam im Sattel auf, um Umschau zu halten. In der Ferne links hinter der weißen Eiswüste eines gefrorenen Sees konnte er die niedrige schwarze Silhouette eines Bauernhauses erkennen. Sein Blick schweifte weiter. Vielleicht konnte er ein Gebäude entdecken, das näher lag. Nichts! Hoffnungslos wendete er sein Pferd auf das Bauernhaus zu. Obwohl die Gegend in jener Zeit zu Preußen gehörte, war sie fast ausschließlich von Polen bewohnt. Sie war nie sehr reich gewesen, aber nachdem die russischen Armeen alle Wintervorräte an Getreide und Futter requiriert und das Vieh weggetrieben hatten, glich das Land einer Wüste. In einigen Dörfern hatten die Kosakenpferde das Stroh von den Dächern gefressen und in andern waren die Häuser abgebrannt. Die Feldzüge des Heiligen Rußland konnten sich für seine Verbündeten verheerender auswirken als für seine Feinde.

Als erfahrener Soldat war der Sergeant auf solche Verwüstungen gefaßt. Sein Plan stützte sich sogar darauf. Ein Gebiet, das gerade ein russisches Heer versorgt hatte, würde eine Zeitlang keine andern Truppen anlocken. Ein Deserteur konnte sich dort leidlich sicher fühlen. Womit Schirmer aber nicht gerechnet hatte, war, daß der Hunger die Bewohner vertrieben haben könnte. Seit der Dämmerung war er an mehreren Katen vorübergekommen — alle lagen verlassen. Er hatte schon festgestellt, daß die Russen noch ärger als sonst gehaust hatten (wahrscheinlich, weil sie es mit Polen zu tun hatten). Sicher waren die Bewohner, die nicht genügend Lebensmittel verstecken konnten, um sich bis zum Frühjahr durchzubringen, südwärts nach Orten gezogen, die womöglich verschont geblieben waren. Darum war seine Lage verzweifelt. Er konnte sich vielleicht noch ein paar Stunden im Sattel halten. Wenn aber alle Bauern in der Nähe mit den übrigen geflohen waren, gab es für ihn keine Rettung. Er hob abermals den Kopf, zwinkerte, um seine Wimpern von dem anhängenden Eis zu befreien, und spähte voraus.

In diesem Augenblick sah er den Rauch.

In einer schwachen Fahne kräuselte er sich über dem Dach des Hauses, auf das er zusteuerte, und er sah ihn nur einen Augenblick. Dann verschwand er wieder. Schirmer war immer noch ziemlich weit entfernt, zweifelte aber nicht, daß er richtig gesehen hatte. In dieser Gegend wurde Torf gebrannt, und der Rauch kam von einem Torffeuer. Seine Stimmung hob sich, als er das Pferd vorwärtstrieb.

Es dauerte noch eine halbe Stunde, ehe er das Haus erreichte. Beim Näherkommen sah er, daß es ein elendes und baufälliges Anwesen war. Ein niedriger Holzbau, Scheune und Wohnraum zugleich, daneben eine leere Schafhürde und ein zusammengebrochener Wagen, der unter einer Schneewehe begraben lag. Das war alles.

Die Hufe des Pferdes gaben nur ein schwaches knirschendes Geräusch in dem gefrorenen Schnee. Als er näherkam, ließ er die Zügel fallen und löste sorgfältig den Karabiner aus seinem langen Sattelschuh. Nachdem er ihn geladen hatte, verkeilte er die Waffe zwischen die Satteltaschen und über die gerollten Decken am Sattelknauf. Dann nahm er die Zügel wieder auf und ritt weiter.

An dem einen Ende der Hütte war ein kleines Fenster mit zugeschlagenen Läden und daneben eine Tür. Der Schnee wies frische Trittspuren auf, aber außer dem dünnen Rauchschleier, der über dem Dach schwelte, konnte Schirmer kein Zeichen von Leben entdecken. Er hielt an und sah sich um. Das Gatter der Schafhürde stand offen. Neben dem Karren erhob sich ein kleiner Schneehügel, der wahrscheinlich die Reste eines Heuhaufens bedeckte. Kein Kuhdung auf dem Schnee und kein Laut von Federvieh. Ringsumher Totenstille, die nur vom schwachen Seufzen des Windes unterbrochen wurde. Die Russen hatten alles mitgenommen.

Er ließ die Zügel aus den Fingern gleiten, und das Pferd schüttelte die Mähne. Das Klirren seiner Kandare klang überlaut. Er warf einen raschen Blick zur Tür. Wenn jemand das Geräusch gehört hatte, würde die erste Reaktion Furcht sein. Die kam ihm zustatten, wenn sie ihm Tür und Tor öffnete und ein williges Ohr für seine Wünsche brächte. Wenn sie aber dazu führte, die Tür vor ihm zu verbarrikadieren, kam er in eine schwierige Lage. Denn dann müßte er die Tür einbrechen, und er wagte nicht eher abzusteigen, als bis er sicher war, daß die Reise hier ihr Ende fand.

Er wartete. Von drinnen kam kein Laut. Die Tür blieb zu. Sein Dragonerinstinkt drängte ihn, den Karabinerkolben gegen die Tür zu schmettern und die da drinnen anzubrüllen: »Raus oder ich schlag euch den Schädel ein!« Aber er widerstand der Versuchung. Für den Gewehrkolben war vielleicht später noch Zeit, zunächst wollte er es auf freundliche Weise probieren. Er versuchte »He!« zu rufen, aber der Laut, der aus seiner Kehle kam, war nicht mehr als ein Seufzer. Fassungslos versuchte er es von neuem.

»He!«

Diesmal brachte er nur ein Krächzen hervor, und ein Gefühl tödlicher Hilflosigkeit überfiel ihn. Eben noch hatte er geglaubt, mit dem Kolben die Tür einschlagen zu können, und nun reichte seine Kraft nicht einmal aus zu rufen. In seinen Ohren brauste es, und er meinte, vom Pferd zu fallen. Er schloß die Augen und kämpfte das schreckliche Gefühl nieder. Als er sie wieder öffnete, sah er, wie die Tür langsam aufging.

Das Gesicht der Frau vor ihm war vom Hunger so verwüstet, daß es schwer war, ihr Alter zu schätzen. Und ohne die dicken Haarflechten um ihren Kopf wäre man auch über ihr Geschlecht im Zweifel gewesen. Sie war in grobe Lumpen eingehüllt. Ihre Beine und Füße waren nach Männerart mit Sackleinen umwickelt. Sie starrte ihn teilnahmslos an, sagte ein paar polnische Worte und wandte sich, um wieder hineinzugehen. Er beugte sich nach vorn und sprach sie deutsch an.

»Ich bin preußischer Soldat. Da war eine große Schlacht. Die Russen sind geschlagen.«

Es klang wie eine Siegesbotschaft. Sie blieb stehen und sah ihn wieder an. Ihre eingesunkenen Augen waren ganz ausdruckslos. Er hatte die seltsame Vorstellung, daß sich ihr Blick selbst dann nicht verändern würde, wenn er jetzt den Säbel zöge, um sie niederzuhauen.

»Wer ist sonst noch hier?« fragte er.

Ihre Lippen bewegten sich wieder, und diesmal sprach sie deutsch:

»Mein Vater. Er war zu schwach, mit den Nachbarn zu gehen. Was wollt Ihr hier?«

»Was fehlt ihm?«

»Er hat die Auszehrung.«

»Ach!« Hauptsache, nicht die Pest. Sonst wäre er lieber draußen geblieben und im Schnee gestorben.

»Was wollt Ihr?« wiederholte sie.

Als Antwort knöpfte er seinen Mantel auf und schlug ihn zurück, um ihr den verwundeten Arm zu zeigen.

»Ich brauche Pflege und Ruhe«, sagte er, »und jemand, der mir mein Essen kocht, bis meine Wunde geheilt ist.«

Ihr Blick flatterte von dem blutgetränkten Uniformrock zum Karabiner und von da zu den prall gefüllten Satteltaschen. Er erriet, daß es ihr durch den Kopf schoß, ihm den Karabiner zu entreißen und ihn zu töten, wenn sie die Kraft dazu hätte. Entschlossen legte er die Hand auf die Waffe, und ihre Blicke trafen sich wieder.

»Hier ist nichts zu kochen«, sagte sie.

»Ich habe genug zu essen«, antwortete er. »Genug, um es mit jenen zu teilen, die mir helfen.«

Sie starrte ihn noch immer an. Er nickte ihr beruhigend zu, dann schwang er, den Karabiner fest in der Linken, das rechte Bein über den Sattel und glitt vom Pferd. Als seine Füße den Boden berührten, gaben die Knie nach, und er lag hilflos im Schnee. Vom Arm zog ein brennender Schmerz durch jede Faser seines Körpers. Er schrie auf und lag dann einen Augenblick schluchzend am Boden. Nach einer Weile stand er taumelnd auf, die Hand fest um den Karabiner gekrallt.

Die Frau hatte nicht versucht, ihm zu helfen. Sie hatte sich nicht einmal gerührt. Er schob sich hinter ihr durch die Tür in die Hütte.

Drinnen sah er sich vorsichtig um. Bei dem Licht, das durch die Tür fiel und den Qualm des schwelenden Torfes durchdrang, konnte er undeutlich eine rohe hölzerne Bettstelle erkennen, auf der etwas lag, was wie ein Haufen Sacklumpen aussah. Ein Winseln kam von dort. In der Mitte, in einem rohen Lehmofen, glomm trübe das Torffeuer. Asche und Torfstaub bedeckten weich den schmutzigen Boden. In dem üblen Dunst wurde ihm schlecht. Er stolperte um den Ofen herum zu dem Winkel, wo sonst zwischen den Balken, die das Dach stützten, das Vieh stand. Das Stroh unter seinen

Füßen war schmutzig. Er scharrte einen Haufen davon zusammen gegen die Rückwand des Ofens. Er wußte, daß die Frau ihm gefolgt und zu dem Kranken hinübergegangen war. Er hörte sie beide flüstern. Er machte aus dem Strohhaufen ein Lager und breitete seinen Mantel darüber. Das Flüstern war verstummt. Er hörte eine Bewegung hinter sich und wandte sich um.

Die Frau stand ihm gegenüber. Sie hielt ein kleines Beil in der Hand.

»Das Essen!« sagte sie.

Er nickte und ging wieder in den Hof. Sie folgte und beobachtete, wie er, den Karabiner zwischen den Knien, unbeholfen die Decken abschnallte. Schließlich gelang es ihm, und er warf das Bündel in den Schnee.

»Das Essen«, sagte sie wieder.

Er hob den Karabiner, und während er den Kolben gegen die linke Hüfte preßte, glitt seine Hand zum Schloß hinunter. Mit Mühe gelang es ihm, den Hahn zu spannen und den Zeigefinger an den Abzug zu bringen. Dann setzte er die Mündung an den Kopf des Pferdes dicht unterm Ohr.

»Hier ist unser Essen«, sagte er und drückte ab.

Der Knall des Schusses sang noch in seinem Ohr, als das Pferd wild ausschlagend zu Boden sackte. Der Karabiner war seiner Hand entglitten und lag rauchend im Schnee. Er hob die Decken auf und packte sie unter seinen Arm, ehe er das Gewehr wieder aufnahm. Die Frau beobachtete ihn immer noch. Er nickte ihr zu, deutete auf das Pferd und wandte sich dem Hause zu.

Noch ehe er die Tür erreicht hatte, kniete sie bei dem sterbenden Tier und bearbeitete es mit der Axt. Sie sah sich um. Da war noch der Sattel mit den Taschen und dem Säbel. Damit könnte sie ihn leicht umbringen, während er hilflos dalag. In dem flachen Lederbeutel unter dem Waffenrock trug er seine Barschaft — ein Vermögen für ihre Verhältnisse. Einen Augenblick beobachtete er ihre raschen verzweifelten Hantierungen und sah die dunkle Blutlache, die sich im Schnee schnell ausbreitete. Sein Säbel? Sie brauchte keinen Säbel, wenn sie die Absicht hatte, ihn umzubringen.

Er spürte, wie der Schmerz in seinem Arm wiederkehrte, und hörte sich aufstöhnen. Und plötzlich wußte er, daß er nun nichts mehr tun konnte, die Dinge, die außer ihm lagen, zu ordnen. Er taumelte durch die Tür zu seinem Lager. Den Karabiner legte er auf den Boden unter den Mantel. Dann nahm er den Helm ab, rollte die Decken auseinander und legte sich in der warmen Dunkelheit nieder, bereit, um sein Leben zu kämpfen.

Die Frau hieß Maria Dutka und war achtzehn, als Sergeant Schirmer sie zum erstenmal erblickte. Die Mutter hatte sie in frühester Jugend verloren. Und weil keine andern Kinder da waren und ihr Vater keine zweite Frau gefunden hatte, hatte sie die Arbeit des Sohnes und Hoferben tun müssen. Überdies zog sich Dutkas chronische Krankheit immer länger hin, und die kurzen Zeiten, in denen es ihm besserging, wurden immer seltener. So war sie früh daran gewöhnt, selbständig zu denken und zu handeln.

Sie war jedoch nicht halsstarrig. Obwohl ihr der Gedanke kam, den Sergeanten umzubringen, um das tote Pferd nicht mit ihm teilen zu müssen, besprach sie die Sache erst mit ihrem Vater. Sie war von Natur aus abergläubisch, und als der Vater andeutete, beim Auftauchen des Sergeanten könne vielleicht eine übernatürliche Macht die Hand im Spiel haben, hielt sie ihren Plan plötzlich nicht nur für gefährlich, sondern bildete sich sogar ein, daß die übernatürlichen Mächte die Schuld an seinem Tode — falls er an seiner Wunde sterben sollte — schon allein ihren mörderischen Absichten zuschreiben würden.

Und deshalb pflegte sie ihn mit einer fast begierigen Ergebenheit, die der Sergeant leicht hätte mißverstehen können. Doch dann tat sie etwas, was ihn noch mehr für sie einnahm. Als er ihr während seiner Genesung danken wollte, setzte sie ihm voll einfältiger Offenheit auseinander, weshalb sie ihre stillschweigende Abmachung so treu innehielt. Zuerst lächelte er darüber, aber später beeindruckten ihn ihre Worte tief. Und das Überraschende war für ihn, daß sie es ihm überhaupt erzählt hatte. Nun ertappte er sich immer häufiger dabei, wie seine Blicke den Bewegungen ihres Körpers folgten, der durch die Kost wieder viel von seiner jugendlichen Frische erhalten hatte. Und er begann seine früheren Pläne in angenehmer Weise umzugestalten.

Acht Monate war er nun im Dutka-Hause. Unter dem Schnee konserviert, versorgte der Kadaver des Pferdes sie mit frischem Fleisch, bis der Tau einsetzte, und darauf mit den geräucherten und getrockneten Resten. Zu der Zeit war der Sergeant auch schon wieder imstande, mit seinem Karabiner in den Wald zu ziehen und Wild heimzubringen. Das Gemüse begann zu wachsen. Der alte Dutka erholte sich, und während einiger Wochen war er sogar fähig, mit dem Sergeanten und Maria als Vorspann sein Land zu pflügen.

Es war nun ganz selbstverständlich, daß der Sergeant blieb. Weder Maria noch ihr Vater erwähnten jemals seine militärische Vergangenheit. Er war ein Opfer des Krieges, genau wie sie. Die heimgekehrten Nachbarn fanden auch nichts Ungewöhnliches an seiner Gegenwart. Sie selber hatten den Winter über auch für Fremde gearbeitet. Wenn der alte Dutka einen kräftigen, unermüdlich arbeitenden Preußen gefunden hatte, der ihm alles in Ordnung zu halten half, um so besser. Und wenn Neugierige überlegten, wie der alte Dutka ihn wohl bezahle, oder warum dieser Preuße sich abmühe, ein so armseliges Fleckchen Land zu bearbeiten, war immer einer da, der an Marias breite Hüften und die kräftigen Beine erinnerte und an die Ernte, die durch solch rüstigen jungen Burschen zwischen den beiden reifen würde.

Der Sommer kam. Die Schlacht von Friedland war geschlagen. Die Kaiser von Frankreich und Rußland trafen sich auf einem Floß, das in der Memel verankert war. Der

Friede von Tilsit wurde unterzeichnet. Preußen wurde aller Länder westlich der Elbe und aller polnischen Provinzen beraubt. Bialla, nur einige Meilen südlich von Dutkas Besitz, lag plötzlich an der russischen Grenze und Lyck wurde Garnisonstadt. Preußische Infanteriepatrouillen suchten Rekruten, und der Sergeant flüchtete mit den andern jungen Leuten in die Wälder.

Während seiner Abwesenheit starb Marias Vater.

Nachdem sie ihn begraben hatten, holte Schirmer seine lederne Geldtasche hervor und setzte sich mit Maria zusammen, um seine Ersparnisse zu zählen. Die Erträge so mancher Beutezüge und das, was er in vier Jahren als Unteroffizier unterschlagen hatte, reichten, zusammen mit dem kleinen Betrag, den Maria aus dem Verkauf des Anwesens von einem Nachbarn erhielt, gut aus, um fortzuziehen. Denn dableiben wollten sie nicht mehr. Sie wußten, wie es ihnen bei einem Einfall russischer Soldaten ergehen würde, und durch die neue Grenzziehung waren sie kaum einen Tagesmarsch von ihnen entfernt. Dieser Grund fiel für sie mehr ins Gewicht als die unsichere Lage des Sergeanten als Deserteur. Sie wollten in eine Gegend, wo weder Russen noch Preußen waren und wo Maria, die schon schwanger war, ihre Kinder in Ruhe aufziehen konnte, in der Gewißheit, sie nicht hungern lassen zu müssen.

Anfang November 1807 zogen sie mit einem Handkarren, den sie geschickt aus Dutkas altem Wagen gebaut hatten, nach Westen. Es war eine harte und gefahrvolle Reise, denn ihr Weg führte durch Preußen, und so wagten sie nur nachts zu reisen. Aber sie brauchten nicht zu hungern. Sie hatten Lebensmittel im Wagen, die bis Wittenberg vorhielten. Das war die erste Stadt, die sie am hellen Tage betraten. Sie hatten endlich den preußischen Boden hinter sich gelassen.

In Wittenberg blieben sie jedoch nicht. So nahe der preußischen Grenze war es dem Sergeanten ungemütlich. Gegen Mitte Dezember kamen sie in Mühlhausen an, das neuerdings in das Königreich Westfalen eingegliedert war. Dort wurde Marias erster Sohn Karl geboren, und dort wurden Maria und der Sergeant auch getraut. Eine Zeitlang arbeitete Schirmer als Stallknecht, aber später, als er mehr erspart hatte, fing er ein Geschäft als Pferdehändler an.

Er hatte Erfolg. Die Wogen der napoleonischen Kriege verebbten in dem Hafen, den er mit Maria gefunden hatte. Einige Jahre schien es, als seien die schlimmen Zeiten vorüber. Doch dann bekam Maria die Auszehrung, an der auch ihr Vater gelitten hatte. Zwei Jahre nach der Geburt ihres zweiten Sohnes Hans starb sie.

Nach einiger Zeit heiratete Schirmer wieder und hatte noch zehn Kinder von seiner zweiten Frau. Er starb 1850 als ein geachteter und erfolgreicher Mann.

Nur einmal während all dieser glücklichen Jahre in Mühlhausen wurde Franz Schirmer durch die Erinnerung an sein militärisches Vergehen gestört. 1815 wurde Mühlhausen durch den Pariser Frieden preußisch.

Das geschah im Jahr seiner zweiten Heirat, und wenn er es auch nicht für wahrscheinlich hielt, daß die Kirchenbücher nach den Namen von Deserteuren durchsucht würden, so war es doch immerhin möglich, daß man die Mobilmachungslisten nach ihnen aufstellen würde. Dieser Gefahr gegenüber durfte er nicht gleichgültig sein. Nach so vielen Jahren der Freiheit hatte er es verlernt, nur für den Augenblick zu leben. Der Aussicht, irgendwann vor einem Exekutionskommando zu sterben, konnte er nicht mit der früheren Gelassenheit begegnen.

Was also war zu tun? Er grübelte lange darüber nach. In der Vergangenheit, sagte er sich, hatte er auf Gott vertraut, und in Zeiten großer Gefahr war Gott gut zu ihm gewesen. Aber war es nicht eine Anmaßung, sich immer wieder so mir nichts, dir nichts auf Gott zu verlassen? War es denn, fragte er sich kritisch, wirklich eine Zeit *großer* Gefahr? Schließlich stand eine ganze Reihe anderer Schirmer in den preußischen Armeelisten; und sicher trugen auch einige von ihnen den Namen Franz. War es wirklich nötig, Gott mit solchen Kleinigkeiten zu behelligen, nur damit er ihn vor der Möglichkeit schützte, daß die Liste der Mühlhauser Bürger, die sich von der Armee freigekauft hatten, mit der Potsdamer Liste der Deserteure verglichen wurde? Oder war es doch klug, das zu tun? Gott, der so viel für seinen Diener getan hatte, würde auf solch eine Lappalie vielleicht gar nicht reagieren. Konnte daher sein Diener nicht selber etwas in der Angelegenheit tun, ohne erst die Hilfe des Allmächtigen anzurufen?

Ja, natürlich konnte er das!

Er entschloß sich, seinen Namen in Schneider zu ändern.

Er begegnete nur einer kleinen Schwierigkeit. Seinen Zunamen und den von Hans, dem Jüngsten, zu ändern, war leicht. Er hatte gute Freunde im Rathaus, und seine Begründung, daß in der Nachbarstadt ein anderer Pferdehändler mit dem gleichen Namen lebe, wurde bereitwillig akzeptiert. Aber bei seinem ersten Sohn Karl ging das nicht so einfach. Der siebenjährige Junge war gerade von den preußischen Militärbehörden registriert worden, und in preußischen Militärkreisen besaß der Sergeant keine Freunde und suchte sie auch nicht. Wie leicht konnte gerade ein amtlicher Antrag, den Namen des Knaben zu ändern, Nachforschungen über seine Vergangenheit verursachen, vor denen er sich fürchtete. Daher ließ er es bei Karls Namen bewenden. So kam es, daß seine und Marias Kinder unter verschiedenen Namen aufwuchsen. Karl blieb Karl Schirmer, Hans wurde Hans Schneider.

Der Sergeant hatte, solange er lebte, nie Schwierigkeiten wegen dieser Namensänderung. Erst mehr als hundert Jahre später mußte ein anderer, Mr. George L. Carey, die Suppe auslöffeln, die Sergeant Schirmer eingebrockt hatte.

Erstes Kapitel

George Carey stammte aus einer Delaware-Familie, die aussah, als käme sie geradewegs aus einem Prospekt für ein Luxusauto. Sein Vater war ein erfolgreicher Arzt mit schneeweißem Haar. Seine Mutter entstammte einer alten Familie in Philadelphia und war ein angesehenes Mitglied des Gartenclubs. Seine Brüder waren gutaussehende junge Leute, groß und kräftig, seine Schwestern schlank, energisch und lebhaft. Wenn sie lächelten, zeigten sie schöne, gleichmäßige Zähne. Die ganze Familie wirkte so glücklich, so sicher und erfolgreich, daß man unwillkürlich an das Wort denken mußte: »Es ist nicht alles Gold, was glänzt«. Aber sie waren wirklich glücklich und erfolgreich und lebten in gesicherten Verhältnissen. Außerdem waren sie überaus selbstzufrieden.

George war der jüngste Sohn, und obwohl seine Schultern weder so breit wie die seiner Brüder waren noch sein Lächeln so selbstzufrieden wirkte, war er doch der Begabteste und Intelligenteste in der Familie. Als die Herrlichkeit ihrer Zeit als Fußballspieler im College vorüber war, hatten die Brüder ohne ein bestimmtes Ziel vor Augen den Weg ins Geschäftsleben genommen. Georges Zukunftspläne dagegen waren von dem Augenblick an, als er die höhere Schule verließ, ganz klar. Sein Vater hatte gehofft, er würde seine ärztliche Praxis übernehmen, doch George hatte es abgelehnt, ein Interesse für die Medizin vorzutäuschen, das er nun einmal nicht empfand. Ihn lockte die Jurisprudenz, freilich nicht das Strafrecht noch überhaupt eine Tätigkeit beim Gericht, sondern jener Zweig, der schon im mittleren Alter zur Stellung eines Generaldirektors von Eisenbahn- oder Stahlaktiengesellschaften oder auch hohen politischen Posten führte. Als er in Princeton sein Examen gemacht hatte, brach gerade der

Krieg aus, der ihn zwar umgänglicher und bescheidener werden ließ und auf seinen Sinn für Humor eine vorteilhafte Wirkung ausübte, seine Absichten hinsichtlich der Berufswahl aber nicht zu ändern vermochte. Nach 4½ Jahren als Bomberpilot ging er nach Harvard und promovierte Anfang 1949 *cum laude*. Nachdem er im Anschluß daran ein nutzbringendes Jahr als Sekretär eines gelehrten und berühmten Richters verbracht hatte, trat er bei Lavaters ein.

Die Firma Lavater, Powell und Sistrom in Philadelphia ist eine der wirklich bedeutenden Anwaltsfirmen im Osten der Vereinigten Staaten, und die lange Liste ihrer Teilhaber liest sich wie eine Auslese vielversprechender Kandidaten für eine vakante Stelle im Obersten Bundesgerichtshof. Ohne Zweifel leitet sich ihr gediegener Ruf noch zu einem Teil aus der Erinnerung an die riesigen geschäftlichen Manipulationen ab, mit denen sie sich in den zwanziger Jahren befaßte. Aber während der letzten dreißig Jahre hat es überhaupt nur wenige bedeutende Prozesse von Aktiengesellschaften gegeben, in denen die Firma nicht ein wichtiges Mandat hatte. Nach wie vor ist sie ein tatkräftiges, vorwärtsstrebendes Unternehmen, und zum Eintritt als Sozius aufgefordert zu werden, bedeutet eine Anerkennung, die für einen jungen Anwalt höchst schmeichelhaft ist.

Daher hatte George allen Grund, mit seinem Vorwärtskommen zufrieden zu sein, als er seine Sachen in einem der komfortabel eingerichteten Büros von Lavaters einräumte. Gewiß, für die Juniorenstellung war er schon etwas alt. Aber die vier Jahre in der Luftwaffe waren, was den Beruf betraf, durchaus nicht verlorene Zeit; seine Kriegsauszeichnungen hatten für seine Aufnahme in die Firma Lavater nicht weniger Gewicht als seine Jahre auf der Universität oder die warmen Empfehlungen des Richters. Wenn alles gutging (und warum sollte es nicht?), hatte er Aussicht auf schnelles Vorwärtskommen, wertvolle Beziehungen und wachsendes persönliches Ansehen. Er fühlte, daß er auf dem richtigen Ast saß. Die Nachricht, daß er den Schneider-Johnson-Fall bearbeiten sollte, kam darum als unerwarteter Schlag. Sie war auch in anderer Hinsicht eine Enttäuschung. Die Geschäfte, die Lavaters gewöhnlich betrieben, waren von der Art, die sowohl Geld als auch Ansehen brachte. Nach dem, was George von dem Schneider-Johnson-Fall wußte, war das gerade eine der billigen Sensationsaffären, bei denen ein Konzernanwalt, der Wert auf guten Ruf legte, zahlen würde, um sie nicht übernehmen zu müssen.

Es handelte sich um einen der berüchtigten Fälle aus den Vorkriegsjahren, in denen es um die fehlenden Erben eines großen Vermögens ging.

1938 war Amelia Schneider-Johnson, eine senile Dame von einundachtzig Jahren, in Lamport, Pennsylvania, gestorben. Sie hatte allein in dem altersschwachen Fachwerkhaus gelebt, das ihr der verblichene Mr. Johnson zur Hochzeit geschenkt hatte, und ihre letzten Jahre waren in einer Atmosphäre vornehmer Armut dahingegangen. Nach ihrem Tode entdeckte man jedoch, daß ihr Vermögen drei Millionen Dollar in Obligationen betrug, die sie in den zwanziger Jahren von ihrem Bruder Martin Schneider geerbt hatte, einem Industriemagnaten, der alkoholfreie Getränke herstellte. Sie hatte ein überspanntes Mißtrauen gegen Banken und Sicherheitsdepots und bewahrte deshalb alle Wertpapiere in einem Blechkoffer unter ihrem Bett auf. Sie hatte auch den Anwälten mißtraut und deshalb kein Testament gemacht. In Pennsylvania war seinerzeit in einem Gesetz von 1917 bestimmt worden, daß jeder, der mit dem Verstorbenen auch nur entfernt blutsverwandt war, berechtigten Anspruch auf das Vermögen hatte. Die einzige bekannte Verwandte Amelias war eine ältliche Jungfer, Clothilde Johnson, die aber als Schwägerin nicht in Betracht kam. Unter der begeisterten und leider verheerenden Mitarbeit der Presse hatte dann die Suche nach Amelias Blutsverwandten begonnen.

George fand den Eifer der Zeitungen nur allzu verständlich.

Sie hatten einen neuen Fall Garrett gewittert. Die alte Mrs. Garrett war 1930 gestorben und hatte 17 Millionen Dollar ohne Testament hinterlassen. Jetzt, acht Jahre später, ging die Sache immer noch munter weiter, mit 3000 Anwälten, die sich etwas dabei ergaunerten, und 26 000 Anwärtern, die das Geld beanspruchten. Über dem Ganzen schwebte ein sanfter Hauch von Korruption. Die Schneider-Johnson-Sache konnte sich ebenso lange hinziehen. Gewiß, das Vermögen war kleiner, aber das war nicht entscheidend. Es gab ja viele menschliche Gesichtspunkte — ein Vermögen als Einsatz, die romantische Vereinsamung der alten Dame am Abend ihres Lebens (sie hatte ihren einzigen Sohn in den Argonnen verloren), ihr einsames Sterben ohne den Beistand eines Verwandten, die ergebnislose Suche nach einem Testament —, wahrlich, es gab keinen Grund, warum sich nicht auch dieser Fall in die Länge ziehen sollte. Der Name Schneider und seine amerikanischen Abwandlungen waren weit verbreitet. Die alte Frau mußte irgendwo Blutsverwandte gehabt haben, auch wenn sie diese nicht gekannt hatte. Oder ihn! Oder sie! Ja, es könnte sich sogar herausstellen, daß es einen Erben gab, der nicht zu teilen brauchte! Also gut! Aber wo steckte er? Oder sie? Auf einer Farm in Wisconsin? In einem Maklerkontor in Kalifornien? Hinter der Theke eines Drugstores in Texas? Welcher von den Tausenden Schneiders, Snyders und Sniders in Amerika würde der Glückliche sein? Wer war der nichtsahnende Millionär? Alte Geschichten? Möglich, aber immerhin ließen sich Geschäfte damit machen, und dazu war es ein Fall von allgemeinem Interesse.

Und dies allgemeine Interesse war erwiesen. Als die Sache Anfang 1939 bekannt wurde, meldeten sich beim Vermögensverwalter über achttausend Anwärter als Erben. Ein Heer von verrufenen Advokaten hatte sich eingeschaltet, um die Bewerber auszubeuten, und der ganze Fall fing an, in das Wolkenkuckucksheim von wilden Phantasien, Schiebertum und Gerichtspossen aufzusteigen, wo er denn auch blieb, bis die ganze Angelegenheit bei Ausbruch des Krieges plötzlich in Vergessenheit geriet.

George konnte sich nicht vorstellen, welches Interesse Lavaters haben mochten, solch einen widerwärtigen Leichnam wieder auferstehen zu lassen.

Mr. Budd, einer der Seniorpartner, klärte ihn auf.

Die Hauptlast der Schneider-Johnson-Erbschaft hatten Messrs. Moreton, Greener & Cleek, eine altmodische, sehr angesehene Anwaltsfirma in Philadelphia, getragen. Als Rechtsbeistände von Fräulein Clothilde Johnson hatten sie auf deren Anordnung die Suche nach einem Testament durchgeführt. Nachdem das Fehlen eines solchen amtlich festgestellt war, kam die Angelegenheit vor das Waisengericht in Philadelphia, und Robert L. Moreton wurde zum Nachlaßverwalter ernannt. Das war er bis Ende 1944 geblieben.

»Soweit ganz gut«, sagte Mr. Budd. »Wenn er nur so viel Verstand gehabt hätte, es dabei zu belassen, würde ich gar nichts gegen ihn sagen. Aber nein, dieser rappelköpfige alte Narr zog als Nachlaßverwalter seine *eigene* Firma als Rechtsbeistände heran. Meine Güte! In einem Fall wie diesem war das der reine Selbstmord!«

Mr. Budd war ein schmalbrüstiger Mann mit langem Schädel, einem sauber geschnittenen Schnurrbart und Bifokalgläsern. Er lächelte ständig, hatte die Gewohnheit, altmodische Ausdrücke zu gebrauchen, und trug eine Miene sorgloser guter Laune zur Schau, die George höchst verdächtig vorkam.

»Das Gesamthonorar«, sagte George vorsichtig, »muß für einen Nachlaß von dieser Größe ganz hübsch gewesen sein.«

»Und wenn die Honorare noch so hoch sind«, erklärte Budd, »für ein anständiges Anwaltsbüro ist es unter seiner Würde, sich mit einer Bande von Gelegenheitsmachern und Gaunern zu befassen. Es gibt Dutzende von schwebenden Erbschaftsfällen in der ganzen Welt. Denken Sie an den Abdul-Hamid-Nachlaß! Die Engländer sind darin verwikkelt, und das geht so seit dreißig Jahren oder noch länger. Wahrscheinlich kommt das nie zu einem Ende. Denken Sie an die Garrett-Geschichte! Überlegen Sie, wie mancher gute Ruf dadurch zerstört wurde. Unsinn! Es ist immer dasselbe. Ist A ein Betrüger? Ist B verrückt? Wer ist vor wem gestorben? Stellt das alte Foto Tante Sarah oder Tante Flossie dar? Ist da ein Fälscher mit ausgeblichener Tinte am Werk gewesen?« Er machte eine geringschätzige Handbewegung. »Ich sage Ihnen, George, die Schneider-Johnson-Sache hat Moreton, Greener & Cleek als anerkannte Anwaltsfirma restlos erledigt. Und als Bob Moreton 1944 krank wurde und sich zurückziehen mußte, kam das Ende: sie lösten sich auf!«

»Hätte denn Greener oder Cleek nicht die Verwaltung übernehmen können?«

Mr. Budd tat empört. »Mein lieber George, man kann doch ein solches Amt nicht einfach übernehmen. Das ist eine Auszeichnung für gute und treue Dienste. In diesem Fall war unser erfahrener, verehrter und hochgeachteter Dr. Sistrom der Glückliche.«

»Ah, ich verstehe.«

»Das angelegte Kapital arbeitet allein, George; unser John J. streicht die Honorare als Verwalter ein. Jedoch«, fuhr Budd mit einer gewissen Befriedigung in der Stimme fort, »es sieht nicht so aus, als ob er das noch lange machen würde. Warum, werden Sie gleich sehen. Nach dem, was ich vom alten Bob Moreton seinerzeit gehört habe, standen die Dinge ursprünglich so: Amelias Vater hieß Hans Schneider. Er war Deutscher, der 1849 auswanderte. Bob Moreton und seine Teilhaber waren schließlich durchaus davon überzeugt, daß, wenn überhaupt jemand als Erbe in Betracht käme, es einer der Verwandten des Alten in Deutschland sein müßte. Aber die ganze Geschichte wurde kompliziert durch die Frage der Rechtsnachfolge. Wissen Sie was darüber, George?«

»Bregy gibt in seinem Kommentar zum Gesetz von 1947 eine klare Zusammenfassung der früheren Vorschriften.«

»Das ist großartig.« Mr. Budd grinste. »Ich weiß nämlich, offen gestanden, nichts darüber. Von dem ganzen Zeitungsgewäsch einmal abgesehen, war der Hergang der Sache kurz folgendermaßen: 1939 fuhr der alte Bob Moreton nach Deutschland, um der anderen Linie der Schneider-Familie nachzuspüren. Selbsterhaltung natürlich. Sie brauchten Unterlagen, um weiterzumachen, wenn sie mit all diesen falschen Ansprüchen fertig werden wollten. Als er dann zurückkam, passierte die verdammte Geschichte. Immer wieder passierten verdammte Geschichten in diesem verrückten Fall. Anscheinend hatten die Nazis von Bobs Nachforschungen Wind gekriegt. Sie verschafften sich Einblick in die Angelegenheit und präsentierten einen alten Mann namens Rudolf Schneider. In dessen Namen forderten sie dann das ganze Vermögen.«

»Ich erinnere mich«, sagte George, »sie bestellten McClure zu ihrem Vertreter.«

»Richtig! Dieser Rudolf kam aus Dresden oder sonst so einem Ort, und sie behaupteten, er sei ein Vetter ersten Grades von Amelia Johnson. Moreton, Greener & Cleek fochten diesen Anspruch an. Sagten, die Dokumente seien gefälscht. Jedenfalls lag die Sache noch bei den Gerichten, als wir 41 in den Krieg schlitterten, und damit war der Fall für sie erledigt. Der Treuhänder für feindliches Vermögen in Washington schaltete sich ein und erhob amtlich Anspruch. Wegen des deutschen Anspruchs, natürlich. So fror die Geschichte ein. Als Bob Moreton sich zur Ruhe setzte, übergab er John J. alle Akten. Es waren über zwanzig Zentner; sie liegen in unserem Keller noch an derselben Stelle, seit Moreton, Greener & Cleek sie 1944 übergeben haben. Niemand hat sich die Mühe gemacht, sie durchzusehen. Kein Anlaß dazu. Aber jetzt *haben* wir einen Grund.«

George schwand der Mut. »Ja?«

Mr. Budd benutzte den Moment, um seine Pfeife zu stopfen, und vermied so Georges Blick, als er fortfuhr: »Die Sache ist die, George: Es scheint, daß der Nachlaß einschließlich

Wertsteigerung und Zinsen über vier Millionen wert ist, und der Staat Pennsylvania hat beschlossen, seine gesetzlichen Rechte geltend zu machen und das Ganze zu beanspruchen. Aber sie haben John J. als Verwalter gefragt, ob er die Absicht habe, es ihnen streitig zu machen. Und er meint, der Form halber müßten wir die Akten durchsehen, um sicherzugehen, daß kein vernünftiger Anspruch offensteht. Und eben darum möchte ich Sie bitten, George. Nur mal durchsehen. Um Gewißheit zu haben, daß nichts übersehen worden ist. Okay?«

»Gewiß. Okay.«

Aber es gelang ihm nicht ganz, den Unterton von Resignation in seiner Stimme zu unterdrücken. Mr. Budd blickte auf und kicherte mitfühlend. »Und wenn es Sie dabei trösten kann, George«, sagte er, »kann ich Ihnen sagen, daß uns der Kellerraum jetzt schon knapp wird. Wenn Sie diesen Ramsch aus dem Weg schaffen, wird Ihnen der tiefempfundene Dank des gesamten Büros sicher sein.«

George gelang es zu lächeln.

Zweites Kapitel

George fand die Schneider-Johnson-Akten ohne Schwierigkeit. Sie waren in wasserdichte Umhüllungen verpackt und lagerten in einem besonderen Kellerabteil, das sie vom Fußboden bis zur Decke ausfüllten. Mr. Budds Schätzung von zwanzig Zentnern war nicht übertrieben. Glücklicherweise waren alle Aktenbündel sorgfältig etikettiert und planmäßig geordnet. Nachdem George sich mit dem angewandten System vertraut gemacht hatte, wählte er eine Anzahl aus und ließ sie in sein Büro hinauftragen.

Es war Spätnachmittag, als er sich an die Arbeit machte. Um erst einmal eine allgemeine Übersicht zu bekommen, ehe er sich ernstlich mit den einzelnen Ansprüchen befaßte, hatte er ein umfangreiches Paket mit der Aufschrift ›Schneider-Johnson-Zeitungsausschnitte‹ geöffnet. Aber es zeigte sich, daß diese Bezeichnung irreführend war. In Wirklichkeit enthielt das Paket den Bericht von Messrs. Moreton, Greener & Cleeks hoffnungslosem Kampf mit der Presse und von ihren Anstrengungen, die Flut unsinniger Ansprüche, die sie überschwemmte, zu stoppen. Es war eine rührende Lektüre.

Die Aufzeichnungen begannen zwei Tage, nachdem Mr. Moreton zum Nachlaßverwalter ernannt worden war. Eine New Yorker Bildzeitung hatte entdeckt, daß Amelias Vater, Hans Schneider, ›der alte Neunundvierziger‹, wie das Blatt ihn nannte, ein New Yorker Mädchen namens Mary Smith geheiratet hatte. Daraus zog die Zeitung aufgeregt den Schluß, daß der unbekannte Erbe ebensogut Smith wie Schneider heißen könnte.

Messrs. Moreton, Greener & Cleek hatten sich beeilt, diese Behauptung zurückzuweisen. Aber statt einfach zu erklären, daß die New Yorker Familie Smith nach dem Gesetz nicht als Erbe in Betracht komme, weil Amelias Vettern mütterlicherseits seit Jahren alle verstorben waren, hatten sie sich griesgrämig damit begnügt, das Gesetz zu zitieren, das besagt: »Es kann keine Rechtsnachfolge zugelassen werden zwischen Seitenlinien, den Enkeln von Brüdern und Schwestern und Kindern von Tanten und Onkeln.« Dieser unglückliche Satz, ironisch unter der Überschrift ›Zweideutig‹ zitiert, war das einzige, was von ihrer Darstellung gedruckt worden war.

Das gleiche Schicksal erlitten die meisten ihrer späteren Erklärungen. Von Zeit zu Zeit hatten einige der verantwortungsbewußten Zeitungen sogar Anstrengungen unternommen, ihren Lesern das Intestaterbfolgegesetz zu erklären, aber soweit George sehen konnte, hatten die Partner nie ernstlich versucht, diese gute Absicht zu unterstützen. Die Tatsache, daß Amelia keine nahen lebenden Blutsverwandten hatte und daß deshalb die einzigen in Betracht kommenden Erben irgendwelche Neffen oder Nichten des verstorbenen Hans Schneider sein mußten, die noch lebten, als Amelia gestorben war, wurde von den Partnern nie ausdrücklich festgestellt. Wenigstens einigermaßen verständlich war eine Erklärung, in der es hieß, es sei unwahrscheinlich, daß noch Vettern oder Basen ersten Grades von Amelia in Amerika lebten. Falls überhaupt noch welche existierten, müßten sie höchstwahrscheinlich in Deutschland zu finden sein.

Sie hätten sich die Mühe sparen können. Die Vermutung, der gesetzliche Erbe könne in Europa, statt irgendwo in Wisconsin, leben, interessierte die Zeitungen von 1939 nicht; die Möglichkeit, daß es überhaupt keinen gab, hatten sie allesamt ignoriert. Außerdem war es gerade zu der Zeit einem Milwaukee-Blatt gelungen, der Geschichte eine neue Wendung zu geben. Mit Unterstützung der Einwanderungsbehörden hatte der Rechercheur dieser Zeitung die Anzahl der Familien mit Namen Schneider herausgefunden, die in der zweiten Hälfte des 19. Jahrhunderts aus Deutschland eingewandert waren. Die Zahl war groß. Ist es übertrieben, hatte das Blatt gefragt, zu vermuten, daß wenigstens einer der jüngeren Brüder des alten Neunundvierzigers, seinem Beispiel folgend, ausgewandert war? Durchaus nicht! Schon war die Jagd wieder im Gange, und Scharen von Rechercheuren hatten sich daran gemacht, hoffnungsvoll die Stadtarchive, Grundbücher und Staatsarchive nach Spuren der eingewanderten Schneiders zu durchstöbern.

George packte das Bündel seufzend wieder ein. Er wußte jetzt, daß die nächsten Wochen ihm keine Freude bereiten würden.

Im ganzen waren über achttausend Ansprüche eingereicht worden, und jeder einzelne war für sich in einem Aktendeckel abgelegt. Die meisten enthielten nur ein oder zwei Briefe, aber andere waren recht stattlich, und manche gar beanspruchten ganze Mappen, die von eidesstattlichen Erklärungen, Fotokopien, zerrissenen Fotos und Stammbäumen überquollen. Einige enthielten alte Bibeln und Familienandenken, und in einer steckte aus unerklärlichem Grund sogar eine fettige Pelzmütze.

George machte sich an die Arbeit. Am Ende der Woche hatte er 700 Anträge durchgesehen. Seine Firma tat ihm leid. Viele der Ansprüche kamen natürlich von Unzurechnungsfähigen und Verrückten. Da war ein Martin Schneider aus Nord-Dakota, der wütend erklärte, er sei *nicht* tot, und Amelia Johnson habe ihm das Geld im Schlaf gestohlen. Da war die Frau, die das Geld für eine Sekte beanspruchte, weil die Seele Amelias in Mrs. Schulz, die ehrenamtliche Schatzmeisterin der Sekte, gewandert sei. Und da schrieb einer mit verschiedenfarbiger Tinte aus einem Hospital, er sei der rechtmäßige Sohn Amelias und stamme aus ihrer geheimen ersten Ehe mit einem Farbigen. Aber auch die meisten, die nicht gerade irrsinniges Zeug schrieben, hatten doch nur unklare Vorstellungen, womit sie ihren Anspruch beweisen konnten. Da war zum Beispiel ein Mann aus Chikago, Higgins, der einen komplizierten Anspruch daraus ableitete, daß er seinen Vater hatte sagen hören, Kusine Amelia sei ein boshafter alter Geizhals. Und ein anderer Mann drängte aufgrund eines alten Briefes von einem dänischen Verwandten namens Schneider auf seinen Anteil. Es gab auch Vorsichtige, die es ablehnten, Unterlagen einzusenden, weil sie möglicherweise gestohlen oder benutzt werden könnten, um den Fall eines andern Erben zu beweisen. Andere wieder forderten Reise- und Hotelspesen, um ihre Sache persönlich vorzutragen.

Und nun erst die Advokaten! Nur 34 von den 700 Fällen, die George prüfte, wurden durch Anwälte vertreten, aber er brauchte mehr als zwei Tage, um durch diese besonderen Aktenbündel hindurchzukommen. Sie waren zumeist fragwürdig, einige sogar offensichtlich unredlich. Ein anständiger Anwalt hätte so etwas Georges Ansicht nach nicht in die Hand genommen, aber diese Winkeladvokaten griffen die dunkelsten Sachen auf und blieben dabei. Sie arbeiteten mit nichtvorhandenen Präzedenzfällen und Fotokopien von unbrauchbaren Dokumenten. Sie hatten unredliche Agenten beschäftigt, um sinnlose Nachforschungen anzustellen, und Pfuscher, die gefälschte Stammbäume fabrizierten. Sie hatten zweideutige Briefe mit versteckten Drohungen geschrieben. Auf die einzig richtige Idee, ihren Klienten zu raten, den faulen Anspruch fallenzulassen, war anscheinend kein einziger gekommen. In einer dieser Mappen lag ein Brief an den Nachlaßverwalter von einer alten Frau namens Snyder, die bedauerte, daß sie nicht mehr so viel Geld hatte, um einen Anwalt zu bezahlen, und sie bat, daß ihr Anspruch aus diesem Grunde doch nicht übersehen werden sollte.

In der zweiten Woche schaffte es George trotz einer heftigen Erkältung, bis zur Nummer 1900 durchzukommen, und in der dritten bis 3000. Als er am Ende der vierten Woche ungefähr die Hälfte durchgeackert hatte, war er sehr niedergeschlagen. Die langweilige Arbeit und die Anhäufung so vieler Beweise menschlicher Dummheit war an sich schon erniedrigend genug. Die unter Mitleid getarnte spitzbübische Freude seiner neuen Kollegen und das Bewußtsein, daß seine

Laufbahn bei den Lavaters mit einem als Witz gemeinten Auftrag begann, hatten seine Laune nicht verbessert. Mr. Budd, dem er zuletzt im Fahrstuhl begegnet war, als er vom Lunch kam, hatte munter über Baseball geplaudert, ohne nach dem Fortschritt der Angelegenheit überhaupt nur zu fragen. Am Montag der fünften Woche musterte George mit Unbehagen die Stapel von Akten, die alle noch der Durchsicht harrten.

»Wollen wir ›O‹ fertigmachen, Mr. Carey?« Der Sprecher war der Hauswart, der den Keller in Ordnung hielt, die Ordner abstaubte und sie zu Georges Büro und wieder zurückschaffte.

»Nein, ich möchte jetzt lieber mit ›P‹ anfangen.«

»Ich kann ja den Rest von ›O‹ erst mal liegen lassen, Mr. Carey.«

»Gut, Charlie, wenn es Ihnen gelingt, ohne daß der ganze Krempel einstürzt.« Durch das Herausziehen aus den hochgetürmten Aktenstapeln war das Ganze schon eine recht wacklige Angelegenheit geworden.

»Gewiß, Mr. Carey«, meinte Charlie. Er griff nach einem der unteren Bündel und zog daran. Mit einem rutschenden Geräusch polterte eine Lawine von Paketen herunter und begrub ihn.

In der Staubwolke, die dem Rutsch folgte, taumelte er hustend und fluchend hoch, die Hand an der Stirn. Blut tropfte von einem langen Schnitt über seinem Auge.

»Um Gottes willen, Charlie, wie ist das gekommen?«

Der Hauswart stieß mit dem Fuß an etwas Hartes unter den Aktenbündeln, die um ihn herumlagen. »Dies verfluchte Ding da hat mich am Kopf erwischt, Mr. Carey«, erklärte er, »muß irgendwo mittendrin gesteckt haben.«

»Ist es schlimm?«

»Oh, nur eine Schramme. Verzeihung, Mr. Carey.«

»Sie sollten es lieber verbinden lassen.«

Nachdem er Charlie der Sorge eines der Fahrstuhlführer überlassen und die Staubwolke sich gelegt hatte, sah George sich die Bescherung an. Die O und P waren beide unter einer Ladung von S und W verschwunden. Er schob einige Pakete beiseite und entdeckte die Ursache für die Verletzung des Hauswarts. Zwischen den Akten hatte ein großer schwarzlackierter Dokumentenkasten gesteckt, von der Art, wie sie die Regale alter Familienadvokaten füllten. Mit weißer Farbe waren darauf die Worte ›SCHNEIDER – VERTRAULICH‹ schabloniert.

George zerrte den Kasten unter den Bündeln hervor und versuchte ihn zu öffnen. Er war verschlossen und nirgendwo ein Schlüssel befestigt. Er zögerte. Ihn gingen eigentlich nur die Akten mit Anträgen an, und es war töricht, Zeit zu verschwenden, nur um seine Neugier nach dem Inhalt eines alten Dokumentenkastens zu befriedigen. Andererseits würde er eine Stunde brauchen, um das Durcheinander zu seinen Füßen wieder zu entwirren. Es hatte keinen Sinn, sich mit Staub und Spinnweben zu beschmutzen, um die Sache zu beschleunigen; Charlie würde ja auch in wenigen Minuten zurück sein. Er ging in das Zimmer des Hauswarts, nahm Meißel und Hammer aus dem Werkzeugkasten und machte sich an die Kassette. Ein paar Schläge erbrachen das Schloß, und er riß den Deckel auf.

Auf den ersten Blick schien der Inhalt nur aus ein paar persönlichen Habseligkeiten aus Mr. Moretons Büro zu bestehen. Da war ein kalbledernes Notizbuch mit eingeprägten Goldinitialen, eine Onyx-Schreibgarnitur, ein geschnitzter Teak-Zigarrenkasten, eine gepreßte lederne Schreibunterlage und ein Paar dazupassende lederbezogene Briefkörbchen. Eins dieser Körbchen enthielt ein Handtuch, einige Aspirintabletten und eine Flasche mit Vitaminkapseln. George hob das Körbchen auf, darunter lag ein dicker Hefter mit der Aufschrift: ›DEUTSCHE NACHFORSCHUNGEN IN SACHEN SCHNEIDER VON ROBERT L. MORETON, 1939‹. Als er beim Durchblättern sah, daß es eine Art Tagebuch war, legte er es beiseite, um es später zu lesen. Darunter kam eine Manilamappe zum Vorschein, die einen Haufen Fotokopien enthielt, anscheinend von deutschen Urkunden. Im übrigen enthielt sie nur noch ein versiegeltes Päckchen und einen versiegelten Umschlag. Auf dem Päckchen stand: ›Korrespondenz zwischen Hans Schneider und seiner Frau und andere Dokumente, die von Hilton G. Greener und Robert L. Moreton im Nachlaß der verstorbenen Amelia Schneider Johnson gefunden wurden. September 1938‹. Auf dem Umschlag stand: ›Fotografie, R. L. M. von Pater Weichs in Bad Schwennheim ausgehändigt‹.

George legte Moretons persönliche Dinge zurück in den Dokumentenkasten und nahm das übrige mit in sein Büro. Dort öffnete er als erstes das versiegelte Päckchen.

Die darin enthaltenen Briefe waren sorgfältig numeriert und von Greener und Moreton mit ihren Anfangsbuchstaben versehen. Es waren im ganzen achtundsiebzig, in kleine Päckchen mit Seidenbändern verschnürt, und jedes mit einer gepreßten Blume versehen. George machte eins auf. Die Briefe waren aus der Brautzeit von Amelias Eltern: Hans Schneider und Mary Smith. Hans hatte damals in einem Lagerhaus gearbeitet und Englisch gelernt. Mary dagegen Deutsch. George fand sie förmlich, reizlos und langweilig. Aber ihr Wert mußte für Mr. Moreton doch beträchtlich gewesen sein, denn sie hatten wahrscheinlich das schnelle Aufspüren der Familie Smith ermöglicht und glücklicherweise dazu geführt, daß man sie aus der Liste der Anwärter streichen konnte.

George band das Päckchen wieder zu und wandte sich einem Album mit alten Fotografien zu: Aufnahmen von Amelia und Martin als Kinder, von ihrem Bruder Friedrich, der mit zwölf Jahren gestorben war, und natürlich von Hans und Mary. Interessanter, weil älter, war eine Daguerreotypie von einem alten Mann mit einem mächtigen Bart.

Er saß aufrecht und sehr ernst da, seine großen Hände umfaßten die Seitenlehnen eines Sessels, den Kopf hatte er hart gegen die Rückenlehne gepreßt. Die Lippen waren voll und bestimmt, das Gesicht unter dem Bart kräftig und energisch. Die versilberte Kupferplatte mit diesem Porträt klebte auf rotem Samt. Darunter hatte Hans geschrieben: ›Mein geliebter Vater, Franz Schneider, 1782–1850‹.

Ein kleines ledergebundenes Notizbuch war ebenfalls mit Hans' spinnenartiger Schrift gefüllt. Es war englisch geschrieben. Ein Inhaltsverzeichnis auf der ersten Seite, mit kalligraphischen Schnörkeleien verziert, gab an: ›Ein Bericht über die heldenhafte Teilnahme meines geliebten Vaters an der Schlacht von Preußisch-Eylau, 1807; seine Verwundung und sein Zusammentreffen mit meiner lieben Mutter, die sein Leben rettete. Niedergeschrieben von Hans Schneider für seine Kinder im Juni 1867, damit sie auf den Namen, den sie tragen, stolz sein können.‹

Der Bericht schilderte die Ereignisse, die zur Schlacht von Eylau führten, die verschiedenen Gefechte, in welche die Ansbacher Dragoner den Feind verwickelt hatten, die eindrucksvollen Zwischenfälle während der Schlacht: einen russischen Kavallerieangriff, die Erbeutung einer Batterie und die Hinrichtung eines französischen Offiziers. Augenscheinlich hatte Hans alles, was er hier niedergeschrieben hatte, noch auf seines Vaters Knien gehört. Manches klang schlicht wie ein Märchen, aber im weiteren Verlauf spürte man, wie Hans als Mann in mittleren Jahren in Verlegenheit kam, als er versuchte, seine Kindheitserinnerungen mit dem Wirklichkeitssinn der Erwachsenen in Einklang zu bringen. Die Niederschrift dieses Berichtes mußte für ihn eine ungewohnte Tätigkeit gewesen sein, dachte George.

Doch nach der Schilderung der Schlacht wußte Hans die Feder schon sicherer zu führen. Die Gefühle des verwundeten Helden, seine Gewißheit, daß Gott mit ihm sei, die Entschlossenheit, seine Pflicht bis zum Ende zu tun — alle diese Einzelheiten waren nun mit salbungsvoller Gewandtheit beschrieben. Und als dann der schreckliche Augenblick des Verrats kam, als die feigen Preußen den verwundeten Helden im Stich ließen, während er einem verletzten Kameraden half, hatte Hans eine wahre Flut von Bibelsprüchen losgelassen. Wenn Gott nicht die Hufe von des Helden Pferd zu dem Bauernhause der edlen Maria Dutka gelenkt hätte, wäre wahrscheinlich alles zu Ende gewesen. Wie die Umstände lagen, war Maria verständlicherweise wegen der preußischen Uniform mißtrauisch gewesen, und (wie sie ihrem Helden später gestand) ihre menschenfreundlichen Gefühle waren von der Furcht um ihre Tugend und wegen ihres siechen Vaters unterdrückt worden. Schließlich lief natürlich alles gut ab, und als die Wunde geheilt war, hatte der Held seine Retterin im Triumph heimgeführt. Im darauffolgenden Jahr wurde Hans' älterer Bruder Karl geboren.

Der Bericht schloß mit einer scheinheiligen Predigt über Gebete und Vergebung der Sünden. George überschlug diese Seiten und vertiefte sich in Mr. Moretons Tagebuch.

Mr. Moreton war mit einem Dolmetscher, den er in Paris engagiert hatte, Ende März 1939 in Deutschland angekommen.

Seine Absicht war zunächst, Hans Schneiders Spuren zu verfolgen. Wenn er erst herausgefunden hatte, wo die Schneiders gelebt hatten, würde er leicht feststellen können, was aus all den Brüdern und Schwestern von Hans geworden war.

Der erste Teil seines Planes war leicht durchzuführen gewesen. Hans war von irgendwo in Westfalen gekommen, und 1849 mußte ein Mann im militärpflichtigen Alter einen Erlaubnisschein haben, um das Land zu verlassen. In Münster hatte Moreton die Urkunde von seiner Auswanderung gefunden. Hans war von Mühlhausen gekommen und dann nach Bremen gegangen.

In Bremen hatte eine Nachforschung in den Listen der Hafenbehörden und in alten Schiffsverzeichnissen ergeben, daß Hans Schneider aus Mühlhausen am 10. Mai 1849 mit der *Abigail*, einem englischen Schiff von 600 Tonnen, abgesegelt war. Dies deckte sich mit einem Hinweis in einem seiner Briefe an Mary Smith, der über seine Ausreise aus Deutschland berichtete. Moreton hatte daraus den Schluß gezogen, daß er die Spur des richtigen Hans Schneider verfolgte. Er war also nun nach Mühlhausen gefahren.

Hier jedoch erwartete ihn eine verwirrende Situation. Er fand heraus, daß keines der Kirchenbücher, das die Jahre 1807 und 1808 enthielt, auch nur einen Hinweis auf den Namen Schneider brachte, obwohl diese Register Heiraten, Taufen und Beerdigungen bis zum Dreißigjährigen Krieg zurück beurkundeten.

Nachdem Moreton 24 Stunden über diese Enttäuschung gegrübelt hatte, kam ihm ein Einfall. Er sah sich die Kirchenbücher noch einmal an. Er blätterte weiter bis 1850, dem Todesjahr von Franz Schneider. Tod und Begräbnis waren verzeichnet und die Lage des Grabes war angegeben. Moreton war hingegangen, um es zu besichtigen. Und dort erlebte er eine sehr störende Überraschung. Auf dem verwitterten Grabstein entzifferte er, daß dies die Ruhestätte von Franz Schneider und seiner geliebten Frau Ruth war. Nach Hans' Bericht aber war der Name seiner Mutter Maria gewesen.

Moreton hatte sich wieder an die Kirchenbücher gemacht. Er hatte lange Zeit gebraucht, um von 1850 zurück bis 1815 zu forschen, dabei war er auf die Namen von nicht weniger als zehn Kindern von Franz Schneider gestoßen, sowie auf das Datum seiner Trauung mit Ruth Vogel. Zu seiner Bestürzung hatte er außerdem festgestellt, daß keines der Kinder Hans oder Karl hieß.

Bald war der Gedanke in ihm aufgetaucht, es könne schon vorher eine Heirat in irgendeiner anderen Stadt erfolgt sein. Aber wo mochte das gewesen sein? In welchen Städten hatte sich Franz Schneider vorher noch aufgehalten? Von wo aus war er zum Beispiel in die preußische Armee eingezogen worden?

Nur an einem Ort konnte diese Frage beantwortet werden.

Moreton war mit seinem Dolmetscher nach Berlin gereist. Er hatte dann bis Ende März gebraucht, die Nebel des Nazi-Bürokratismus zu durchdringen und in den Archiven von Potsdam tief genug zu graben, um an die napoleonischen Kriegstagebücher der Ansbacher Dragoner zu kommen. Nach kaum zwei Stunden hatte er herausgefunden, daß der Name Schneider zwischen 1800 und 1815 nur einmal in den Listen des Regiments vorkam. Ein Wilhelm Schneider war 1803 beim Sturz vom Pferd getötet worden.

Das war ein bitterer Schlag. Moretons Eintragung an jenem Tage schloß mit den verzagten Worten: ›Nach allem fürchte ich, es ist ein nutzloses Unternehmen. Trotzdem werde ich morgen nochmals nachkontrollieren. Wenn keine Möglichkeit besteht, Hans Schneiders Verwandtschaft mit der Mühlhauser Familie durch Urkunden nachzuweisen, sind weitere Nachforschungen sinnlos.‹

George blätterte die Seite um und staunte verdutzt. Die nächste Eintragung im Tagebuch bestand nur aus Ziffern; sie füllten die ganze Seite und ebenso die folgenden. Er blätterte rasch um. Mit Ausnahme der Datumsüberschriften war von da an drei Monate lang jede Eintragung in Ziffern gemacht worden. Moreton hatte sich nicht nur entschlossen, jene Nachforschungen in Deutschland fortzusetzen, sondern es für notwendig gehalten, das Ergebnis zu verschlüsseln.

George legte das Tagebuch beiseite und sah den Ordner mit den Fotokopien durch. Deutsch konnte er nicht besonders gut lesen und deutsche Handschriften schon gar nicht. Sie waren alle handbeschrieben. Die genaue Prüfung von zweien oder dreien ergab, daß sie über Geburt und Tod von Leuten namens Schneider berichteten, doch das war kaum überraschend. Er legte sie beiseite und öffnete den versiegelten Umschlag.

Das Foto, ›R. L. M. von Pater Weichs in Bad Schwennheim ausgehändigt‹, war ein abgegriffenes Porträt in Postkartengröße von einem jungen Mann und einer jungen Frau, die nebeneinander auf einer der bei den damaligen Fotografen gebräuchlichen, grob aus Baumästen gezimmerten Bank vor einem gemalten Hintergrund beschneiter Tannen saßen. Die Frau war einigermaßen hübsch und anscheinend schwanger. Der Mann war schwer zu beschreiben. Gekleidet waren sie nach der Mode der frühen zwanziger Jahre. Sie sahen aus wie ein glückliches Paar aus der Arbeiterklasse am Sonntag. In einer Ecke stand deutsch geschrieben: ›Johann und Ilse‹. Der Aufdruck des Fotografen zeigte, daß die Aufnahme in Zürich gemacht worden war. Weiter enthielt der Umschlag nichts.

Charlie, der Hauswart, mit einem Pflaster auf der Stirn, brachte eine neue Ladung Akten, und George machte sich wieder an die Arbeit. Am Abend nahm er den Inhalt der Dokumentenmappe mit nach Hause und sah ihn nochmals sorgfältig durch.

Er war im Zweifel. Man hatte ihn nur beauftragt, die Ansprüche nachzuprüfen, die bei dem früheren Vermögensverwalter eingegangen waren. Weiter nichts. Wenn der Dokumentenkasten nicht heruntergefallen wäre, würde er wohl kaum darauf geachtet haben, man hätte ihn beiseitegestellt und dann vergessen. Er würde sich weiter durch die Ansprüche durchgearbeitet und dann ohne Zweifel Mr. Budd berichtet haben — was der auch hören wollte —, daß keine entscheidenden Ansprüche dabei waren und daß der Staat Pennsylvania nun als der lachende Erbe loslegen könne. Dann wäre er, George, von dem ganzen leidigen Geschäft befreit gewesen und bereit, einen neuen Auftrag, der seinen Fähigkeiten besser entsprach, entgegenzunehmen. Jetzt sah es so aus, als hätte er die Wahl, sich auf zweierlei Weise lächerlich zu machen: einmal, indem er den Inhalt des Kastens vergaß und so riskierte, daß Mr. Sistrom einen ersten Schnitzer machte, oder aber Mr. Budd mit müßigen Phantastereien zu plagen.

Der hohe politische Posten und die Stellung eines Eisenbahnpräsidenten schienen an diesem Abend in weite Ferne gerückt. Er grübelte fast bis zum Morgen darüber nach, wie er Mr. Budd die Sache taktvoll beibringen könnte.

Mr. Budd nahm Georges Bericht ziemlich ungnädig auf.

»Ich weiß nicht einmal, ob Bob Moreton überhaupt noch am Leben ist«, sagte er gereizt, »jedenfalls beweist mir dieser ganze Ziffernkram, daß sich der Mann in einem vorgeschrittenen Stadium von Paranoia befand.«

»Schien er denn noch in Ordnung zu sein, als Sie ihn 1944 sprachen?«

»Gewiß, er *schien* — aber gewesen ist er's anscheinend nicht, nach dem, was Sie mir da zeigen.«

»Aber seine Ermittlungen hat er doch fortgesetzt?«

»Nun, wenn schon.« Budd seufzte. »Sehen Sie, George, wir wünschen keinerlei weitere Verwicklungen in dieser Angelegenheit. Wir wollen die Sache loswerden, je eher, desto besser. Ich anerkenne es durchaus, daß Sie gründlich sein wollen, aber ich dächte doch, das wäre ganz einfach: Sie holen sich einen deutschen Übersetzer für diese Fotokopien, stellen fest, was damit los ist, dann kontrollieren Sie die Ansprüche von allen Leuten namens Schneider und sehen zu, ob sich diese Dokumente auf irgendeinen von ihnen beziehen. Ist doch ganz einfach, nicht wahr?«

George hielt jetzt die Gelegenheit für gekommen, die Sache diplomatisch anzufassen. »Gewiß, Sir. Aber was ich im Sinn hatte, war eine Möglichkeit, die ganze Geschichte zu beschleunigen. Bis jetzt bin ich noch nicht zu den Schneiders durchgedrungen, aber ich schätze, nach dem Umfang der Akten im Keller müssen es mindestens dreitausend sein. Für die anderen Ansprüche habe ich beinahe vier Wochen gebraucht, die Schneiders werden noch viel mehr Zeit in Anspruch nehmen. Nachdem ich jetzt einen Einblick gewonnen habe, scheint mir, daß wir viel Zeit sparen würden, wenn ich einmal mit Mr. Moreton sprechen könnte.«

»Warum? Wie meinen Sie das?«

»Ich habe einige der Berichte über den Fall Rudolf Schneider durchgesehen, der gegen die deutsche Regierung durchgefochten wurde. Ich habe das Gefühl, daß Moreton, Greener & Cleek über eine ganze Reihe Unterlagen verfügten, von denen die Gegner keine Ahnung hatten. Ich glaube, sie besaßen sehr genaue Informationen, daß es keinen lebenden Schneider-Erben gibt.«

Mr. Budd blinzelte ihm listig zu. »Wollen Sie damit andeuten, George, daß Moreton weitermachte, obwohl er zweifelsfrei festgestellt hatte, daß kein Erbe vorhanden ist? Glauben Sie, daß er und seine Partner diese Tatsache verschwiegen, damit sie weiter ihre Gebühren aus der Erbschaft beziehen konnten?«

»Es könnte immerhin sein, Sir, oder nicht?«

»Ihr jungen Leute habt schreckliche Ansichten!« Mr. Budd wurde wieder gemütlich. »Also, was schlagen Sie vor?«

»Wenn wir die Ergebnisse von Moretons vertraulichen Nachforschungen hätten, könnten wir uns die Durchsicht all dieser unberechtigten Ansprüche schenken.«

Budd strich sich das Kinn. »Allerdings. Nicht übel, George.« Er nickte munter. »Gut, wenn der alte Bursche noch lebt und zurechnungsfähig ist — sehen Sie zu, was Sie erreichen können. Je schneller wir den Kram los sind, desto besser.«

»Ja, Sir«, sagte George.

Am Nachmittag rief ihn Budds Sekretärin an: Eine Nachfrage in Moretons früherem Club hatte ergeben, daß er sich in Montclair, New Jersey, zur Ruhe gesetzt hatte. Budd schrieb dem alten Herrn und fragte an, ob er George empfangen wolle.

Zwei Tage später kam die Antwort von seiner Frau. Mr. Moreton sei zwar seit einigen Monaten bettlägerig, aber im Hinblick auf die frühere Zusammenarbeit gern bereit, Mr. Carey zu helfen, soweit er sich noch erinnere und vorausgesetzt, daß der Besuch nur kurz sei. Nachmittags schlafe Mr. Moreton. Vielleicht würde Freitag morgen elf Uhr Herrn Carey passen.

»Das muß seine zweite Frau sein«, sagte Budd.

Freitag morgen packte George den Dokumentenkasten mit dem gesamten ursprünglichen Inhalt in den Kofferraum seines Autos und fuhr nach Monteclair hinauf.

Drittes Kapitel

Das von einigen Morgen gut gehaltenem Garten umgebene Haus machte einen behaglichen Eindruck, und George fand, daß es um die Finanzen von Moreton, Greener & Cleek nicht so schlecht bestellt sein konnte, wie Budd angedeutet hatte. Moretons zweite Frau war eine schlanke, nett aussehende Dame in den Vierzigern. Sie hatte eine aufrechte Haltung, eine lebhafte Art und ein gönnerhaftes Lächeln. Wahrscheinlich war sie Moretons Pflegerin gewesen.

»Mr. Carey, nicht wahr? Sie werden ihn doch nicht überanstrengen? Er darf jetzt morgens aufbleiben, aber wir müssen vorsichtig sein. Herzkranzthrombose.« Sie führte ihn in eine Glasveranda im hinteren Teil des Hauses.

Moreton war groß, rosig und schlaff wie ein verblühter Athlet. Mit dem kurzgeschnittenen weißen Haar und den tiefblauen Augen zeigte das gedunsene Gesicht immer noch eine Spur von jungenhaft gutem Aussehen. Von Kissen gestützt und in eine Decke gehüllt, lag er auf einer Couch, vor der eine Buchstütze stand. Er begrüßte George lebhaft, wobei er die Buchstütze beiseiteschob und bemüht war, sich aufzurichten, um ihm die Hand zu geben. Er hatte eine sanfte, angenehme Stimme und duftete schwach nach Lavendelwasser.

Er erkundigte sich kurz nach den Leuten bei Lavaters, die er gekannt hatte, und dann nach einer Reihe von anderen in Philadelphia, von denen George nie etwas gehört hatte. Schließlich lehnte er sich lächelnd zurück.

»Lassen Sie sich nie überreden, sich zur Ruhe zu setzen, Mr. Carey«, seufzte er. »Man lebt in der Vergangenheit und wird ein langweiliger Kerl, ein schändlicher Plagegeist. Ich fragte Sie, wie's Harry Budd geht. Gut, sagen Sie. In Wirklichkeit wüßte ich gern, ob er eine Glatze hat.«

»Hat er«, sagte George.

»Und ob er trotz all seiner einstudierten *Bonhomie* jetzt Magengeschwüre oder zu hohen Blutdruck gekriegt hat.«

George mußte lachen.

»Wär schön, wenn er's hätte«, fuhr Moreton liebenswürdig fort, »dann wär er das einzige arme Schwein, das ich nicht zu beneiden brauche.«

»Aber Bob!« sagte seine Frau vorwurfsvoll.

Ohne sie anzusehen, sagte er: »Mr. Carey und ich möchten jetzt ein bißchen über Geschäftliches sprechen, Kathy.«

»Schön. Aber mutest du dir nicht zuviel zu?«

Moreton gab keine Antwort. Nachdem sie gegangen war, lächelte er. »Etwas zu trinken, mein Junge?«

»Nein, vielen Dank! — Ich nehme an, Mr. Budd hat erklärt, warum ich Sie besuche?«

»Natürlich. Die Schneider-Johnson-Sache. Hätte ich mir übrigens auch so denken können.« Er warf einen Seitenblick auf George. »Haben Sie es also gefunden?«

»Was gefunden, Sir?«

»Na, das Tagebuch, die Fotografien und den ganzen Krempel von Hans Schneider. Haben Sie doch gefunden, wie?«

»Ja, ich hab's draußen im Wagen mit einigen Ihrer persönlichen Dinge, die in dem Kasten waren.«

Moreton nickte. »Ich weiß. Ich habe sie selber obenauf gelegt. Ich sagte mir, wenn ich Glück habe, denkt jeder, der den Kasten aufmacht, das sei alles mein persönlicher Kram.«

»Erlauben Sie — ich verstehe nicht ganz . . .«

»Natürlich nicht. Ich will's Ihnen erklären: Als Nachlaßverwalter war ich anstandshalber verpflichtet, das Ganze vollständig zu übergeben. Nur — diese vertraulichen Dinge, die wollte ich nicht gern aushändigen. Ich hatte die Absicht, sie zu vernichten, aber Greener und Cleek ließen das nicht zu. Sie meinten, wenn es später mal herauskäme und John J. erführe es, würde ich Schwierigkeiten haben.«

»Oh!« sagte George. Mit seiner Vermutung, daß Moreton, Greener & Cleek wichtige Informationen für sich behalten hätten, war es ihm nicht Ernst gewesen, er hatte nur beabsichtigt, Mr. Budd damit umzustimmen. Jetzt war er doch etwas schockiert.

»Ich konnte also nur versuchen, das zu tarnen«, sagte Moreton achselzuckend. »Nun, es ist mir nicht geglückt.« Er starrte einen Augenblick bedrückt in den Garten, dann wandte er sich unvermittelt an George, als wolle er eine böse Erinnerung abschütteln: »Der Staat Pennsylvania ist vermutlich wieder hinter der Beute her, wie?«

»Ja. Sie wollen herauskriegen, ob Mr. Sistrom vorhat, sie ihnen streitig zu machen.«

»Und Harry Budd, der seine zarten Finger nicht gerne mit solchen Sachen beschmutzt, kann es natürlich nicht erwarten, die Sache loszuwerden, wie? Nein, Sie brauchen mir gar nichts zu sagen, mein Junge. Also wollen wir mal an die Arbeit gehen.«

»Soll ich die Sachen aus dem Wagen holen, Sir?«

»Brauchen wir nicht«, sagte Moreton, »ich kenne den Inhalt des Kastens wie meine Westentasche. Haben Sie das kleine Buch gelesen, das Hans Schneider für seine Kinder geschrieben hat?«

»Ja.«

»Was halten Sie davon?«

George lächelte. »Nachdem ich das gelesen hatte, faßte ich einen Entschluß. Falls ich einmal Kinder haben sollte, werde ich ihnen nie eine Silbe von meinen Kriegserlebnissen erzählen.«

Der alte Herr kicherte. »Die werden es schon aus Ihnen herausquetschen. Sie müssen nur aufpassen, daß so ein Söhnchen wie Hans nicht aufschreibt, was Sie erzählen. Das ist gefährlich.«

»Wie meinen Sie das?«

»Also hören Sie. Ich war zwar der Nachlaßverwalter, aber ich bin auf Wunsch meiner Partner nach Deutschland gefahren. Wir hatten die Sache schon zu lange auf dem Hals und wollten sie endlich erledigen. Meine Aufgabe war es, den Beweis für das zu erbringen, was wir schon längst glaubten: daß es keinen rechtmäßigen Erben gibt. Nun gut, nachdem ich herausgefunden hatte, daß Hans wahrscheinlich ein Sohn von Franz Schneider aus erster Ehe war, mußte ich über diese Heirat Näheres erfahren, um das Bild zu vervollständigen. Wie Sie wissen, fuhr ich also nach Potsdam, um ihn in den Regimentsarchiven aufzuspüren. Um es gleich zu sagen, es mißlang.«

»Aber am nächsten Tag machten Sie noch einen Versuch?«

»Ja. Inzwischen blieb mir eine Nacht zum Überlegen. Ich ließ mir alles, was Hans geschrieben hatte, noch einmal durch den Kopf gehen. Wenn überhaupt etwas Wahres an der Sache war, so war Sergeant Schneider in der Schlacht von Eylau verwundet und auf dem Rückzug vermißt worden. Das mußte also aus den Verlustlisten hervorgehen. Anstatt nun die Namenlisten nochmals durchzusehen, ließ ich am nächsten Morgen vom Dolmetscher den Regimentsbericht über die Schlacht übersetzen.« Er seufzte bei dieser Erinnerung. »Es gibt Augenblicke im Leben, mein Junge, derer man sich immer gern entsinnt, ganz gleich, wie oft man daran zurückdenkt. Dies war so einer. Es war spät am Vormittag und schon recht warm. Der Dolmetscher hatte Schwierigkeiten mit der alten Schrift und stotterte an der Übersetzung herum. Dann kam er an den Bericht über den langen Marsch von Eylau nach Insterburg. Ich hörte nur halb zu, weil mir dabei ein scheußlicher Marsch einfiel, den ich im Spanisch-Amerikanischen Krieg in Kuba mitgemacht hatte. Aber dann hörte ich den Dolmetscher etwas sagen, was mich auffahren ließ.« Er machte eine Pause.

»Nun, und?« fragte George.

Moreton lächelte. »Ich entsinne mich genau der Worte: ›Während dieser Nacht‹ — ich zitiere aus dem Kriegstagebuch — ›verließ der Sergeant Franz Schirmer den Zug, der unter seinem Kommando stand. Er gab vor, einem Dragoner helfen zu wollen, der wegen seines lahmen Pferdes zurückgeblieben war. Bis zum Morgen war der Sergeant Schirmer noch immer nicht zu seiner Truppe zurückgekehrt. Es wurde festgestellt, daß kein anderer Mann der Abteilung fehlte und auch keiner zurückgeblieben war. Demgemäß wurde der Name Franz Schirmer auf die Liste der Deserteure gesetzt‹.«

Für einen Moment war Stille. »Nun«, fragte Moreton, »was halten Sie davon?«

»Schirmer, sagten Sie?«

»Richtig! Sergeant Franz Schirmer. S-C-H-I-R-M-E-R.«

George lachte. »Dieser alte Gauner!«

»Das kann man wohl sagen.«

»Demnach ist all das Zeug, das er seinem Sohn Hans erzählt hat, über die feigen Preußen, die ihn dem Tod überließen...«

»Unsinn«, sagte Moreton trocken. »Aber Sie verstehen jetzt die Folgen.«

»Ja. Und was haben Sie nun gemacht?« fragte George.

»Zunächst traf ich mal Vorsichtsmaßnahmen. Wir hatten schon genug Unannehmlichkeiten durch die Zeitungen, die Material über den Fall ausfindig machten und veröffentlichten. Ehe ich nach Deutschland ging, hatte ich darum mit meinem Partner verabredet, daß alles, was ich tat, so geheim wie möglich gehalten werden sollte, und um sicherzugehen, daß ich nicht an einen Dolmetscher geriet, der Beziehungen zu deutschen Zeitungen hatte, mußte ich einen in Paris engagieren. Weiter hatten wir eine Chiffre für vertrauliche Mitteilungen vereinbart. Es mag Ihnen komisch vorkommen, aber wenn Sie mal Erfahrungen...«

»Ich weiß«, sagte George, »ich habe die Zeitungsausschnitte gesehen.«

»Aha! Nun, ich hatte meinen Partnern Berichte in Tagebuchform über den Fortschritt der Sache geschickt. Und nachdem ich das mit Schirmer herausgefunden hatte, benutzte ich die Chiffre. Es war eine einfache Schlüsselwortmethode, aber für unsern Zweck genügte das. Sehen Sie, ich hatte Angst, daß die Zeitungen hinter den Namen ›Schirmer‹ kommen würden und wir dann wieder eine neue Flut von Schirmern, Shermans und so weiter gekriegt hätten. Schließlich entließ ich auch den Dolmetscher. Ich sagte ihm, ich hätte die Nachforschungen aufgegeben, und zahlte ihn aus.«

»Und warum das?«

»Weil ich weiterforschte und niemand außerhalb unserer Firma etwas Genaueres davon zu wissen brauchte. Und es war nur gut, daß ich den Mann entließ, denn als die Nazis später hinter der Erbschaft her waren und Frankreich besetzt hatten, nahm die Gestapo meinen zweiten Mann ins Verhör. Wenn er so viel gewußt hätte, wie der erste, hätten wir in der Klemme gesessen. Als er ankam, hatte ich die Eintragung im Kriegstagebuch schon fotokopieren lassen – Sie finden sie in der Akte – und war fertig zur Weiterreise.«

»Nach Ansbach?«

»Ja. Dort fand ich den Nachweis von Schirmers Taufe. Als ich dann wieder nach Mühlhausen kam, entdeckte ich die Registereintragungen über die Heirat von Franz und Maria Dutka, die Geburt von Karl und Hans und den Tod Marias. Aber das Wichtigste fand ich erst, als ich nach Münster zurückkam. Der Knabe Karl war in der Militärstammrolle von 1824 eingetragen als Karl *Schirmer*. Franz hatte seinen eigenen Namen geändert, aber nicht den seines ältesten Sohnes.«

George überlegte schnell: »Franz wird seinen Namen gewechselt haben, als Mühlhausen an Preußen abgetreten wurde.«

»Das nehme ich auch an; denn für die Preußen war er ein Deserteur. Ich denke mir, Karls wegen wird er sich keine Sorgen gemacht haben.«

»Aber er hat den Namen von Hans geändert.«

»Hans war damals ein Säugling und ist ganz natürlich als Schneider aufgewachsen. Gleichgültig, welche Gründe er gehabt haben mag, so war es nun mal. Hans hatte sechs Brüder und fünf Schwestern, alle führten den Namen Schneider, mit Ausnahme eines einzigen, Karl. Er hieß Schirmer. Ich brauchte jetzt nur noch nachzuforschen, welche von ihnen Kinder gehabt hatten, die ihre Kusine Amelia überlebten.«

»Eine recht umständliche Sache.«

Moreton zuckte die Achseln. »Nicht so schlimm, wie sich's anhört. Die Sterblichkeitsziffer war im vorigen Jahrhundert höher als heute. Von den elf Geschwistern starben zwei Jungen und zwei Mädchen während einer Typhusepidemie, ehe sie zwölf waren; ein weiteres Mädchen wurde mit fünfzehn Jahren von einem durchgebrannten Pferd erschlagen. So brauchte ich mich nur noch um sechs zu kümmern. Vier davon übergab ich einem Privatdetektiv, der sich mit dergleichen Sachen befaßte. Die andern beiden nahm ich mir selber vor.«

»Einer davon war Karl Schirmer?«

»Richtig! Mitte Juli war ich mit den Schneiders fertig. Da waren zwar Kinder, aber keines hatte Amelia überlebt. Also immer noch kein Erbe. Der einzige, dem es noch nachzuforschen galt, war Karl Schirmer.«

»Hatte er Kinder?«

»Sechs. Er hatte bei einem Drucker in Koblenz gelernt und heiratete die Tochter seines Meisters. Ich habe monatelang in den Städten und Dörfern des Rheinlands herumgesucht. Mitte August hatte ich alle aufgespürt bis auf einen einzigen und hatte immer noch keinen Erben. Der eine, der mir noch fehlte, war ein Sohn, Friedrich, 1863 geboren. Ich wußte nur, daß er 1887 in Dortmund geheiratet hatte und Buchhalter war. Und dann kriegte ich Scherereien mit den Nazis.«

»Was für Scherereien?«

»Im Sommer 1939 machte sich jeder Fremde, der da im Rheinland herumreiste und Nachfragen stellte, Behördenregister durchsuchte und chiffrierte Telegramme verschickte, verdächtig. Daran hatte ich Trottel nicht gedacht. In Essen hatte ich Besuch von der Polizei und wurde gebeten, über mich Auskunft zu geben. Ich erklärte es ihnen, so gut ich konnte, und sie gingen auch, aber am nächsten Tage kamen sie wieder. Diesmal hatten sie ein paar Burschen von der Gestapo mitgebracht.« Moreton lächelte traurig. »Ich muß gestehen, mein Junge, ich war froh, daß ich einen amerikanischen Paß hatte. Letzten Endes glaubten sie mir auch. Es leuchtete ihnen ein, warum ich vermeiden wollte, daß die Zeitungen von meinen Ermittlungen Wind bekamen. Mit Zeitungen hatten sie auch nichts im Sinn. Die Hauptsache war, daß es mir gelang, den Namen Schirmer herauszuhalten. Aber sie machten mir doch Scherereien. Innerhalb von 14 Tagen hatte ich ein Telegramm von meinen Partnern, aus dem hervorging, daß die deutsche Botschaft in Washington unserm Auswärtigen Amt mitgeteilt hatte, die deutsche Regierung werde künftig jeden deutschen Staatsangehörigen vertreten, der Anspruch auf das Schneider-Johnson-Vermögen erhebe. Sie verlangte eingehende Auskunft über den gegenwärtigen Stand der Nachforschungen des Verwalters in der Angelegenheit.«

»Sie glauben, die Gestapo hat ihrem Auswärtigen Amt alles berichtet, was Sie in Deutschland machten?«

»Sicher! Daraufhin haben sie doch den Anspruch des falschen Rudolf Schneider gestartet. Sie haben keine Ahnung, wie schwierig es ist, die Echtheit von Dokumenten anzuzweifeln, die von der Regierung einer befreundeten Macht hergestellt und beglaubigt werden — ich meine einer Macht, die normale diplomatische Beziehungen zu Ihrer eigenen Regierung unterhält. Das kommt der Beschuldigung gleich, daß sie ihre eigenen Banknoten fälsche.«

»Und wie stand es mit dem Schirmer-Zweig, Sir? Kamen die Nazis dahinter?«

»Kein Gedanke! Sie hatten ja nicht wie wir Amelias Dokumente zu Hilfe. Sie hatten nicht einmal die richtige Schneider-Familie, aber es war schwer, ihnen das nachzuweisen.«

»Und Karls Sohn Friedrich — haben Sie seine Spur verfolgt?«

»Aber gewiß, mein Junge, ich habe ihn auch ausgeforscht,

aber das war eine höllische Arbeit. Durch eine kirchliche Vermittlungsstelle in Karlsruhe kam ich schließlich auf seine Spur. Die hat für mich herausgefunden, daß fünf Jahre vorher einem älteren Buchhalter mit Namen Friedrich Schirmer Arbeit in einer Knopffabrik im Breisgau besorgt worden war. Also fuhr ich zur Knopffabrik. Dort sagte man mir, er habe sich vor drei Jahren im Alter von siebzig zur Ruhe gesetzt und in ein Sanatorium in Bad Schwennheim zurückgezogen. Blasenleiden, hieß es. Sie meinten, er sei wohl gestorben.«

»Und war er tot?«

»Ja.« Moreton guckte mißbilligend in den Garten. »Ich will Ihnen nicht verschweigen, mein Junge, daß ich mich damals ganz schön alt und abgekämpft fühlte. Es war die letzte Woche im August und nach dem, was der Rundfunk meldete, war Europa drauf und dran, noch in derselben Woche in den Krieg zu ziehen. Ich wollte nach Hause. Ich war nie der Typ, der unbedingt überall dabei sein muß. Außerdem hatte ich mit dem Dolmetscher Pech. Er war Lothringer. Frankreich mobilisierte, und er befürchtete, daß er keine Zeit mehr haben würde, seine Frau zu sehen, bevor er eingezogen wurde. Es war auch schon schwierig, Benzin für den Wagen zu kaufen. Ich war nahe daran, die ganze Friedrich-Schirmer-Geschichte an den Nagel zu hängen und zu machen, daß ich rauskam. Und doch konnte ich es mir nicht versagen, noch einen letzten Versuch zu unternehmen. Vierundzwanzig Stunden noch — mehr brauchte ich nicht.«

»Dann haben Sie also weiter nachgeforscht?« Jetzt, nachdem George wußte, was er wissen wollte, machten ihn Moretons Erinnerungen ungeduldig.

»Ja, ich spürte weiter nach. Aber ohne den Dolmetscher. Der war so höllisch ängstlich geworden, daß ich ihm Order gab, den Wagen zu nehmen und nach Straßburg zu fahren, wo er mich erwarten sollte. Das war übrigens ein glücklicher Gedanke. Als die Gestapo ihn später schnappte, wußte er weiter nichts, als daß ich nach Bad Schwennheim gefahren war. Das nenne ich Glück! Ich fuhr mit der Bahn hin. Kennen Sie das Nest? Bei Triburg in Baden.«

»In die Gegend bin ich nie gekommen.«

»Es ist einer von diesen verstreuten kleinen Kurorten: Pensionen, Familienhotels und kleine Villen am Rande eines Nadelwaldes. Ich hatte herausgefunden, daß man solche Auskünfte am ehesten beim Priester kriegt, also suchte ich ihn auf. Ich hatte die Kirche schon entdeckt – wie eine Kuckucksuhr hing sie am Berg –, und ich konnte gerade genug Deutsch, um von einem Vorübergehenden zu erfahren, daß der Priester im Haus darüber wohnte. Ich keuchte also hinauf und besuchte den Priester. Glücklicherweise sprach er gut Englisch. Ich erzählte ihm natürlich den üblichen Schwindel ...«

»Schwindel?«

»Nun ja, daß es sich um eine belanglose Sache handle, ein kleines Vermächtnis, und derlei Zeug. Man mußte es bagatellisieren. Wenn man bei einer solchen Sache die Wahrheit sagt, ist man gleich erledigt. Die Menschen sind zu habgierig. Sie würden sich wundern, was aus sonst ganz normalen Menschen wird, wenn sie in Millionen zu denken beginnen. Also erzählte ich die üblichen Lügen und stellte die üblichen Fragen.«

»Und der Priester sagte, Friedrich Schirmer sei gestorben?«

»Ja.« Moreton lächelte verschmitzt. »Aber er sagte auch, wie schade es sei, daß ich zu spät gekommen bin.«

»Wieso zu spät?«

»Zur Beerdigung.«

George sank der Mut. »Sie wollen sagen, daß er Amelia überlebt hat?«

»Um mehr als zehn Monate.«

»War er verheiratet?«

»Die Frau war vor Jahren gestorben.«

»Kinder?«

»Einen Sohn namens Johann. In dem Kasten, den Sie da haben, ist sein Foto. Ilse war seine Frau. Johann müßte heute an die Fünfzig sein, nehme ich an.«

»Sie glauben, daß er am Leben ist?«

»Keine Ahnung, mein Junge«, sagte Moreton fröhlich. »Aber *wenn* — dann ist ohne Zweifel er der Schneider-Johnson-Erbe.«

George lächelte. »*War* der Erbe, meinen Sie, nicht wahr? Als Deutscher würde er die Erbschaft nie antreten können. Der Treuhänder für feindliches Vermögen würde den Anspruch übernehmen.«

Moreton kicherte und schüttelte den Kopf: »Seien Sie nicht zu sicher, mein Junge. Nach dem, was ich von dem Priester erfuhr, arbeitete Friedrich über zwanzig Jahre seines Lebens für einen deutschen Elektroindustriellen in einem Betrieb in der Nähe von Schaffhausen in der Schweiz. Dort wurde Johann geboren. Eigentlich müßte er Schweizer sein.«

George sank in seinen Stuhl zurück. Einen Augenblick war er zu verwirrt, um klar denken zu können. Moretons rosige, gedunsene Backen bebten vor Vergnügen. Er war mit der Wirkung seines Einwandes zufrieden. George unterdrückte seinen aufsteigenden Ärger.

»Aber wo hat er gelebt?« fragte er. »Wo lebt er jetzt?«

»Das weiß ich nicht. Auch der Priester hatte keine Ahnung. Soviel ich erfahren konnte, kehrte die Familie Anfang der zwanziger Jahre nach Deutschland zurück. Aber Friedrich Schirmer hatte von Sohn und Schwiegertochter seit Jahren nichts gehört. Was noch schlimmer ist, in seinen hinterlassenen Papieren ist nichts, was anzeigt, daß sie je existiert haben, abgesehen vom Foto und einigem, was er dem Priester erzählt hat.«

»Hat Friedrich ein Testament gemacht?«

»Nein. Er hat auch nichts zu hinterlassen, was die Mühe gelohnt hätte. Er lebte von einer kleinen Rente. Das Geld reichte kaum, ihn anständig zu begraben.«

»Aber Sie haben doch sicher versucht, diesen Johann zu finden?«

»Ich konnte da nicht viel machen. Ich bat Pater Weichs — das war der Priester —, mir Nachricht zu geben, sobald er etwas von Johann hörte. Aber drei Tage später brach der Krieg aus. Ich habe nie wieder etwas darüber gehört.«

»Aber als die deutsche Regierung Anspruch auf den Nachlaß erhob, haben Sie da nicht die Verhältnisse klargestellt und gefordert, den Johann Schirmer herbeizuschaffen?«

Der alte Mann zuckte ungeduldig die Achseln. »Natürlich, wenn es zum Klappen gekommen wäre und sie eine reelle Möglichkeit gefunden hätten, ihren Schneider-Anspruch zu beweisen, hätten wir das wohl tun müssen. Aber so, wie die Dinge lagen, war es besser, unsere Karten nicht aufzudecken. Sie hatten schon einen falschen Schneider fabriziert. Was sollte sie daran hindern, nun auch einen falschen Schirmer in die Welt zu setzen? Angenommen, sie hätten entdeckt, daß Johann und Ilse tot waren und keine Erben hinterlassen hatten! Glauben Sie, daß sie das zugegeben hätten? Außerdem haben wir nicht gedacht, daß der Krieg länger als ein oder zwei Monate dauern würde. Wir rechneten die ganze Zeit damit, daß im nächsten Moment einer von uns nach Deutschland fahren und die ganze Angelegenheit auf anständige Weise und zu unserer Zufriedenheit klären könnte. Dann kam Pearl Harbour, und damit war die Sache ad acta gelegt, soweit sie uns betraf.«

Moreton sank in die Kissen zurück und schloß die Augen. Er hatte seinen Spaß gehabt. Nun war er müde.

George schwieg. Aus einem Augenwinkel sah er Mrs. Moreton im Hintergrund lauern. Er erhob sich. »Eins ist mir noch nicht klar, Mr. Moreton«, sagte er zögernd.

»Was, mein Junge?«

»Sie sagten, als Sie 1944 die Sache Mr. Sistrom übergaben, wollten Sie ihn nicht auf diese Tatsachen aufmerksam machen. Warum eigentlich?«

Moreton öffnete langsam die Augen. »Anfang 1944 wurde mein Sohn von der SS erschossen, nachdem er aus einem Kriegsgefangenenlager in Deutschland geflohen war. Meine Frau war damals kränklich, und dieser Schock hat sie getötet.

Als es soweit war, daß ich alles an Sistrom übergeben mußte, konnte ich mich nicht mit dem Gedanken abfinden, daß ein Deutscher durch meine Bemühungen etwas aus unserm Land bekommen sollte.«

»Ich verstehe.«

»Entspricht nicht der Berufsehre«, fügte der alte Mann mißbilligend hinzu, »gewiß nicht ethisch, aber damals habe ich so empfunden. — Nun«, er zuckte die Achseln, und plötzlich blickte er wieder vergnügt. »Nun bin ich neugierig, was Harry Budd sagen wird, wenn Sie ihm das erzählen.«

»Ja, darauf bin ich selber gespannt«, sagte George.

Mr. Budd sagte: »Du lieber Himmel!« Und zwar mit Nachdruck. Dann bat er seine Sekretärin nachzusehen, ob Mr. Sistrom für eine Besprechung verfügbar sei.

John J. Sistrom war der älteste Teilhaber der Firma (Lavater und Powell waren schon vor Jahren gestorben), und der ältere J. P. Morgan hatte große Stücke auf ihn gehalten. Eine unnahbare, respektgebietende Erscheinung, die außer seinen Partnern nur selten jemand zu sehen bekam, weil er einen separaten Eingang zu seinem Büro hatte. George war ihm bei seinem Eintritt in die Firma vorgestellt worden und hatte einen geschäftsmäßigen Händedruck empfangen. Er war viel älter als Moreton, aber mager und drahtig, ein energiegeladenes Knochenbündel. Er spielte nervös mit einem goldenen Bleistift, während er sich Mr. Budds widerwillig vorgetragene Erklärung der Sachlage anhörte.

»Ich verstehe«, sagte er schließlich. »Was meinst du, Harry, was ich machen soll? Jemand anders beauftragen, was?«

»Ja, John J. So jemand wie Liebermann würde das interessieren.«

»Vielleicht. Wie hoch ist denn jetzt der genaue Wert des Nachlasses?«

Mr. Budd sah George fragend an.

»Viermillionendreihunderttausend, Sir«, sagte George.

Mr. Sistrom schob die Lippen vor. »Woll'n mal sehen. Bundessteuern werden schon ganz hübsch sein. Dann spielt die Sache seit über sieben Jahren, also kommt das Gesetz von 1943 zur Anwendung. Das heißt, 80 Prozent von dem, was übrig ist, für den Bundesstaat.«

»Wenn für den Erben eine halbe Million bleibt, kann er froh sein«, sagte Budd.

»Eine halbe Million steuerfrei ist heute eine Menge Geld, Harry.«

Budd lachte. Mr. Sistrom wandte sich an George. »Was ist Ihre Meinung über den Anspruch von diesem Johann Schirmer, junger Mann?« fragte er.

»Schon auf den ersten Blick halte ich den Anspruch für berechtigt. Ein wichtiger Gesichtspunkt zu seinen Gunsten scheint mir die Tatsache, daß dieser Schirmer-Anspruch den härteren Bestimmungen des 47er Gesetzes genügen würde, obwohl die Intestaterbfolge selber dem Gesetz von 1917 unterliegt. Die Frage der Rechtsnachfolge liegt gar nicht vor, denn Friedrich Schirmer *war* ein leiblicher Vetter *und* hat die alte Dame überlebt.«

Mr. Sistrom nickte. »Bist du derselben Meinung, Harry?«

»Durchaus. Ich glaube, Liebermann wird das gern übernehmen.«

»Komische Sache, solch alte Erbschaftsfälle«, meinte Sistrom abwesend, »sie eröffnen ungeahnte Perspektiven. — Da desertiert zu Napoleons Zeiten nach einer Schlacht ein deutscher Dragoner und muß seinen Namen ändern. Und hundert Jahre später sitzen wir hier, viertausend Meilen entfernt, und zerbrechen uns die Köpfe, wie wir mit den Verwicklungen fertig werden, die sich aus diesen alten Geschichten ergeben.« Er lächelte flüchtig. »Immerhin ein interessanter Fall, Sie verstehen, wir könnten ausführen, daß Friedrich den Nachlaß *vor* der Berufung des Treuhänders für feindliches Vermögen erbte, und daß er daher nach deutschem Gesetz Johann Schirmer zugefallen wäre. Zwei oder drei deutsch-schweizerische Einsprüche gegen den Treuhänder haben schon Erfolg gehabt. Es gibt da viele Möglichkeiten.«

»Und die Zeitungen würden ihren Spaß daran haben, wenn sie das erfahren!« sagte Budd.

»Nun, sie brauchen ja nichts zu erfahren, oder? Jedenfalls vorläufig nicht.« Mr. Sistrom war anscheinend zu einem Entschluß gekommen. »Wir brauchen die Sache ja nicht zu übereilen, Harry«, sagte er. »Natürlich wollen wir nicht in irgendwelchen Zeitungshumbug hineingezogen werden, aber wir sind im Besitz von gewissen Informationen, zu denen kein anderer Zugang hat. Wir sind in einer starken Position. Ehe wir zu einer Entscheidung in dieser Sache kommen, denke ich, müßten wir in aller Stille jemand nach Deutschland schicken, der versucht, diesen Johann Schirmer aufzuspüren. Es gefällt mir nicht, daß der Staat das ganze Geld schluckt, nur weil wir uns nicht die Mühe machen wollen, diesen Schirmer zu suchen. Wenn er ohne Testament oder Erben gestorben ist oder wir ihn nicht finden, können wir weiter überlegen. Vielleicht werde ich dann den Leuten vom Bundesstaat die Tatsachen mitteilen und es ihnen überlassen, was sie damit anfangen wollen. Aber wenn auch nur einige Aussicht besteht, daß der Mann noch lebt, sollten wir alle Anstrengungen unternehmen, ihn zu finden. Und dafür brauchen wir die erheblichen Gebühren keiner fremden Firma zuzuwenden. Die Spesen für unsere Bemühungen sind unabhängig davon, ob wir Erfolg haben oder nicht. Ich sehe keinen Grund, die Gelegenheit zurückzuweisen.«

»Aber, um Gottes willen, John J....«

»Es ist durchaus ehrenhaft, daß die Anwälte des Nachlaßverwalters versuchen, den Erben zu finden, und sich ihre Bemühungen bezahlen lassen.«

»Ich weiß, daß es ehrenhaft ist, John J., aber ... Donnerwetter!«

»In Geschäften dieser Art kann man auch zu kleinlich denken«, sagte Sistrom fest. »Ich habe nicht vor, uns das

Geschäft entgehen zu lassen, bloß weil wir vor ein paar Zeitungsschreibern bange sind.«

Einen Augenblick war Stille. Mr. Budd stieß einen Seufzer aus. »Wenn du es so siehst, John J. Aber angenommen, dieser Mann ist in der russischen Zone Deutschlands oder als Kriegsverbrecher im Gefängnis?«

»Dann können wir immer noch weiter überlegen. Nun, wen willst du schicken?«

Budd hob die Schultern. »Ich würde sagen, wir brauchen einen guten zuverlässigen Privatdetektiv.«

»Detektiv?« Sistrom ließ seinen goldenen Bleistift fallen. »Sieh mal, Harry, wir werden keine Million Dollar herausholen. Tüchtige Privatdetektive sind viel zu teuer für ein Glücksspiel wie dieses. Ich glaube, ich weiß was Besseres.« Er drehte sich in seinem Stuhl um und sah George an.

George wartete verzagt.

Dann kam der Schlag.

Mr. Sistrom lächelte wohlwollend. »Was würden Sie zu einem kleinen Ausflug nach Europa sagen, Mr. Carey?« fragte er.

Viertes Kapitel

Zwei Wochen später reiste George nach Paris.

Als das Flugzeug aus New York langsam an Höhe verlor und in die Kurve ging, um in Orly zur Landung anzusetzen, sah er die Stadt unter dem linken Flügel allmählich auftauchen. Er reckte den Hals, um besser zu sehen. Es war nicht das erste Mal, daß er über Paris flog, aber das erste Mal als Zivilist, und er war neugierig, ob er die einst so vertrauten Landmarken noch erkennen würde. Außerdem war er im Begriff, mit dieser Stadt wieder neue Beziehungen anzuknüpfen. Für ihn war Paris zuerst eine Fläche auf der Landkarte gewesen, dann der Ort, wo das Hauptquartier des Flieger-Korps lag, dann ein Vergnügungsmarkt, wo man den Urlaub verbrachte, und schließlich ein graues Straßengewirr, in dem man umherlief, während man sehnsüchtig auf die Nachricht wartete, heimtransportiert zu werden. Nun war es eine fremde Hauptstadt geworden, in der er Geschäfte zu erledigen hatte; der Startplatz für das, was er in Augenblicken guter Laune für eine Odyssee hielt. Das angenehme Gefühl der Erwartung wurde nicht einmal durch das Bewußtsein geschmälert, daß man ihn nur als billigen Ersatz für einen tüchtigen Privatdetektiv beauftragt hatte.

Seine Einstellung zur Schneider-Johnson-Sache hatte sich im Laufe dieser zwei Wochen ziemlich gewandelt. Wenn er auch seine Verbindung damit noch immer als Pech ansah, so betrachtete er sie doch nicht mehr als ein so großes Unglück. Verschiedenes hatte dazu beigetragen, ihn in seinem Glauben an die Sache zu bestärken. Da war Mr. Budds Protest, einen so fähigen Mann für solch unbedeutenden Auftrag zu verwenden. Da war die fluchend ausgesprochene Ansicht seiner Kollegen, das Nachprüfen der Ansprüche sei ihm langweilig geworden und er habe nun schlau die Tatsachen falsch dargestellt, um eine kostenlose Urlaubsreise herauszuschinden. Vor allem aber war es der Entschluß Mr. Sistroms, persönliches Interesse an der Sache zu nehmen. Mr. Budd hatte es verdrießlich als gewöhnliche Habgier bezeichnet; aber George argwöhnte, daß Mr. Sistroms anscheinend so natürlicher Wunsch, das Vermögen so lange wie möglich zu schröpfen, Gründe anderer und weniger geschäftlicher Art hatte. Es gehörte zweifellos Phantasie dazu, sich vorzustellen, daß ein Partner Lavaters in einer geschäftlichen Angelegenheit von romantischen oder sentimentalen Erwägungen beeinflußt werden könnte; aber wie George bereits bemerkt hatte, waren Phantasie und der Schneider-Johnson-Fall gar nie so weit voneinander entfernt gewesen. Übrigens wirkte die Wahrnehmung, daß auch in Mr. Sistrom ein Kind steckte, irgendwie beruhigend, und das konnte George jetzt gerade gebrauchen.

Nach einem weiteren Besuch in Monteclair hatte er sich daran gemacht, Mr. Moretons Tagebuch zu entschlüsseln. Als er damit fertig war und alle fotokopierten Dokumente in der Kassette identifiziert hatte, befiel ihn ein ungewohntes Gefühl von Unzulänglichkeit. Münster, Mühlhausen, Karlsruhe und Berlin — er hatte auf manche dieser Städte, in denen Mr. Moreton gearbeitet hatte, um die Familiengeschichte der Schirmers zusammenzuklauben, Bomben geworfen. Und bestimmt viele ihrer Bewohner getötet. Würde er Moretons Geduld und Scharfsinn aufgebracht haben? Er bezweifelte es. Es war demütigend, sich mit dem Gedanken zu trösten, daß seine eigene Aufgabe wahrscheinlich einfacher sein würde.

Am Morgen nach seiner Ankunft in Paris ging er zur amerikanischen Botschaft, machte sich in der Rechtsabteilung bekannt und bat um einen zuverlässigen Dolmetscher, den sie selber erprobt hatten und dessen beeidigte Aussagen später vom Waisengericht in Philadelphia und dem Treuhänder für feindliches Vermögen anerkannt würden.

Als er ins Hotel zurückkehrte, fand er einen Brief vor. Er stammte von Mr. Moreton.

Mein lieber Mr. Carey,
ich danke Ihnen für Ihren Brief. Es hat mich natürlich sehr interessiert, daß mein alter Freund John Sistrom sich entschieden hat, die Schirmer-Nachforschungen fortzusetzen, und es freut mich zu hören, daß Sie dafür verantwortlich sein werden. Herzlichen Glückwunsch! Sie müssen gut mit John J. stehen, daß er Ihnen diesen Auftrag anvertraute. Sie können sich darauf verlassen, daß keine Zeitung von mir ein Wort über die Sache herauskriegt. Ich nehme mit Vergnügen Ihre für mich schmeichelhafte Absicht zur Kenntnis, die gleichen Vorsichtsmaßnahmen zu ergreifen wie ich damals, um die Geheimhaltung zu sichern. Wenn ich Ihnen in der Frage eines Dolmetschers raten darf — nehmen Sie keinen, der Ihnen persönlich nicht sympathisch ist. Sie werden so viel mit ihm zusammen sein, daß Sie ihn, wenn er Ihnen nicht von Anfang an gefällt, schließlich nicht mehr sehen können.
Was nun die Punkte in meinem Tagebuch betrifft, die Ihnen nicht klar waren, so habe ich meine Antworten auf Ihre Fragen auf einem besonderen Bogen notiert. Bedenken Sie jedoch bitte, daß ich mich auf mein Gedächtnis verlasse, das mich manchmal im Stich gelassen haben mag. Die Antworten sind ›nach bestem Wissen und Gewissen‹ gegeben.
Ich habe über die Probleme nachgedacht, die Sie in Deutschland lösen wollen, und nehme an, daß Sie mit Pater Weichs, dem Schwennheimer Priester, sehr bald in Verbindung treten werden. Aber als ich mir in Erinnerung zu rufen suchte, was ich Ihnen über meine Unterhaltung mit ihm erzählt habe, schien es mir, daß ich einige wichtige Dinge vergessen habe. Mein Tagebuch gibt, wie ich gut weiß, nur die nackten Tatsachen. Es war meine letzte Unterredung in Deutschland, und ich hatte es eilig, nach Hause zu kommen. Aber wie Sie sich wohl vorstellen können, erinnere ich mich

lebhaft an diese Begegnung. Ein paar weitere Details können Ihnen vielleicht ganz dienlich sein.

Wie ich Ihnen schon sagte, unterrichtete er mich über Friedrich Schirmers Tod, und ich gab ihm eine vorsichtige Erklärung, warum ich mich nach ihm erkundigte. Wir hatten dann eine Unterredung, die ich Ihnen, da sie zum Teil Johann Schirmer betraf, aus der Erinnerung wiedergeben möchte.

Pater Weichs ist, oder war, ein großer blonder Mann mit einem hageren Gesicht und scharfen blauen Augen. Nicht dumm, sehen Sie sich vor! Und alles andere als geduldig. Mein schleppendes Deutsch ließ seine Gesichtsmuskeln nervös zucken. Glücklicherweise konnte er gut Englisch, und nach den ersten Höflichkeitsformalitäten benutzten wir diese Sprache.

»Ich hatte gehofft, daß Sie ein Verwandter wären«, sagte er. »Er sprach einmal von einem Onkel in Amerika, den er nie gesehen hat.«

»Hatte er hier keine Verwandten? Keine Frau?« fragte ich.

»Seine Frau starb vor etwa sechzehn Jahren in Schaffhausen. Sie war Schweizerin. Sie haben über zwanzig Jahre dort gelebt. Ihr Sohn wurde dort geboren. Doch als sie starb, kehrte er nach Deutschland zurück. Während seiner letzten Krankheit pflegte er von seinem Sohn Johann zu sprechen, den er seit Jahren nicht gesehen hatte. Johann war verheiratet, und eine Zeitlang hatte der Vater bei dem jungen Paar gewohnt, aber nach einem Streit hatte er ihr Haus verlassen.«

»Wo haben sie gewohnt?«

»In Deutschland, aber er hat mir nicht gesagt, wo. Die ganze Sache war ihm sehr schmerzlich. Er hat sie nur einmal erwähnt.«

»Worum ging denn der Streit?«

Pater Weichs zögerte bei dieser Frage. Offensichtlich wußte er die Antwort darauf. Aber er lenkte ab: »Kann ich nicht sagen.«

»Sie wissen es nicht?« drängte ich.

*Er zögerte wieder, dann antwortete er sehr vorsichtig:
»Friedrich Schirmer war vielleicht kein so harmloser Mensch
wie er schien. Das ist alles, was ich darüber sagen kann.«
»Ich verstehe.«
»De mortuis ... der alte Mann war sehr krank.«
»Sie haben also wirklich keine Ahnung, Pater, wo Johann
sich aufhält?«
»Tut mir leid, nein. Ich habe in den Habseligkeiten des alten
Mannes nach der Adresse von jemandem gesucht, dem ich seinen Tod hätte mitteilen können, aber ich habe nichts gefunden. Er lebte in einem Altersheim. Die Direktorin sagte mir,
er hätte nie Briefe bekommen, nur seine monatliche Rente.
Wird jetzt sein Sohn die Erbschaft bekommen?«
Ich war auf diese Frage vorbereitet. Einen Augenblick hatte
ich daran gedacht, diesem Priester zu vertrauen, aber die
gewohnte Vorsicht war stärker. Ich antwortete ausweichend.
»Das Geld verwahrt ein Treuhänder«, sagte ich und wechselte das Thema, indem ich nach seinen hinterlassenen Habseligkeiten fragte.
»Da war nicht viel mehr als die Kleider, in denen er begraben wurde«, sagte er.
»Kein Testament?«
»Nein. Da waren ein paar Bücher und einige alte Papiere
— Aufzeichnungen aus seiner Militärzeit und ähnliches. Nichts
von Wert. Ich habe sie in Verwahrung, bis ich von den Behörden Weisung bekomme, sie zu vernichten.«
Natürlich war ich versucht, die Sachen selber durchzusehen, aber hier war Takt geboten. »Ich frage mich, ob ich
die Sachen sehen dürfte, Pater«, sagte ich. »Es wäre doch
vielleicht gut, wenn ich seinen Verwandten in Amerika darüber berichten könnte.«
»Natürlich, wenn Sie es wünschen.«
Er hatte die Papiere zu einem Bündel gepackt und den
Rosenkranz des Toten dazugelegt. Ich sah alles durch.
Ich muß Ihnen gestehen, es war eine rührende Sammlung.*

Da waren alte Schweizer Konzertprogramme und Kataloge von Schweizer Gewerbe-Ausstellungen, ein Buchhalterdiplom von einer Handelsschule in Dortmund und die eigenhändig geschriebene Speisekarte von einem Bankett, das 1910 für die deutschen Angestellten des Schaffhausener Betriebs gegeben worden war, in dem er gearbeitet hatte. Da waren Briefe von Firmen aus ganz Deutschland, Antwortschreiben auf seine Bewerbungen als Buchhalter. Der Bewerber hatte der Reihe nach von Dortmund, Mainz, Hannover, Karlsruhe und Freiburg aus geschrieben. Da waren die Militärpapiere und Dokumente, die sich auf die Rente bezogen, die er mit seinen Ersparnissen erworben hatte. Ich war bekannt für meine Behauptung, daß die scheinbar unwichtigen Dinge, die ein Mann aufbewahrt, die persönlichen Andenken, das Vielerlei, das er während seines Lebens sammelt, den Schlüssel zu den Geheimnissen seiner Seele bilden. Wenn dem so ist, dann muß Friedrich Schirmer ein außergewöhnlich ereignisloses Innenleben gehabt haben.

Da waren zwei Fotos – die eine von Johann und Ilse, die Sie kennen, und die andere von der verstorbenen Frau Friedrich Schirmers. Mir war klar, daß ich die von Johann Schirmer um jeden Preis haben mußte. Ich legte sie unauffällig wieder hin.

»Sie sehen, nichts Besonderes«, sagte Pater Weichs.

Ich nickte. »Aber«, sagte ich, »ich überlege, ob es nicht eine Aufmerksamkeit von mir wäre, seinen Verwandten in Amerika einige Andenken von ihm mitzubringen. Wenn diese Dinge doch vernichtet werden sollen, wäre es bedauerlich, nicht etwas davon zu retten.«

Er überlegte einen Augenblick, fand aber keinen Einwand. Er schlug den Rosenkranz vor. Ich stimmte ihm sofort zu und erwähnte erst nachträglich das Foto. »Falls es wirklich nochmal gebraucht werden sollte, kann ich es jederzeit kopieren und Ihnen das Original zurückschicken«, sagte ich.

So nahm ich es mit. Er versprach mir auch, mich zu benach-

richtigen, falls er etwas über den Aufenthalt von Johann Schirmer erfahren sollte. Wie Sie wissen, habe ich nie etwas von ihm gehört. In den frühen Morgenstunden des nächsten Tages überschritt die deutsche Armee die Grenze und marschierte in Polen ein.

Das ist alles, mein Junge. Meine Frau war so freundlich, dies alles für mich zu tippen, und ich hoffe, daß es Ihnen ein wenig nützen wird. Wenn ich sonst noch etwas für Sie tun kann, lassen Sie mich's wissen. Und wenn Sie mich benachrichtigen könnten, wie Sie in der Sache weiterkommen, ohne das Gefühl zu haben, das Vertrauen Ihrer Firma zu mißbrauchen, würde ich überaus erfreut sein, von Ihnen zu hören. Wissen Sie, der einzige, den ich wirklich leiden mochte von all den Schneiders und Schirmers, die ich so kennenlernte, das war jener alte Sergeant Franz. Ich kann mir vorstellen, daß er ein ganz zäher Bursche war. Was wird aus solchem Blut? O ja, ich weiß, daß nur gewisse körperliche Merkmale vererbt werden und daß das alles eine Angelegenheit der Gene und Chromosomen ist, aber falls Sie zufällig einem Schirmer mit einem Bart wie dem von Franz begegnen, lassen Sie mich's wissen. Auf jeden Fall viel Glück.

Ihr ergebener
Robert L. Moreton

George faltete den Brief zusammen und sah sich den beigefügten Bogen mit den Antworten auf seine Fragen an. In diesem Augenblick schrillte das Telefon neben seinem Bett. Er wandte sich um und nahm den Hörer ab.

»Mademoiselle Kolin wünscht Sie zu sprechen.«

»Schön, ich komme hinunter.«

Das mußte die Dolmetscherin sein, die ihm von der Botschaft empfohlen war.

»Miss Kolin?« hatte George gefragt, »eine Frau?«

»Allerdings. Eine Frau.«

»Ich nahm an, Sie würden mir einen Mann schicken. Sie

müssen wissen, ich muß herumreisen und in Hotels wohnen. Das könnte peinlich werden, wenn ...«

»Aber warum denn? Sie brauchen doch nicht mit ihr zu schlafen.«

»Ist denn kein Mann zu bekommen?«

»Keiner, der so tüchtig ist wie Miss Kolin. Sie sagten, Sie brauchen jemand, für den wir bürgen könnten, wenn's darauf ankäme, daß sein Zeugnis von einem amerikanischen Gericht anerkannt würde. Für Kolin können wir ohne weiteres bürgen, wir verwenden sie oder Miss Harle immer für wichtige Untersuchungskommissionen, und so machen es auch die Engländer. Harle ist gerade in Genua tätig, deshalb haben wir Kolin genommen. Seien Sie froh, daß sie verfügbar ist.«

»Na schön. Wie alt ist sie?«

»Anfang dreißig und attraktiv.«

»Um Gottes willen!«

»Das braucht Sie nicht zu beunruhigen.« Der Mann von der Botschaft hatte auf sonderbare Weise gekichert.

George hatte das überhört und nach Miss Kolins Vergangenheit gefragt.

Sie stammte aus einem serbischen Ort in Jugoslawien und hatte an der Universität Belgrad studiert. Sie besaß ein ungewöhnliches Sprachtalent. Ein britischer Major, der für eine Hilfsorganisation arbeitete, hatte sie 1945 in einem Flüchtlingslager entdeckt und als Sekretärin beschäftigt. Später hatte sie für einen amerikanischen Rechtsausschuß, der die Nürnberger Prozesse vorbereitete, Dolmetscherdienste getan. Als diese Arbeit beendet war, hatte einer der Richter, der sowohl von ihrer Geschicklichkeit in der Büroarbeit wie von ihrer Sprachbegabung beeindruckt war, sie der Internationalen Währungsorganisation und der amerikanischen Botschaft in Paris empfohlen und ihr geraten, sich Beziehungen durch Übersetzen und Dolmetschen zu schaffen. Sie hatte sich bald selbständig gemacht und auf internationalen Handelskonferenzen durch die Schnelligkeit und Zuverlässigkeit ihrer

Arbeit längst einen guten Ruf erworben. Ihre Dienste waren sehr gefragt.

In der Hotelhalle warteten mehrere Damen, und George mußte den Portier bitten, ihm seine Besucherin zu zeigen.

Maria Kolin war wirklich attraktiv. Figur und Haltung waren von der Art, die auch in billigen Konfektionskleidern gut wirkt. Ihr Gesicht war einfach, der braune Teint stand gut zu dem glatten strohblonden Haar. Die großen Augen traten unter den schweren Lidern etwas hervor. Als einziges Makeup benutzte sie den Lippenstift, den allerdings recht kühn. Sie sah aus, als wäre sie gerade von einem Ski-Urlaub zurückgekommen.

Obwohl sie offensichtlich gesehen hatte, wie der Portier auf sie hinwies, blickte sie weiter ins Leere, als George auf sie zukam, und zeigte gespielte Überraschung, als er sie anredete.

»Miss Kolin? Ich bin George Carey.«

»Sehr angenehm.« Sie berührte die Hand, die er ihr entgegenhielt, als wäre sie eine aufgerollte Zeitung.

»Freut mich, daß Sie gekommen sind«, sagte Carey.

Sie zuckte steif die Achseln. »Selbstverständlich wollen Sie mich befragen, ehe Sie sich entscheiden, ob Sie mich beschäftigen.« Ihr Englisch war klar und richtig und hatte kaum einen Akzent.

»Auf der Botschaft sagte man mir, Sie hätten viel zu tun und ich könne froh sein, daß Sie gerade frei sind.« Er versuchte möglichst freundlich zu lächeln.

Sie blickte an ihm vorbei. »Nein, wirklich?«

George spürte, daß ihm allmählich der Ärger hochstieg. »Wollen wir uns nicht irgendwo hinsetzen, Miss Kolin, um alles zu besprechen?«

»Natürlich.«

Er führte sie quer durchs Foyer zu einigen bequemen Sesseln in der Nähe der Bar. Sie folgte übertrieben langsam. Sein Ärger wuchs. Gewiß, sie war eine anziehende Frau, aber sie benahm sich gerade, als müßte sie einen plumpen Verführungsversuch abwehren. Dazu war doch kein Grund. Schließlich war sie hergekommen, um eine Arbeit zu bekommen. Wollte sie nun oder nicht? Wenn nicht, warum verschwendete sie dann ihre Zeit und kam her?

»Nun, was hat man Ihnen in der Botschaft über Ihre Aufgabe gesagt, Miss Kolin?« sagte er, indes sie Platz nahmen.

»Daß Sie nach Deutschland gehen, um dort wegen eines Prozesses verschiedene Leute zu befragen. Daß Sie diese mündlichen Aussagen übersetzt haben wollen. Daß es erforderlich sein könnte, diese Übersetzungen später bei einer amerikanischen Botschaft beglaubigen zu lassen. Die Dauer meiner Beschäftigung werde nicht weniger als einen Monat und nicht länger als drei dauern. Ich soll dafür mein normales Monatsgehalt bekommen zuzüglich Reise- und Hotelspesen.« Sie sah wieder mit zurückgeworfenem Kopf an ihm vorbei – eine vornehme Dame, die von einem zudringlichen Anbeter belästigt wird.

»Ja, so ungefähr«, sagte George. »Hat man Ihnen gesagt, um welchen Prozeß es sich handelt?«

»Man sagte mir, daß es sich um eine höchst vertrauliche Angelegenheit handle und daß Sie mir zweifellos, soweit nötig, alles erklären würden.« Ein schwaches, gleichgültiges Lächeln – Männer sind ja solche Kinder mit ihren kleinen Geheimnissen.

»Richtig. Was für einen Paß haben Sie, Miss Kolin?«

»Einen französischen.«

»Ich dachte, Sie seien Jugoslawin?«

»Naturalisierte Französin. Mein Paß ist für Deutschland gültig.«

»Ja, das wollte ich wissen.«

Sie nickte, ohne etwas zu sagen. Man konnte Geduld haben mit solchen geistig Schwerfälligen, aber man war nicht verpflichtet, ihnen auch noch entgegenzukommen.

George lag verschiedenes auf der Zunge, was die Unterhaltung jäh beendet hätte. Er schluckte es hinunter. Er durfte sie nicht kränken, nur weil sie nicht so tat, als sei sie einfältiger oder begieriger auf die Arbeit, als sie in Wirklichkeit war. Ihr Benehmen war ein bißchen sonderbar. Schön! Aber mußte sie deswegen eine schlechte Dolmetscherin sein? Was erwartete er denn von ihr? Sollte sie katzbuckeln?

Er bot ihr eine Zigarette an.

Sie schüttelte den Kopf. »Danke, ich rauche lieber diese.« Sie zog ein Päckchen Gitanes hervor.

Er gab ihr Feuer. »Haben Sie noch irgendwelche Fragen über unsere Arbeit?« fragte er.

»Ja.« Sie blies den Rauch aus. »Haben Sie im Verkehr mit Dolmetschern schon irgendwelche Erfahrung, Mr. Carey?«

»Gar keine.«

»So. Sie sprechen etwas Deutsch?«

»Ja, ein bißchen.«

»Wieviel? Ich frage das nicht ohne Grund.«

»Das kann ich mir denken. Ich habe Deutsch in der Schule gelernt. Und ich war nach dem Kriege einige Monate in Deutschland stationiert und habe dort ziemlich viel Deutsch sprechen hören. Ich verstehe meistens den Sinn, wenn sich Deutsche unterhalten; aber manchmal mißverstehe ich auch so gründlich, daß ich eine politische Auseinandersetzung zu hören glaube, wenn es sich in Wirklichkeit um besondere Fragen der Hühnerzucht handelt. Genügt Ihnen das?«

»Vollkommen. Ich will Ihnen erklären, warum ich frage. Wenn Sie mit einem Dolmetscher arbeiten, läßt es sich nicht immer vermeiden, daß Sie das Gespräch, das übersetzt wird, mit anhören. Das kann verwirrend sein.«

»Sie meinen, es ist besser, sich auf den Dolmetscher zu verlassen, und nicht zu versuchen, ihm ins Handwerk zu pfuschen?«

»Genau.«

Der Barmann lungerte im Hintergrund. George beachtete ihn nicht. Das Gespräch war so gut wie beendet, und er hatte keine Lust, es zu verlängern. Ihre Zigarette war jetzt zur

Hälfte aufgeraucht. Wenn sie noch ein Stückchen weiter heruntergebrannt war, wollte er aufstehen.

»Sie kennen Deutschland wohl sehr gut, Miss Kolin?«

»Nur einige Gegenden.«

»Das Rheinland?«

»Ein wenig.«

»Sie haben bei der Vorbereitung der Nürnberger Prozesse mitgearbeitet, wie ich höre?«

»Ja.«

»Für Sie als Jugoslawin muß das wohl eine gewisse Genugtuung gewesen sein.«

»Meinen Sie, Mr. Carey?«

»Die Prozesse fanden also nicht Ihren Beifall?«

Sie betrachtete ihre Zigarette. »Mein Vater wurde von den Deutschen als Geisel erschossen«, sagte sie scharf. »Meine Mutter und ich mußten in einer Fabrik in Leipzig arbeiten. Meine Mutter starb dort an einer Blutvergiftung. Man hatte ihr die Behandlung verweigert. Was mit meinen Brüdern geschehen ist, weiß ich nicht genau — nur daß sie schließlich in einer SS-Kaserne in Zagreb zu Tode gemartert wurden. O ja, ich billige den Prozeß. Soweit die Vereinten Nationen sich dadurch stark und gerecht fühlen, finde ich das in Ordnung. Aber erwarten Sie nicht, daß ich begeistert bin.«

»Ich kann verstehen, daß Sie eine persönlichere Vergeltung gewünscht hätten.«

Sie neigte sich vor, um ihre Zigarette auszudrücken. Nun wendete sie sich ihm langsam zu, und ihre Blicke trafen sich. »Ich fürchte, Mr. Carey, Ihren Glauben an Gerechtigkeit teile ich nicht«, sagte sie.

Ein seltsames, gehetztes Lächeln huschte über ihre Lippen.

Er merkte plötzlich, daß er drauf und dran war, wütend zu werden.

Sie erhob sich und stand vor ihm, während sie ihren Rock glattstrich. »Wollen Sie sonst noch etwas wissen?« fragte sie ruhig.

»Nein, ich danke Ihnen.« Er stand auf. »Es war sehr freundlich, daß Sie gekommen sind, Miss Kolin. Ich kann noch nicht übersehen, wann ich Paris verlassen werde. Sobald ich es weiß, werde ich mich mit Ihnen in Verbindung setzen.«

»Natürlich.« Sie nahm ihre Handtasche. »Auf Wiedersehen, Mr. Carey.«

»Guten Tag, Miss Kolin.«

Sie nickte ihm zu und ging.

Einen Moment sah er auf die Zigarette, die sie ausgedrückt hatte, und auf den Lippenstiftfleck darauf; dann ging er zum Lift und fuhr hinauf in sein Zimmer.

Er rief sofort die Botschaft an.

»Ich habe gerade mit Miss Kolin gesprochen.«

»Schön. Alles in Ordnung?«

»Nein, durchaus nicht. Sag mal, Don, habt ihr nicht jemand anders für mich?«

»Was ist denn los mit Kolin?«

»Ich weiß nicht, aber was es auch sein mag, ich mag sie nicht.«

»Du hast wohl einen ihrer schlechten Tage erwischt. Ich habe dir ja gesagt, daß sie als Flüchtling allerhand bittere Erfahrungen gemacht hat.«

»Schau mal, ich habe mit einem Haufen Flüchtlinge gesprochen, die bittere Erfahrungen gemacht hatten. Aber ich habe noch nie mit einem zu tun gehabt, der mir die Gestapo beinahe sympathisch machte.«

»Sehr schade! Aber in ihrer Arbeit ist sie okay.«

»Sie selber leider nicht.«

»Du wolltest den besten Dolmetscher haben, der verfügbar ist.«

»Ich werde den zweitbesten nehmen.«

»Keiner, der bisher mit Kolin arbeitete, äußerte etwas anderes über sie als Lob.«

»Sie mag gut für Konferenzen und Ausschüsse sein. Hier geht es um etwas anderes.«

»Was ist daran anders? Du bist doch nicht auf einer Erholungsreise, oder?« Das klang etwas gereizt.

George zögerte. »Das nicht, aber . . .«

»Gesetzt den Fall, es gibt später Differenzen wegen einer Zeugenaussage. Dann wird es einen dummen Eindruck machen, daß du die Gelegenheit, eine zuverlässige Dolmetscherin zu bekommen, versäumt hast, weil du sie persönlich nicht mochtest, nicht wahr, George?«

»Nun, ich . . .« George schwieg und seufzte dann. »Okay. — Wenn ich als tobsüchtiger Säufer zurückkomme, werde ich die Arztrechnung euch schicken.«

»Wahrscheinlich wirst du zu guter Letzt das Mädchen noch heiraten.«

George lachte höflich und hängte auf.

Zwei Tage später reiste er mit Maria Kolin nach Deutschland ab.

Fünftes Kapitel

Ein Buchhalter namens Friedrich Schirmer starb im Jahre 1939 in Bad Schwennheim. Er hatte einen Sohn mit Namen Johann. Diesen Sohn galt es zu finden. Wenn er tot war, mußten seine Erben gefunden werden.

So lauteten Georges Instruktionen.

Wahrscheinlich gab es tausende Johann Schirmer in Deutschland, aber über diesen einen wußte man gewisse Dinge. Er war um 1895 in Schaffhausen geboren. Er hatte eine Frau namens Ilse geheiratet. Es war ein Foto von den beiden vorhanden, das in den frühen zwanziger Jahren aufgenommen worden war. George besaß einen Abzug. Für eine zuverlässige Identifizierung würde das Bild aus dieser Zeit wohl nur von geringem Wert sein, aber es könnte dazu dienen, daß frühere Nachbarn und Bekannte sich an das Paar erinnerten. Die äußere Erscheinung prägt sich gewöhnlich besser ein als der Name. Der Fotograf selbst lieferte einen weiteren Hinweis; der Stempel auf dem Bild zeigte, daß es in Zürich aufgenommen worden war. Die erste Etappe in dem Feldzugsplan, den Mr. Sistrom für ihn entworfen hatte, war, wie Moreton empfohlen hatte, Bad Schwennheim; er sollte dort anfangen, wo die früheren Nachforschungen abgebrochen worden waren.

Als Friedrich Schirmer starb, war er seinem Sohn seit Jahren entfremdet; aber es bestand immerhin die Möglichkeit, daß der Krieg die Lage geändert hatte. In Notzeiten versuchten Familien zusammenzuhalten. Es wäre nur natürlich gewesen, hatte Mr. Sistrom behauptet, wenn Johann damals versucht hätte, mit seinem Vater in Fühlung zu kommen. Falls das geschehen war, würde er von Amts wegen von dem Todesfall benachrichtigt worden sein. Es könnte also ein Durchschlag eines solchen Schreibens vorhanden sein, aus dem seine Adresse hervorging. Gewiß, Moreton hatte nie wieder etwas aus Bad Schwennheim über diese Sache gehört, aber das bewies nichts. Der Priester konnte sein Versprechen vergessen oder auch vernachlässigt haben, sein Brief konnte in den unsicheren Kriegszeiten verlorengegangen sein, man konnte ihn als Militärgeistlichen zur deutschen Wehrmacht eingezogen haben. Es gab da unzählige Möglichkeiten.

Unterwegs, im Zug nach Basel, setzte George Miss Kolin das alles auseinander.

Sie hörte aufmerksam zu. Als er geendet hatte, nickte sie. »Ja, ich verstehe, Sie dürfen natürlich keine Möglichkeit außer acht lassen.« Sie machte eine Pause. »Versprechen Sie sich denn viel von Bad Schwennheim, Mr. Carey?«

»Nicht allzuviel. Ich weiß nicht, wie das Verfahren in Deutschland ist, aber bei uns würde sich die Behörde kein Bein ausreißen, um Verwandte ausfindig zu machen und zu benachrichtigen, wenn ein alter Mann wie dieser Friedrich stirbt. Wozu auch? Vermögen ist keins da. Und angenommen, Johann hat wirklich geschrieben. Der Brief wäre ans Altersheim gesandt worden und höchstwahrscheinlich mit dem Vermerk ›Adressat verstorben‹, oder wie man das bezeichnet, zurückgekommen. Es ist leicht möglich, daß der Priester nichts davon erfahren hat.«

Sie spitzte den Mund. »Komische Geschichte um diesen alten Mann.«

»Gott, so was kommt alle Tage vor.«

»Sie sagten, daß Mr. Moreton zwischen den Papieren des alten Mannes nichts von dem Sohn gefunden hat außer diesem Foto. Keine Briefe, keine anderen Fotos, nur das seiner toten Frau. Sie hatten Streit, wird gesagt. Es wäre interessant zu wissen, warum.«

»Wahrscheinlich war die junge Frau es müde, ihn um sich zu haben.«

»An welcher Krankheit ist er gestorben?«

»Irgendein Blasenleiden.«

»Er muß seinen Tod vorausgesehen haben, und trotzdem hat er seinem Sohn nicht vor seinem Ende geschrieben. Und er hat auch den Geistlichen nicht darum gebeten.«
»Vielleicht war ihm das zum Schluß gleichgültig.«
»Vielleicht.« Sie überlegte einen Augenblick. »Wissen Sie den Namen des Priesters?«
»Es war ein gewisser Pater Weichs.«
»Dann könnten Sie ja Erkundigungen einziehen, bevor Sie nach Bad Schwennheim fahren. Bei den kirchlichen Behörden in Freiburg könnten Sie herausbekommen, ob er noch dort ist. Wenn nicht, wird man Ihnen dort sagen können, wo er jetzt steckt. Auf diese Weise können Sie viel Zeit sparen.«
»Das ist ein guter Gedanke, Miss Kolin.«
»In Freiburg wird man Ihnen auch sagen können, ob der Nachlaß des Alten von einem Verwandten reklamiert wurde.«
»Das werden wir wohl besser in Baden erfahren, aber wir können es auch in Freiburg versuchen.«
»Sie haben doch nichts dagegen, daß ich Ihnen diese Vorschläge mache, Mr. Carey?«
»Nicht im geringsten! Im Gegenteil, sie sind sehr nützlich.«
»Danke.«
George hielt es für überflüssig zu erwähnen, daß die Gedanken, die sie vorgebracht hatte, ihm auch schon gekommen waren. Seit er sich damals widerstrebend entschlossen hatte, Miss Kolin zu engagieren, hatte er sich gelegentlich Gedanken über sie gemacht.
Er mochte sie nicht, und wenn Mr. Moreton recht behielt, würde er sie letzten Endes verabscheuen. Er hatte sich nicht freiwillig für sie entschieden. Sie war ihm in jeder Hinsicht aufgezwungen worden. Es wäre daher sinnlos, sich ihr gegenüber so zu benehmen, als wenn sie, wie eine gute Sekretärin, ein ausführendes Organ seiner eigenen Entschlüsse und Absichten vorstellen sollte. Sie war eher in der Stellung eines

unsympathischen Genossen, mit dem er pflichtgemäß freundschaftlich zusammenarbeiten mußte, bis eine bestimmte Aufgabe erledigt war. Er hatte in der Armee ja auch mit Leuten zusammenarbeiten müssen, die ihm nicht sympathisch waren, warum sollte es nicht auch mit ihr gehen?

So auf das Schlimmste vorbereitet, hatte er an jenem Morgen eine angenehme Veränderung bemerkt, als sich Miss Kolin mit Koffer und Reiseschreibmaschine am Pariser Ostbahnhof einfand. Gewiß, sie war den Bahnsteig entlangmarschiert, als sollte sie vor ein Exekutionskommando gestellt werden. Ja, sie sah wahrhaftig aus, als sei sie an diesem Morgen bereits mehrmals beleidigt worden. Aber sie hatte ihn recht freundlich begrüßt und ihn dann ganz aus der Fassung gebracht, als sie eine ausgezeichnete Karte Westdeutschlands hervorzog, in die sie zu seiner Bequemlichkeit die Grenzen der verschiedenen Besatzungszonen eingezeichnet hatte. Sie hatte mit geschäftsmäßigem Verständnis seine absichtlich vorsichtigen Erklärungen des Falles erfaßt und sich gewandt und praktisch gezeigt, als er ihr im einzelnen die Art der Arbeit auseinandersetzte, die sie in Deutschland erwartete. Nun machte sie kluge und nützliche Vorschläge. Kolin bei der Arbeit war augenscheinlich eine ganz andere als die Kolin, die er zwei Tage vorher kennengelernt hatte. Vielleicht hatte auch der Mann in der Botschaft recht, und nachdem er damals einen ihrer schlechten Tage erwischt hatte, konnte er sich nun an einem guten erfreuen. Wenn das so war, mußte man ausfindig machen, wie man die schlechten vermeiden konnte. Bis dahin konnte er nur hoffen.

Nach zwei guten Tagen in Freiburg hatte sich seine Einstellung seiner Mitarbeiterin gegenüber noch weiter gewandelt. Er mochte sie zwar noch immer nicht, aber er hatte Respekt vor ihrer Geschicklichkeit bekommen, was vom beruflichen Standpunkt aus auf jeden Fall bei weitem tröstender war. Zwei Stunden nach ihrer Ankunft hatte sie herausgefunden, daß Pater Weichs Schwennheim 1943 verlassen hatte und einem Ruf an das Herz-Jesu-Krankenhaus gefolgt war, einem Siechenhaus für Männer und Frauen nahe bei Stuttgart. Am Abend des nächsten Tages hatte sie die Nachricht ausfindig gemacht, daß über Friedrich Schirmers Habe nach einem Gesetz verfügt worden war, das bei Armen angewandt wird, die ohne Testament sterben, und daß des Verstorbenen nächster Verwandter als ›Johann Schirmer, Sohn, Aufenthalt unbekannt‹ eingetragen war.

Anfänglich hatte er versucht, jeden Schritt der Nachforschungen selber zu leiten, aber nachdem man sie von einem Beamten an den anderen verwiesen hatte, wurde die mühsame und zeitraubende Methode von Fragen und Übersetzen, gefolgt von Antwort und Übersetzen, lächerlich. Auf seinen Vorschlag hin erklärte sie ihm einfach das Wesentliche der Besprechungen. Einmal hatte sie mitten in einer Verhandlung ungeduldig abgebrochen.

»Das ist nicht die Person, die Sie suchen«, hatte sie zu ihm gesagt, »Sie verlieren hier nur Zeit. Ich glaube, es gibt da einen einfacheren Weg.«

Danach hatte er sich zurückgehalten und sie weitermachen lassen. Sie hatte dies auch getan, und zwar energisch und selbstsicher. Ihre Art, mit Leuten umzugehen, war einfach, aber wirkungsvoll. Mit den hilfsbereiten war sie lebhaft, die unwilligen behandelte sie von oben herab, für die mißtrauischen hatte sie ein strahlendes Lächeln. In Amerika würde ihr Lächeln noch keinen frühreifen Schuljungen betört haben, sagte sich George, aber in Deutschland schien es zu wirken. Es gelang ihr, einen sturen Funktionär im Polizeiamt zu überreden, nach Baden-Baden zu telefonieren und die Gerichtsakten über Friedrich Schirmers Nachlaß anzufordern.

Man konnte mit allem sehr zufrieden sein, und George sagte das auch, so nett er konnte.

Sie zuckte die Achseln. »Ich finde, Sie sollten keine Zeit mit diesen simplen Routine-Nachforschungen verlieren. Wenn Sie glauben, mir das überlassen zu können, will ich es gerne erledigen.«

Am selben Abend entdeckte er an Miss Kolin etwas, was ihn noch mehr aus der Fassung brachte.

Sie hatten sich angewöhnt, die Arbeit des nächsten Tages beim Essen kurz durchzusprechen. Hinterher ging sie auf ihr Zimmer, und George pflegte Briefe zu schreiben oder zu lesen. An diesem Abend jedoch waren sie vor dem Essen an der Bar mit einem Schweizer Geschäftsmann ins Gespräch gekommen, der sie später einlud, an seinem Tisch Platz zu nehmen. Ganz offensichtlich hatte er die Absicht, mit Miss Kolin anzubändeln, wenn ihm das ohne allzuviel Umstände gelang und George nichts dagegen einzuwenden hatte. George hatte nichts dagegen. Der Mann war ganz erträglich und sprach ein gutes Englisch; George war neugierig, wie er es anstellen würde.

Miss Kolin hatte vor dem Essen vier Kognaks getrunken, der Schweizer einige Pernods. Zum Essen trank sie Wein, der Schweizer ebenfalls. Nach Tisch lud er sie wieder zu einem Kognak ein und bestellte doppelte. Sie trank vier, der Schweizer ebenfalls. Beim zweiten wurde der Schweizer allmählich liebebedürftig und versuchte, ihr Knie zu streicheln. Sie wies den Vorstoß zerstreut, aber gehörig zurück. Nachdem er mittlerweile seinen dritten Kognak geschafft hatte, hielt er George bissige Reden gegen die amerikanische Finanzpolitik. Kurz nach dem vierten wurde er sehr blaß, entschuldigte sich flüchtig und kam nicht wieder. Miss Kolin nickte dem Kellner zu, ihr den fünften zu bringen.

George hatte schon früher bemerkt, daß sie Kognak mochte und selten etwas anderes bestellte. Es war ihm sogar aufgefallen, daß sie, als sie in Basel durch die Zollkontrolle gingen, eine Flasche davon in ihrem Handkoffer hatte. Aber er hatte nie bemerkt, daß der Kognak irgendeine Wirkung auf sie hatte. Hätte man ihn darüber befragt, würde er sie als Muster an Nüchternheit bezeichnet haben.

Als sie sich nun das fünfte Glas zu Gemüte führte, beobachtete er sie gespannt. Er wußte, hätte er ihr im Trinken

Part gehalten, er läge jetzt unterm Tisch. Sie war noch nicht mal gesprächig. Sie saß sehr aufrecht im Sessel, sah aus wie eine anziehende, aber sehr prüde junge Lehrerin, die sich das erste Mal mit einem Fall jugendlichen Exhibitionismus auseinandersetzen muß. Sie hatte in dem einen Mundwinkel ein wenig Speichel, den sie aber geschickt mit der Zungenspitze entfernte. Ihre Augen waren glasig. Sie hatte sie aufmerksam auf George gerichtet.

»Wir fahren also morgen zu dem Altersheim in Bad Schwennheim?« fragte sie betont exakt.

»Nein, lieber nicht. Wir werden erst Pater Weichs in Stuttgart aufsuchen. Wenn er etwas weiß, können wir uns Schwennheim schenken.«

Sie nickte. »Ich glaube, Sie haben recht, Mr. Carey.«

Sie starrte einen Augenblick auf ihr Glas, leerte es in einem Zuge und erhob sich dann, ohne zu wanken.

»Gute Nacht, Mr. Carey«, sagte sie fest.

»Gute Nacht, Miss Kolin.«

Sie nahm ihre Handtasche, drehte sich um und brachte sich in richtige Stellung zur Tür. Dann ging sie schnurgerade darauf zu. Um Haaresbreite schoß sie an einem Tisch vorbei, aber sie schwankte nicht, sie wankte nicht. George sah, wie sie das Restaurant verließ, den Kurs zur Portierloge nahm, ihren Schlüssel holte und auf der Treppe verschwand. Ein zufälliger Beobachter würde kaum auf den Gedanken gekommen sein, daß sie etwas Stärkeres getrunken haben könnte als ein Glas Rheinwein.

Das Herz-Jesu-Krankenhaus erwies sich als ein finsterer Ziegelbau an der Straße von Stuttgart nach Heilbronn.

George hatte vorsichtshalber ein längeres Telegramm an Pater Weichs geschickt. Er hatte darin an Mr. Moretons Besuch 1939 in Schwennheim erinnert und seinen eigenen Wunsch geäußert, des Priesters Bekanntschaft zu machen. Man ließ ihn und Miss Kolin nur einige Minuten warten, bis eine Nonne erschien und sie durch ein Labyrinth von steinernen Gängen zum Zimmer des Priesters führte.

George erinnerte sich, daß Pater Weichs gut Englisch sprach, aber er hielt es für taktvoller, mit Deutsch zu beginnen. Die durchdringenden blauen Augen des Priesters flackerten von einem zum andern, als Miss Kolin Georges höfliche Erklärung für ihren Besuch übersetzte und seine Hoffnung, daß sein Telegramm (das er deutlich auf dem Tisch liegen sah) eingetroffen sei, um ihn an einen Vorfall im Jahre 1939 zu erinnern, als ...

Pater Weichs Backenmuskeln hatten ungeduldig gezuckt, während er zuhörte. Nun unterbrach er englisch.

»Gewiß, Mr. Carey, ich erinnere mich an den Herrn. Und wie Sie sehen, habe ich Ihr Telegramm bekommen. Bitte, nehmen Sie Platz.« Er zeigte auf die Stühle und ging an seinen Tisch zurück.

»Gewiß«, wiederholte er, »ich erinnere mich an den Herrn sehr gut. Ich habe allen Grund dazu.«

Ein schiefes Lächeln huschte über seine hageren Züge. Ein schöner, ausdrucksvoller Kopf, dachte George. Auf den ersten Blick war man überzeugt, daß er ein hohes Amt in der Kirche bekleiden müsse; aber dann nahm man die zerrissenen plumpen Schuhe unter dem Tisch wahr, und die Vorstellung schwand.

»Ich soll Ihnen Grüße von ihm bestellen«, sagte George.

»Danke. Sind Sie in seinem Namen hier?«

»Unglücklicherweise ist Mr. Moreton krank. Er hat sich zur Ruhe gesetzt.« Es kostete George Mühe, nicht in den gespreizten Ton Pater Weichs' zu verfallen.

»Das tut mir natürlich leid.« Der Pater neigte höflich den Kopf. »Es war auch nicht der Herr selber, der mir besonderen Anlaß gab, mich an ihn zu erinnern. Bedenken Sie! Ein einsamer, alter Mann stirbt. Ich bin sein Beichtvater. Herr Moreton kommt, um Erkundigungen über ihn einzuholen. Das ist alles. Das ist nicht so ungewöhnlich, wie Sie denken. Ein alter Mensch, der lange Jahre von seinen Verwandten vernachlässigt wurde, wird oft interessant für sie, wenn er stirbt. Es kommt natürlich nicht oft vor, daß ein amerikanischer Rechtsanwalt deswegen kommt, aber selbst das ist an sich nicht bemerkenswert. Es gibt ja viele deutsche Familien, die Verbindungen zu Ihrem Land haben.« Er machte eine Pause. »Aber der Vorfall wird denkwürdig«, setzte er trocken hinzu, »wenn sich herausstellt, daß er für die Polizei von großer Wichtigkeit ist.«

»Die Polizei?« George gab sich Mühe, nicht so schuldig auszusehen, wie er sich plötzlich fühlte.

»Überrascht Sie das, Mr. Carey?«

»Aber sehr. Mr. Moreton stellte Nachforschungen an im Namen eines durchaus achtbaren amerikanischen Klienten in der Angelegenheit eines Vermächtnisses...«, begann George.

»Ein Vermächtnis«, unterbrach der Pater, »von dem er sagte, es sei nur ein kleiner Geldbetrag.« Er machte eine Pause und zeigte George ein frostiges Lächeln, ehe er fortfuhr: »Ich weiß natürlich, daß Größe ein relativer Begriff ist und daß in Amerika nicht mit europäischen Maßstäben gemessen wird, aber selbst für Amerika scheint es mir übertrieben, einen Betrag von drei Millionen Dollar als klein zu bezeichnen.«

Mit einem Seitenblick gewahrte George, daß Miss Kolin überrascht aufblickte; aber das war in diesem Augenblick eine schwache Genugtuung.

»Mr. Moreton war in einer schwierigen Lage, Pater«, sagte er. »Er mußte diskret sein. Die amerikanischen Zeitungen hatten durch übermäßige Propaganda schon genug Ärger verursacht. Eine ganze Menge falscher Ansprüche wurde erhoben. Außerdem war die Sache sehr verwickelt. Moreton wollte keine falschen Hoffnungen erwecken und nachher jemand enttäuschen müssen.«

Der Pater runzelte die Stirn. »Seine Diskretion brachte mich in eine sehr gefährliche Lage bei der Polizei. Und mit verschiedenen anderen Behörden«, fügte er finster hinzu.

»Ich verstehe. Das tut mir sehr leid, Pater. Ich glaube, wenn Mr. Moreton das gewußt hätte...« Er brach ab. »Macht es Ihnen etwas aus, mir zu erzählen, was da passierte?«

»Wenn es für Sie von Interesse ist. Kurz vor Weihnachten 1940 besuchte mich die Polizei, um mich wegen Mr. Moretons Besuch im Jahr vorher zu befragen. Ich sagte den Beamten, was ich wußte. Sie protokollierten es und gingen. Zwei Wochen später kamen sie wieder mit einigen anderen Herren, aber nicht von der Polizei, sondern von der Gestapo. Sie brachten mich nach Karlsruhe.« Seine Züge wurden hart. »Sie beschuldigten mich, über Moretons Besuch falsche Angaben gemacht zu haben. Sie sagten, es sei eine Angelegenheit von höchster Wichtigkeit für das Reich. Sie sagten, wenn ich nicht alles erzählte, was sie wissen wollten, würde ich so behandelt werden, wie man einige meiner Glaubensbrüder behandelt hatte.« Er hatte auf seine Hände geschaut. Jetzt hob er seinen Kopf und sein Blick begegnete dem Georges. »Sie können sich wahrscheinlich denken, was sie wissen wollten, Mr. Carey.«

George räusperte sich. »Ich nehme an, daß sie etwas über einen gewissen Schneider wissen wollten.«

Er nickte. »Ja, einen gewissen Schneider. Sie sagten, Mr. Moreton habe nach diesem Mann gesucht und ich hätte meine Kenntnisse verschwiegen. Sie glaubten, ich wüßte, wo dieser Mann steckte, der auf das amerikanische Geld Anspruch hatte, und Mr. Moreton hätte mein Schweigen erkauft, damit das Geld einem Amerikaner zufalle.« Er zuckte die Achseln. »Das Schlimme ist, daß böse Menschen an keine Wahrheit glauben können, wenn sie nicht die Welt in ihren Farben malt.«

»An Friedrich Schirmer waren sie nicht interessiert?«

»Nein. Ich glaube, sie nahmen schließlich an, es sei ein Trick von Mr. Moreton, um sie auf falsche Fährten zu locken. Ich weiß es nicht. Vielleicht wurde ich ihnen nur langweilig. Jedenfalls ließen sie mich wieder laufen. Aber Sie begreifen jetzt wohl, daß ich allen Grund habe, mich an Mr. Moreton zu erinnern.«

»Durchaus. Aber ich sehe nicht recht, wie er die Schwierigkeiten, die er Ihnen verursacht hat, hätte voraussehen können.«

»Oh, ich trage ihm nichts nach, Mr. Carey.« Er lehnte sich

in seinen Stuhl zurück. »Aber ich möchte wirklich die Wahrheit wissen.«

George zögerte. »Friedrich Schirmers Familie war ein Zweig der bewußten Schneider-Familie; die Sachlage genau auseinanderzusetzen, würde viel Zeit erfordern. Aber ich kann Ihnen versichern, daß die deutsche Regierung nichts davon wußte.«

Der Pater lächelte. »Ich verstehe, daß es immer noch notwendig ist, diskret zu sein.«

George errötete. »Pater, ich bin so offen, wie ich kann. Dies ist nach wie vor ein ziemlich verrückter Fall. Es haben schon so viele falsche Erben Ansprüche an den Nachlaß gestellt, daß selbst dann, wenn sich ein rechtmäßiger fände, dieser Anspruch bei den amerikanischen Gerichten ungeheuer schwer durchzusetzen wäre. Tatsache ist, daß aller Wahrscheinlichkeit nach überhaupt kein Anspruch durchgesetzt werden kann. Das Geld wird eben dem Staat Pennsylvania zufallen.«

»Aber warum sind Sie dann hier, Mr. Carey?«

»Einmal, weil die Anwaltsfirma, für die ich arbeite, die Sache von Mr. Moreton übernommen hat. Zum andern, weil es unsere Pflicht ist, den Erben zu finden. Und drittens muß die Sache so weit bereinigt werden, daß unsere Firma auf ihre Kosten kommt.«

»Das ist wenigstens offen.«

»Vielleicht sollte ich hinzufügen: wenn tatsächlich ein rechtmäßiger Erbe vorhanden ist, dann müßte er das Geld bekommen und nicht der Staat Pennsylvania. Die Bundesregierung und der Staat werden letzten Endes sowieso das meiste in Form von Steuern bekommen, aber ich sehe keinen Grund, warum nicht auch jemand anders seine Freude daran haben soll.«

»Mr. Moreton erwähnte einen Treuhänder.«

»Nun ...«

»Aha, das war auch vertraulich.«

»Ja, leider.«

»War denn Friedrich Schirmer der rechtmäßige Erbe?«
»Mr. Moreton war der Ansicht.«
»Warum hat er das den Gerichten denn nicht mitgeteilt?«
»Weil Friedrich Schirmer tot war und weil Moreton fürchtete, daß die deutsche Regierung, falls sich kein lebender Erbe Friedrichs nachweisen ließ, einen falschen vorschieben würde, um das Geld einzustecken. Tatsächlich zauberte sie auch einen alten Mann herbei, von dem sie behauptete, er sei der Erbe. Mr. Moreton hat diesen Anspruch über ein Jahr lang bestritten.«

Pater Weichs schwieg einen Augenblick, dann seufzte er. »Also gut. Wie kann ich Ihnen jetzt helfen, Mr. Carey?«

»Mr. Moreton sagte, Sie hätten versprochen, ihn zu benachrichtigen, falls Friedrich Schirmers Sohn Johann auftauche. Ist er gekommen?«

»Nein.«

»Wissen Sie, ob irgendwelche Briefe für Friedrich Schirmer an das Altersheim kamen, wo er starb?«

»Bis Mitte 1940 war kein Brief gekommen.«

»Sie würden es erfahren haben?«

»Oh, ja. Bestimmt. Ich kam häufig ins Altersheim.«

»Und nach Mitte 1940?«

»Das Heim wurde von der Wehrmacht beschlagnahmt. Es diente als Unterkunft für einen Funker-Lehrgang.«

»Ah so. Das scheint mir dann alles zu sein.« George erhob sich. »Vielen Dank, Pater.«

Aber Pater Weichs machte eine abwehrende Handbewegung. »Einen Augenblick, Mr. Carey. Sie fragten, ob Johann Schirmer nach Schwennheim gekommen sei.«

»Ja?«

»Er ist nicht gekommen, aber sein Sohn.«

»Sein Sohn?« George setzte sich langsam wieder hin.

»Würde dieser Sohn für Sie von Interesse sein?«

»Außerordentlich, wenn er ein Enkel von Friedrich Schirmer ist.«

Pater Weichs nickte. »Er besuchte mich. Ich muß dazu erklären, daß ich nach der Besetzung des Altersheims den Kommandeur des Lehrgangs aufsuchte, um ihm die Dienste meiner Kirche für diejenigen anzubieten, die sie wünschten. Der Kommandant war selber nicht meines Glaubens, aber er war verständnisvoll und machte es denen, die zur Messe gehen wollten, so leicht wie möglich.«

Er blickte nachdenklich auf George. »Ich weiß nicht, ob Sie in der Armee gedient haben, Mr. Carey«, fuhr er nach einigen Augenblicken fort. George nickte. »Nun, dann werden Sie vielleicht bemerkt haben, daß es unter den jungen Frontkämpfern Männer gab, die nicht fromm waren und dennoch manchmal das Bedürfnis hatten, die Tröstungen der Religion zu suchen. Das geschah immer dann, wenn sie den Mut aufbringen sollten, dem Tod und der Verstümmelung ins Auge zu blicken. Als sie diese grauenvollen Dinge erst einmal kennengelernt hatten, schien ihnen dieses Bedürfnis zu kommen. Das materialistische Geschwafel der Intelligenteren unter ihnen erwies sich als so unnütz und unfruchtbar wie die Heldenmythen, die sie aus der Hitlerjugend mitgebracht hatten. Sie fühlten, daß sie etwas anderes brauchten, und manchmal gingen sie zu einem Priester, um es dort zu suchen.« Er lächelte schwach. »Natürlich erschien einem das niemals so einfach und selbstverständlich wie zu jener Zeit. Sie kamen aus mancherlei alltäglichen Gründen zu mir, diese jungen Leute — um über ihre Familie zu sprechen, Rat zu suchen, ein Buch oder eine Zeitschrift zu borgen, Fotos zu zeigen, die sie gemacht hatten, die Abgeschiedenheit eines Gartens zu genießen. Aber der äußere Grund war unwichtig. Wenn sie sich dessen auch nicht immer bewußt waren, so wollten sie doch auf irgendeine Weise mit mir als Priester ins Gespräch kommen. Sie erhofften etwas, von dem sie im Grunde ihres Herzens glaubten, daß ich es ihnen geben könnte: innere Ruhe und Kraft.«

»Und einer von ihnen war Schirmers Enkel?«

Pater Weichs machte eine zweifelnde Gebärde. »Ich war nicht sicher. Vielleicht, ja! Aber ich will es Ihnen erzählen. Er war zu dem Lehrgang für eine Sonderausbildung geschickt worden. Er war ...«

Er brach ab, zögerte, und dann, auf Miss Kolin blickend, sagte er das deutsche Wort: ›Fallschirmjäger‹.

»Paratrooper«, sagte sie.

Der Priester nickte. »Danke, ja. Er besuchte mich eines Tages im September oder Oktober — ich weiß es nicht mehr genau. Er war ein großer, kräftig aussehender junger Mann, ein richtiger Soldat. Er war in Belgien beim Angriff auf die Festung Eben-Emael verwundet worden und noch nicht wieder frontdienstfähig. Er kam, um mich zu fragen, ob ich etwas von seinem Großvater Friedrich Schirmer wisse.«

»Sagte er, wo er zu Hause war?« fragte George schnell.

»Ja, er kam aus Köln.«

»Sagte er, welchen Beruf sein Vater hatte?«

»Nein, ich kann mich jedenfalls nicht erinnern.«

»Hatte er Geschwister?«

»Nein, er war das einzige Kind.«

»Wußte er damals, als er kam, daß sein Großvater tot war?«

»Nein, es war eine große Enttäuschung für ihn. In seiner Jugend hatte der Großvater in seinem Elternhause gewohnt und war gut zu ihm gewesen. Dann gab es eines Tages einen Streit, und der alte Mann war fortgegangen.«

»Sagte er, woher er wußte, daß der alte Mann in Schwennheim gelebt hatte?«

»Ja. Der Streit war ernst, und nachdem Friedrich gegangen war, wurde sein Name von den Eltern des Jungen nie mehr erwähnt. Aber der Junge liebte seinen Großvater. Der alte Mann hatte ihm das Schreiben und richtige Heftführung beigebracht, noch ehe er zu Schule ging. Später half ihm der Großvater bei den Rechenaufgaben und unterhielt sich mit ihm über kaufmännische Angelegenheiten. Sie wußten doch, daß Friedrich Schirmer Buchhalter war?«

»Ja.«
»Der Junge vergaß ihn nicht. Als er etwa vierzehn war, bekamen seine Eltern einen Brief vom Alten, in dem er schrieb, daß er sich in Bad Schwennheim zur Ruhe setzen wolle. Er hatte sie darüber sprechen hören. Den Brief hatten sie vernichtet, aber er erinnerte sich an den Namen der Stadt, und als er zu dem Lehrgang kommandiert wurde, versuchte er seinen Großvater zu finden. Ehe ich es ihm sagte, wußte er nicht, daß er durch einen seltsamen Zufall in demselben Haus lebte, in dem der alte Mann gestorben war.«
»Ich verstehe.«
Pater Weichs schaute auf seine Hände. »Wenn man mit ihm sprach, wäre man nie auf den Gedanken gekommen, daß er ein junger Mensch war, den man notwendigerweise hätte vor Enttäuschungen bewahren müssen. Ich glaube, ich habe da versagt; ich verstand ihn nicht, bis es zu spät war. Er besuchte mich mehrere Male. Er fragte mich vielerlei über seinen Großvater. Ich erkannte später, daß er gern einen Helden aus ihm gemacht hätte. Zu der Zeit habe ich das nicht bedacht. Ich beantwortete seine Fragen, so gut ich konnte. Dann fragte er mich eines Tages, ob ich nicht glaubte, daß sein Großvater Friedrich ein feiner und guter Mann gewesen sei.« Er zögerte, und nach einer Pause fuhr er langsam und vorsichtig fort, als suche er nach Worten zu seiner eigenen Verteidigung. »Ich antwortete so gut ich konnte. Ich sagte, daß Friedrich Schirmer ein hart arbeitender Mann gewesen sei und daß er seine lange und schmerzhafte Krankheit mit Geduld und Mut ertragen habe. Mehr konnte ich nicht sagen. Der Junge nahm meine Worte als Zustimmung und begann mit großer Bitterkeit von seinem Vater zu sprechen, der, so sagte er, den alten Mann in einem Augenblick eifersüchtigen Hasses fortgeschickt hatte. Ich durfte ihm nicht erlauben, so zu reden, es entsprach nicht der Wahrheit. Ich sagte, er tue seinem Vater großes Unrecht, er solle zu ihm gehen und ihn nach der Wahrheit fragen.« Er hob den Blick und sah George

düster an. »Der Junge lachte. Er sagte, bis jetzt habe er von seinem Vater noch nichts Gutes erfahren und der würde ihm auch nicht die Wahrheit sagen. Er machte sich nur lustig über seinen Vater, so als verachte er ihn. Dann ging er fort. Ich sah ihn nie wieder.«

Draußen wurden die Schatten länger. Eine Glocke schlug die Stunde.

»Und was *war* die Wahrheit, Pater?« fragte George ruhig.

Der Priester schüttelte den Kopf. »Ich war Friedrich Schirmers Beichtvater, Mr. Carey.«

»Natürlich. Entschuldigen Sie.«

»Es würde Ihnen nichts nützen, wenn Sie es wüßten.«

»Nein, das sehe ich ein. Aber sagen Sie mir eines, Pater. Mr. Moreton machte eine flüchtige Liste von den Dokumenten und Fotografien, die nach Friedrich Schirmers Tod gefunden wurden. War das alles, was er besaß? Wurde sonst nichts gefunden?«

Zu seinem Erstaunen nahm er einen Zug der Verlegenheit in des Priesters Gesicht wahr. Er wich Georges Blick aus. Für ein paar Augenblicke lag etwas geradezu Hinterhältiges in seinem Ausdruck.

»Alte Dokumente«, fügte George schnell hinzu, »können in Fällen wie diesem sehr wichtiges Beweismaterial sein.«

Pater Weichs' Kinnmuskeln spannten sich. »Andere Urkunden waren nicht vorhanden«, sagte er.

»Oder Fotos?«

»Keine, die für Sie von irgendwelchem Wert sein könnten, Mr. Carey«, antwortete der Priester zurückhaltend.

»Aber es *waren* noch andere Fotos vorhanden?« drängte George.

Pater Weichs' Kinnmuskeln begannen zu zucken. »Mr. Carey, ich wiederhole, für Ihre Nachforschungen würden sie keine Bedeutung gehabt haben«, sagte er.

»Würden gehabt haben?« echote George. »Soll das heißen, daß sie nicht mehr existieren, Pater?«

»Allerdings, sie existieren nicht mehr. Ich habe sie verbrannt.«

»Ach so«, sagte George, »ich verstehe.«

Während sich die beiden ansahen, herrschte eine drückende Stille. Pater Weichs erhob sich seufzend und trat ans Fenster.

»Friedrich Schirmer war kein angenehmer Mensch«, sagte er schließlich. »Ich glaube, es schadet nichts, wenn ich Ihnen das sage. Sie hätten es sich auch zusammenreimen können aus dem, was ich schon sagte. Da war eine Menge solcher Fotos. Sie waren für niemanden von Bedeutung als für Friedrich Schirmer — und vielleicht für diejenigen, von denen er sie kaufte.«

George verstand. »Oh«, sagte er verdutzt, »jetzt begreife ich.« Er lächelte. Er mußte einen heftigen Lachreiz unterdrücken.

»Er hat sich mit Gott ausgesöhnt«, sagte Pater Weichs. »Es schien mir besser, sie zu vernichten. Die heimlichen Lüste des Toten sollten mit dem Fleisch dahingehen, das sie hervorbrachte. Nebenbei«, fügte er lebhaft hinzu, »besteht immer die Gefahr, daß solche Erotika in die Hände von Kindern gelangen.«

George erhob sich. »Vielen Dank, Pater. Da sind noch ein paar Dinge, nach denen ich Sie gern gefragt hätte. Konnten Sie je erfahren, in welcher Fallschirmjäger-Einheit der junge Schirmer diente?«

»Nein, tut mir leid.«

»Nun, das können wir später herausbekommen. Wie waren seine Vornamen und sein Rang, erinnern Sie sich, Pater?«

»Ich kenne nur einen Namen. Franz war es, glaube ich. Franz Schirmer. Er war Feldwebel... Sergeant, wie Sie sagen.«

Sechstes Kapitel

Sie übernachteten in Stuttgart. Während des Essens faßte George das Ergebnis ihrer Arbeit zusammen.

»Wir können direkt nach Köln fahren und die Leute mit dem Namen Johann Schirmer in den Einwohnermeldelisten aufsuchen«, fuhr er fort. »Wir können aber auch die deutschen Armeelisten nach Franz Schirmer durchsehen und auf diesem Wege die Adresse seiner Eltern erfahren.«

»Warum sollte die Armee die Adresse seiner Eltern haben?«

»Nun, wenn er in unserer Armee gedient hätte, würde in seiner Personalakte wahrscheinlich die Adresse seiner Eltern oder seiner Frau, falls er verheiratet ist, zu finden sein. Jedenfalls die Adresse eines der nächsten Verwandten, den sie benachrichtigen können, wenn einer gefallen ist. Das ist bei den meisten Armeen üblich. Was meinen Sie also?«

»Köln ist eine große Stadt, vor dem Kriege hatte sie fast eine Million Einwohner. Aber ich war noch nicht dort.«

»Doch, ich war dort. Es war ein Trümmerhaufen, als ich es sah. Was die britische Luftwaffe nicht zerstört hatte, besorgte unsere Armee. Ich habe keine Ahnung, ob die Stadtarchive erhalten geblieben sind oder nicht, aber ich möchte auf jeden Fall zuerst die Armeelisten durchsehen.«

»Gut.«

»Ich glaube tatsächlich, daß die Armee im ganzen ergiebiger ist. Zwei Fliegen mit einer Klappe. Wir werden erfahren, was mit Feldwebel Schirmer passiert ist, und gleichzeitig seine Eltern aufspüren. Haben Sie eine Ahnung, wo etwa seine Militärpapiere stecken könnten?«

»Bonn ist die westdeutsche Hauptstadt. Folglich müßten sie dort sein.«

»Aber Sie glauben doch nicht, daß wir sie dort finden, oder? Ich auch nicht. Egal, ich denke, wir fahren morgen nach

Frankfurt. Ich kann mich dort bei den Leuten von der amerikanischen Armee erkundigen. Die werden's wissen. Noch einen Kognak?«

»Ja, bitte.«

Inzwischen hatte er an Miss Kolin eine weitere Entdeckung gemacht. Obwohl sie öffentlich oder in der Stille ihres Zimmers täglich über eine halbe Flasche Kognak verkonsumierte, schien sie niemals unter Katzenjammer zu leiden.

Sie brauchten beinahe zwei Wochen, um herauszufinden, was die deutsche Armee über Franz Schirmer wußte.

Er war 1917 in Winterthur geboren als Sohn des Mechanikers Johann Schirmer und seiner Ehefrau Ilse, beide arischer Abstammung.

Von der Hitlerjugend war er mit 18 Jahren zur Wehrmacht gegangen und 1937 zum Unteroffizier befördert worden. Von den Pionieren war er 1938 zu einem Sonderlehrgang als Fallschirmjäger kommandiert und im folgenden Jahr zum Feldwebel befördert worden. Bei Eben-Emael war er durch einen Schulterschuß verwundet worden, hatte sich aber zufriedenstellend erholt. Er hatte an der Invasion Kretas teilgenommen und war für Tapferkeit vor dem Feinde mit dem Eisernen Kreuz ausgezeichnet worden. Gegen Ende des Jahres war er in Benghasi an Ruhr und Malaria erkrankt. In Italien hatte er sich 1943 als Fallschirmjäger-Ausbilder eine Hüfte gebrochen. Ein Untersuchungsgericht sollte danach den Verantwortlichen feststellen, der den Befehl gegeben hatte, über bewaldeter Gegend abzuspringen. Das Gericht hatte das Verhalten des Feldwebels gelobt, weil er diesen Befehl, den er für falsch hielt, nicht weitergegeben, ihm aber selbst Folge geleistet hatte. Nach vier Monaten in einem Lazarett und bei einer Genesungseinheit war er nach einem längeren Erholungsurlaub von den Ärzten für die weitere Tätigkeit als Fallschirmjäger, sowie jede andere Kampftätigkeit, die ausgedehnte Fußmärsche erforderte, untauglich geschrieben worden. Man hatte ihn zu den Besatzungstruppen in Griechenland versetzt. Dort hatte er bis zum folgenden Jahr als Waffenausbilder einer Etappe-Division im 49. Besatzungsregiment im Saloniki-Abschnitt Dienst gemacht. Nach einem Feuergefecht gegen griechische Partisanen während des Rückzuges aus Mazedonien wurde er als ›vermißt, wahrscheinlich gefallen‹ gemeldet. Die nächste Angehörige, Ilse Schirmer, Köln, Elsaßstraße 39, war amtlich benachrichtigt worden.

Sie fanden die Elsaßstraße, oder vielmehr das, was von ihr übriggeblieben war, in den Resten der Altstadt nahe dem Neumarkt.

Bevor der Bombenteppich fiel, der sie zerstört hatte, war es eine enge Gasse mit kleinen Läden und Kontoren darüber und einem Tabaklager auf halbem Weg gewesen. Das Lagergebäude hatte anscheinend einen Volltreffer bekommen. Einige der andern Mauern standen noch, aber mit Ausnahme von drei Geschäften am Ende der Straße waren alle Häuser ausgebrannt. Üppig wucherte nun das Unkraut aus den alten Kellerböden. Plakate verboten das Betreten der Ruinen sowie das Abladen von Schutt.

Nummer 39 war einmal eine Garage gewesen, die von der Straße etwas zurücklag, auf einem Platz hinter zwei anderen Häusern; man gelangte durch eine gewölbte Toreinfahrt zu ihr. Der Torbogen stand noch. An der Mauer war ein rostiges Metallschild befestigt. Man konnte die Worte noch lesen: *›Garage und Reparaturwerkstatt.* J. SCHIRMER — Bereifung, Zubehör, BENZIN‹.

Sie gingen durch den Torbogen zu der Stelle, wo die Garage gestanden hatte. Der Platz war aufgeräumt worden, aber der Grundriß des Baues war zu erkennen. Sehr groß konnte die Garage nicht gewesen sein. Eine Reparaturgrube war alles, was jetzt noch von ihr übrig war. Sie war halb voll Regenwasser, auf dem die Bretter einer alten Kiste schwammen.

Während sie dort standen, fing es wieder an zu regnen.

»Wir wollen lieber versuchen, ob wir vielleicht in den Läden dort am Ende der Straße etwas erfahren können«, sagte George.

Der Eigentümer des zweiten Ladens, in dem sie sich erkundigten, war Elektriker, und er wußte einiges. Er war selber erst drei Jahre da und kannte die Schirmers nicht, aber er konnte über den Garagenplatz Auskunft geben. Er hatte erwogen, ihn für seine Zwecke zu mieten. Er wollte dort eine Werkstatt und einen Lagerschuppen bauen und in den Räumen über seinem Laden dann wohnen. Das Grundstück hatte keine Straßenfront und war deshalb nur von geringem Wert. Er hatte gehofft, es billig zu kriegen, aber der Eigentümer hatte zu viel verlangt, und so hatte er sich auf andere Weise geholfen. Eigentümerin war eine Frau Gresser, die Frau eines Chemikers einer großen Fabrik draußen in Leverkusen. »Wenn Frauen anfangen, Geschäfte zu machen, dann ist es schon am besten ... na, Sie verstehen.« Ja, ihre Adresse hatte er irgendwo aufgeschrieben, aber falls der Herr sich das Grundstück sichern wolle, er persönlich könne ihm nur raten, sich das zweimal zu überlegen, ehe er seine Zeit damit verschwende, sich herumzustreiten mit ...

Frau Gresser wohnte in einer Dachwohnung eines wiederaufgebauten Hauses am Barbarossa-Platz. Erst beim dritten Besuch war sie zu Hause.

Sie war eine untersetzte schlampige, kurzatmige Frau, Ende der Fünfzig. Die Wohnung war im Stil des Vorkriegs-Deutschland möbliert und mit Souvenirs aus Tirol vollgestopft. Frau Gresser hörte sich mißtrauisch die Erklärungen ihrer Besucher an, ehe sie zum Sitzen aufforderte. Dann telefonierte sie mit ihrem Mann. Nach einer Weile kam sie zurück und sagte, daß sie bereit sei, ihnen Auskunft zu geben.

Ilse Schirmer, sagte sie, sei ihre Kusine und Jugendfreundin gewesen.

»Leben die Schirmers noch?« fragte George.

»Ilse Schirmer und ihr Mann kamen bei den großen Luftangriffen auf Köln im Mai 1942 ums Leben«, dolmetschte Miss Kolin.

»Hat Frau Gresser das Garagengrundstück von ihnen geerbt?«

Frau Gresser setzte bei dieser Frage eine gekränkte Miene auf und antwortete schnell.

»Keinesfalls. Das Grundstück gehört ihr, ihr und ihrem Mann, heißt das. Johann Schirmers Geschäft ging bankrott. Sie und ihr Mann haben ihm wieder zu einer Existenz verholfen, um Ilses willen. Natürlich hatten sie gehofft, dabei auch etwas zu verdienen, aber in erster Linie haben sie es aus Gutherzigkeit getan. Schirmer war nur der Geschäftsführer. Er kriegte Prozente von den Einnahmen und hatte seine Wohnung über der Garage. Niemand könnte sagen, sie hätten ihn nicht großzügig behandelt. Aber obwohl die Freunde seiner Frau so viel für ihn getan haben, hat er versucht, sie mit den Einnahmen zu betrügen.«

»Wer war sein Erbe? Hat er ein Testament hinterlassen?«

»Wenn er irgend etwas anderes als Schulden hinterlassen hätte, wäre sein Sohn Franz der Erbe gewesen.«

»Hatten die Schirmer noch mehr Kinder?«

»Glücklicherweise nicht.«

»Warum glücklicherweise?«

»Es war für die arme Ilse hart genug, das eine Kind zu ernähren und zu kleiden. Sie war sowieso nicht kräftig, und bei einem Mann wie Schirmer wäre selbst die kräftigste Frau krank geworden.«

»Was war Schirmer denn für ein Mensch?«

»Faul war er, unehrlich, und saufen tat er auch. Das konnte die arme Ilse nicht wissen, als sie ihn heiratete. Er betrog jeden. Als wir ihn kennenlernten, hatte er ein blühendes Geschäft in Essen. Wir hielten ihn für tüchtig. Aber kaum war sein Vater weg, erfuhren wir die Wahrheit.«

»Die Wahrheit?«

»Ja, sein Vater Friedrich hatte Geschäftssinn. Ein guter

Rechner, der den Sohn stramm unter Kontrolle hielt. Johann war nur ein Mechaniker, ein Handwerker, sein Vater hatte Köpfchen. Der verstand mit Geld umzugehen.«

»Gehörte denn das Geschäft Friedrich?«

»Sie waren Teilhaber. Friedrich hatte viele Jahre in der Schweiz gelebt und gearbeitet. Johann wuchs dort auf. Deshalb hatte er im Ersten Weltkrieg auch nicht für Deutschland gekämpft. Ilse lernte ihn 1915 in Zürich kennen, als sie dort Freunde besuchte. Sie heirateten und blieben in der Schweiz. All ihre Ersparnisse waren in Schweizer Franken angelegt. 1923, während der deutschen Inflation, kamen sie alle zurück nach Deutschland: Friedrich, Johann, Ilse und der Knabe Franz. Sie kauften die Garage in Essen günstig mit ihrem Schweizer Geld. Der alte Friedrich verstand sein Geschäft.«

»Dann ist Franz also in der Schweiz geboren?«

»Winterthur liegt in der Nähe von Zürich, Mr. Carey«, warf Miss Kolin ein, »wenn Sie sich erinnern, es stand in den Militärlisten. Aber die Schweizer Staatsangehörigkeit hätte er trotzdem erst beantragen müssen.«

»Ja, darüber weiß ich Bescheid. Fragen Sie, warum die Teilhaberschaft auseinanderging.«

Frau Gresser zögerte, als sie diese Frage hörte. »Wie sie schon sagte, Johann hatte keinen Sinn für . . .«

Frau Gresser zögerte wieder und schwieg dann. Ihr feistes Gesicht war vor Verlegenheit rot geworden. Schließlich sprach sie.

»Sie möchte lieber nicht darüber reden«, sagte Miss Kolin.

»Gut. Fragen Sie nach Franz Schirmer. Weiß sie, wo er geblieben ist?«

Er sah die Erleichterung in Frau Gressers Gesicht, als sie begriff, daß die Angelegenheit von Friedrich Schirmers Fortgehen nicht weiter verfolgt werden sollte. Das machte ihn neugierig.

»Franz wurde 1944 in Griechenland als vermißt gemeldet. Das amtliche Schreiben an seine Mutter ist Frau Gresser ausgehändigt worden.«

»Der Bericht sagt: ›Vermißt, wahrscheinlich gefallen‹. Hat sie je eine amtliche Bestätigung über seinen Tod bekommen?«

»Eine amtliche nicht.«

»Einer der Offiziere von Franz schrieb an Frau Schirmer, um ihr zu melden, was mit ihrem Sohn passiert war. Auch dieses Schreiben wurde Frau Gresser ausgehändigt. Nachdem sie den Inhalt gelesen hatte, zweifelte sie nicht mehr an Franzens Tod.«

»Hat sie den Brief noch? Können wir ihn vielleicht sehen?«

Frau Gresser dachte über die Bitte einen Augenblick nach, schließlich nickte sie, ging zu einer Kommode in Stromlinienform und holte eine Blechkassette voller Papiere heraus. Nach langem Suchen fand sie den Brief des Offiziers, zusammen mit der früheren Vermißtenanzeige. Sie überreichte Miss Kolin beides mit einigen erklärenden Worten.

»Frau Gresser möchte erklären, daß Franz es unterließ, den Wehrmachtsbehörden den Tod seiner Eltern zu melden, und daß die Postverwaltung ihr die Briefe ausgehändigt habe.«

»Schön. Was steht in dem Brief?«

»Er ist von Leutnant Hermann Leubner, Pionierkompanie des 49. Besatzungsregiments. Datiert vom 1. Dezember 1944.«

»Wann wurde Franz als vermißt gemeldet?«

»Am 31. Oktober.«

»Gut.«

»Der Leutnant schreibt: ›Liebe Frau Schirmer! Sie werden zweifellos schon von der Wehrmachtsbehörde Nachricht bekommen haben, daß Ihr Sohn, Feldwebel Franz Schirmer, als vermißt gemeldet wurde. Als sein Kompanieführer schreibe ich Ihnen die näheren Umstände, unter denen die traurige Begebenheit sich zutrug. Es war am 24. Oktober...‹« Sie brach ab.

»Sie räumten damals die Stellung. Sie wollten sich nicht die Mühe machen, jeden Tag Verlustmeldungen abzuschicken«, sagte George.

Miss Kolin nickte: »Weiter heißt es: ›Das Regiment marschierte von Saloniki westwärts in Richtung Florina zur griechischen Grenze. Als erfahrener Soldat und vertrauenswürdiger Mann wurde Feldwebel Schirmer mit drei Lkws und zehn Mann zu einem Benzin-Depot bei der Stadt Vodena, einige Kilometer von der Hauptstraße entfernt, geschickt. Er hatte Befehl, so viel Benzin wie möglich auf die Lastwagen zu laden, den Rest zu zerstören und auf dem Rückweg die Wachmannschaften vom Depot mitzubringen. Sie fielen unglücklicherweise in einen Hinterhalt von griechischen Terroristen, die unsere Operation sabotieren wollten. Ihr Sohn war in dem ersten Lkw, der eine von den Terroristen gelegte Mine auslöste. Der dritte Wagen konnte noch rechtzeitig stoppen und so dem Maschinengewehrfeuer der Terroristen entgehen. Zwei Leute konnten entkommen und wieder zum Regiment gelangen. Ich selber stieß gleich darauf mit einer Patrouille zum Platz des Überfalls vor. Ihr Sohn war weder unter den Toten, die wir fanden und begruben, noch haben wir sonst eine Spur von ihm entdeckt. Auch der Fahrer seines Wagens wurde vermißt. Ihr Sohn war nicht der Mann, der sich unverwundet ergeben hätte. Es ist möglich, daß er durch die Explosion bewußtlos war und gefangengenommen wurde. Wir wissen es nicht. Aber ich vernachlässigte meine Pflicht, wollte ich in Ihnen die Hoffnung erwecken, daß er noch lebt, falls er von diesen Griechen gefangengenommen worden ist. Sie haben nicht den militärischen Ehrenkodex von uns Deutschen. Es ist natürlich auch möglich, daß Ihr Sohn der Gefangennahme entging, aber nicht gleich die Gelegenheit hatte, zu seinen Kameraden zurückzukehren. In diesem Falle werden Sie von uns hören, sobald wir etwas erfahren. Er war ein tapferer Mann und ein guter Soldat. Wenn er gefallen ist, haben Sie den stolzen Trost, daß er sein Leben für Führer und Vaterland hingab.«

George seufzte. »Das ist alles?«

»Er fügt noch ›Heil Hitler‹ hinzu und die Unterschrift.«

»Fragen Sie Frau Gresser, ob sie sonst noch etwas von den Wehrmachtsbehörden gehört hat.«
»Nein, sie hat nichts mehr gehört.«
»Hat sie denn irgendwie versucht, noch etwas zu erfahren? Etwa beim Roten Kreuz?«
»Man hat ihr gesagt, das Rote Kreuz könne in dieser Sache nichts unternehmen.«
»Wann hat sie nachgefragt?«
»Anfang 1945.«
»Und seitdem nicht wieder?«
»Nein. Sie hat auch beim Volksbund Deutsche Kriegsgräberfürsorge nachgefragt, aber auch dort wußte man nichts.«
»Ist je ein Antrag auf Todeserklärung gestellt worden?«
»Dazu lag kein Grund vor.«
»Weiß sie, ob er verheiratet war?«
»Nein.«
»Hat sie je mit ihm korrespondiert?«
»Sie schrieb ihm Weihnachten 1940 und 1941 und einen Beileidsbrief, als seine Eltern umgekommen waren, aber sie bekam nur eine kurze Bestätigung von ihm. Er fragte nicht einmal, wo sie begraben waren. Sie hielt ihn für gefühllos. Auch als sie ihm bald danach ein Paket schickte, ließ er nichts von sich hören. Er dankte nicht einmal. Da schickte sie nichts mehr.«
»Woher kam seine Antwort im Jahre 1942?«
»Aus Benghasi.«
»Hat sie Briefe von ihm aufbewahrt?«
»Nein.«

Frau Gresser sprach jetzt wieder. George beobachtete, wie ihr feistes Gesicht bebte und ihre kleinen Augen grollende Blicke zwischen ihren beiden Besuchern hin und her flattern ließen. Er hatte sich an das Dolmetschern schon gewöhnt und gelernt, nicht zu versuchen, die Übersetzung vorwegzunehmen, während er wartete. Er dachte in diesem Augenblick, daß es unangenehm sein müßte, Frau Gresser irgendwie verpflichtet zu sein. Das Maß an gefühlsmäßiger Teilnahme, das sie verlangen würde, mußte außerordentlich hoch sein.

»Sie sagt«, übersetzte Miss Kolin, »daß sie Franz nicht mochte und ihn schon als Kind nicht hatte leiden können. Er war ein widerspenstiger, trotziger Junge und für erwiesene Freundlichkeiten immer undankbar. Sie schrieb ihm nur, weil sie es seiner verstorbenen Mutter schuldig zu sein glaubte.«

»Wie verhielt er sich Fremden gegenüber? Hatte er irgendwelche ungewöhnlichen Freundinnen? — Warum ich darauf komme: Könnte sie sich vorstellen, daß er zu den Männern gehörte, die ein griechisches oder auch italienisches Mädchen heiraten würde, wenn sich die Gelegenheit böte?«

Frau Gresser antwortete schnell und mürrisch.

»Sie sagt, wo es um Frauen geht, würde er alles tun, wozu ihn seine selbstsüchtige Natur treibt. Wenn er die Gelegenheit hätte, würde er alles tun — außer heiraten.«

»Aha. Ja, ich glaube, das ist wohl alles. Fragen Sie bitte, ob wir diese Papiere für vierundzwanzig Stunden ausleihen können, um Fotokopien davon machen zu lassen?«

Frau Gresser überlegte die Frage sehr lange, ihre kleinen Augen blickten abwesend. George merkte, daß die Dokumente plötzlich einen Wert für sie bekamen.

»Ich werde ihr natürlich eine Empfangsbestätigung dafür geben, und sie bekommt sie morgen zurück«, sagte er. »Sagen Sie ihr, der amerikanische Konsul müsse die Kopien beglaubigen, sonst bekäme sie sie heute schon wieder.«

Frau Gresser händigte sie ihm widerwillig aus. Während George die Quittung schrieb, fiel ihm noch etwas ein.

»Miss Kolin, versuchen Sie doch noch einmal zu erfahren, warum Friedrich Schirmer das Geschäft in Essen verließ.«

Während er das Ausschreiben der Quittung hinauszögerte, hörte er Miss Kolin die Frage stellen. Nach kurzem Schweigen erwiderte Frau Gresser mit einem wahren Wortschwall. Während sie sprach, wurde ihre Stimme immer schriller. Dann schwieg sie. Er unterschrieb die Quittung und fand beim Aufblicken ihren stieren Blick in einer aufgeregt vorwurfsvollen Weise auf sich gerichtet. Er gab ihr die Quittung und steckte die Papiere in die Tasche.

»Sie sagt«, erklärte Miss Kolin, »daß man über diese Sache nicht im Beisein eines Herrn sprechen könne und daß es mit Ihren Nachforschungen nichts zu tun hat. Sie setzt aber hinzu, falls Sie ihr nicht glauben, daß sie die Wahrheit sagt, will sie mir die Erklärung im Vertrauen geben. In Ihrer Gegenwart will sie nichts mehr darüber sagen.«

»Okay. Ich warte unten auf Sie.« Er erhob sich und verbeugte sich vor Frau Gresser. »Ich danke Ihnen vielmals, Madam. Was Sie mir erzählt haben, ist von unschätzbarem Wert. Ich sorge dafür, daß die Papiere Ihnen morgen sicher zurückgebracht werden. Guten Tag.«

Er lächelte freundlich, verbeugte sich noch einmal und ging. Er war schon beinahe draußen, ehe Miss Kolin mit der Übersetzung seiner Abschiedsworte zu Ende war.

Zehn Minuten später kam sie auf die Straße.

»Nun«, sagte er, »was war denn los?«

»Friedrich hat Ilse unsittliche Anträge gemacht.«

»Sie meinen, seiner Schwiegertochter?«

»Ja.«

»Donnerwetter! Hat sie Ihnen Einzelheiten erzählt?«

»Ja, sie hat es richtig genossen.«

»Aber der Alte muß doch damals um die Sechzig gewesen sein.«

»Sie erinnern sich an die Fotos, die Pater Weichs vernichtet hat?«

»Ja.«

»Die hat er der Schwiegertochter gezeigt.«

»Weiter nichts?«

»Seine Absicht war anscheinend unmißverständlich. Er schlug ihr in verschleierter Form auch vor, von ihr ebensolche Aufnahmen zu machen.«

»Ich verstehe.« George versuchte sich die Szene vorzustellen. Er sah ein schäbiges Zimmer in Essen vor sich. Da saß ein ältlicher Buchhalter, der abgegriffene Fotos, eines nach dem andern, über den Tisch schob, so daß die Frau seines Sohnes, die über ihre Näharbeit gebeugt saß, sie betrachten konnte.

Wie muß das Herz des Mannes geklopft haben, während er ihr Gesicht beobachtete! Er muß von Sinnen gewesen sein vor Zweifel und Erwartung.

Würde sie lächeln oder so tun, als wäre sie empört? Sie saß still, ganz still, sie hatte aufgehört zu arbeiten. Gleich würde sie lächeln, ganz bestimmt. Ihre Augen konnte er nicht sehen. Was war denn schließlich schon dabei? So ein kleiner Scherz zwischen Vater und Schwiegertochter hatte doch nichts zu bedeuten. Sie war doch eine erwachsene Frau und wußte Bescheid, nicht wahr? Sie mochte ihn, das wußte er. Er wollte ja weiter nichts, als ihr zeigen, daß er noch nicht zu alt war für einen kleinen Spaß. Und wenn Johann auch nichts taugte, war immer noch ein Mann im Haus, an den sie sich wenden konnte. Und nun das letzte Foto, das frechste von allen. Da schaust du, was? Ulkig, nicht? Sie hatte noch immer nicht gelächelt, aber sie hatte auch nicht die Stirn krausgezogen. Frauen sind komische Wesen. Man mußte den Augenblick abpassen, sanft locken, aber dann kühn sein. Jetzt hob sie langsam den Kopf und schaute ihn an. Ihre Augen waren weit geöffnet. Er lächelte und sagte, was er sich überlegt hatte, jene spitzfindige Bemerkung, daß neue Bilder noch besser wären als die alten. Aber sie lächelte nicht. Sie hatte sich erhoben, und er konnte sehen, daß sie zitterte. Warum? Vor Erregung? Und dann hatte sie plötzlich einen kleinen Angstschrei ausgestoßen und war aus dem Zimmer gelaufen, hinüber zur Werkstatt, wo Johann das Opel-Taxi überholte. Danach wurde alles zu einem schrecklichen Alptraum: Johann schrie und drohte, Ilse weinte, und Franz, der Junge, stand da und horchte mit bleichem Gesicht, ohne zu verstehen, was das alles bedeutete; er wußte nur, daß auf irgendeine Weise der Weltuntergang hereinbrach.

Ja, dachte George, ein hübsches Bild, wenn es auch wahrscheinlich nicht ganz stimmte. Aber es war eben eine von jenen Szenen, über die niemals jemand etwas Genaues sagen konnte, am wenigsten die Beteiligten. Was wirklich geschehen war, würde er nie erfahren. Aber es hatte auch nicht viel zu bedeuten. Friedrich, Johann und Ilse, die Hauptakteure, waren bestimmt tot. Und Franz? Er warf einen Blick auf Miss Kolin, die an seiner Seite ging.

»Glauben Sie, daß Franz tot ist?« fragte er.

»Die Beweise scheinen schlüssig zu sein. Meinen Sie nicht?«

»In gewisser Weise, ja. Wenn der Mann mein Freund gewesen wäre und hätte Frau und Kinder, die er liebte, daheim gehabt, ich würde es nicht wagen, seiner Frau vorzumachen, er lebe noch. Und wenn sie genug verrückt wäre, weiterhin zu glauben, er sei nicht tot, würde ich ihr so schonend wie möglich beibringen, sich mit den Tatsachen abzufinden. Aber hier ist es anders. Wenn wir mit diesen Unterlagen vor einem amerikanischen Gericht erschienen, um Schirmers Tod zu beweisen, würde man uns auslachen.«

»Ich sehe nicht ein, warum.«

»Hören Sie zu. Der Mann ist in einem Lkw von den Partisanen überfallen worden. Jener Leutnant kommt einige Zeit später an die Unfallstelle und sieht sich um. Es liegen ein Haufen Leichen umher, aber die von unserm Mann ist nicht dabei. Es besteht also die Möglichkeit, daß er entwischt ist oder ein Gefangener. Als Gefangener, sagt der Leutnant, hatte er keine Hoffnung, denn die Partisanen brächten ihre Gefangenen gewöhnlich um. ›Einen Augenblick‹, würde der Richter sagen, ›wollen Sie etwa behaupten, daß *alle* griechischen Partisanen, die 1944 kämpften, immer *alle* ihre Gefangenen töteten? Können Sie beweisen, daß es keinen einzigen Fall gibt, wo deutsche Gefangene am Leben geblieben sind?‹ Was würde der Leutnant darauf antworten? Ich weiß nichts über diesen griechischen Feldzug — ich war nicht dabei —, aber das eine weiß ich: wenn all diese Partisanen so gut gedrillt und organisiert gewesen wären und ihnen die Kugeln so leicht im Lauf gesessen hätten, daß kein Deutscher, der in ihre Hände fiel, klug oder erfolgreich genug war, wieder davonzukommen, hätten sie die Deutschen schon längst vor unserer Landung in der Normandie aus Griechenland hinausgeworfen. Na gut, lassen Sie uns den Wortlaut unserer Aussage ändern, wollen wir lieber sagen, die griechischen Partisanen töteten *oft* ihre Gefangenen. Na, und dann...«

»Glauben Sie denn, er ist *nicht* tot?« fragte Miss Kolin.

»Natürlich glaube ich auch, daß er tot ist. Ich wollte nur zeigen, daß ein gewaltiger Unterschied besteht zwischen einer alltäglichen Vermutung und der Gewißheit, die das Gesetz erfordert. Und das Gesetz hat recht. Sie würden überrascht sein, wie oft Totgeglaubte wieder auftauchen. Ein Mann verliert seine Stellung und hat Streit mit seiner Frau. Er geht an den Strand, zieht den Rock aus, läßt ihn mit ein paar Abschiedsworten, die Selbstmord andeuten, am Strand liegen. Dann sieht und hört man nichts mehr von ihm. Tot? Vielleicht. Aber manchmal wird er Jahre später durch Zufall gefunden. Er lebt unter anderm Namen, mit einer andern Frau in irgendeiner Stadt auf der andern Seite des Kontinents.«

Sie zuckte die Achseln. »Aber das ist doch etwas anderes.«

»Gar nicht so sehr. Sehen Sie es einmal so an: Es ist 1944. Nehmen wir an, daß Franz Schirmer von den Partisanen gefangen wurde, aber Glück oder Geschicklichkeit half ihm, mit dem Leben davonzukommen. Was soll er machen? Zu seiner Einheit zurückkehren? Die deutschen Besatzungstruppen versuchen durch Jugoslawien zu fliehen, wobei sie eine schwere Zeit durchzumachen haben. Wenn er sein Versteck verläßt und versucht, sie einzuholen, wird er bestimmt wieder von Partisanen geschnappt. Die gibt es überall im Lande. Es ist schon besser, er bleibt eine Weile, wo er ist. Er ist ein Mann, der sich zu helfen weiß, der es gelernt hat, sich aus dem Land zu verschaffen, was er zum Leben braucht. Er kann sich am Leben erhalten. Sobald es sicher für ihn ist, kann er weitersehen. Die Zeit vergeht. Das Land ist inzwischen wieder unter griechischer Herrschaft. Jetzt trennen ihn Hunderte von Meilen von der nächsten deutschen Einheit. In Griechenland bricht der Bürgerkrieg aus. In der entstehenden Verwirrung kann er sich zur türkischen Grenze durchschlagen und hinüberwechseln, ohne daß man ihn erwischt. Er ist Ingenieur, fürchtet keine Arbeit. Er findet eine Stelle.«

»Seit Februar 1945 war doch die Türkei mit Deutschland im Krieg.«

»Es kann ja vor dem Februar gewesen sein.«

»Aber warum wendet er sich dann nicht dort an den deutschen Konsul?«

»Warum sollte er? Deutschland steht vor dem Zusammenbruch. Praktisch ist der Krieg vorbei. Vielleicht gefällt es ihm, wo er ist. Warum sollte er ins Nachkriegsdeutschland zurückkehren? Um Frau Gresser zu besuchen? Um zu sehen, was von seinem Elternhaus übrigblieb? Vielleicht hat er ein italienisches Mädchen geheiratet, als er in Italien war, und will nun dorthin zurück. Er kann sogar Kinder haben. Es gibt Dutzende von Gründen, weshalb er nicht zum deutschen Konsul ging. Vielleicht ist er ja auch zum Schweizer Konsul gegangen.«

»Wenn er geheiratet hätte, würden seine Militärpapiere das ausweisen.«

»Nicht, wenn er jemanden geheiratet hat, den er nicht heiraten durfte. Denken Sie an die Vorschriften für amerikanische und britische Soldaten, die deutsche Mädchen heiraten wollten.«

»Was schlagen Sie vor?«

»Weiß ich noch nicht. Ich muß das überlegen.«

Im Hotel schrieb er ein langes Telegramm an Mr. Sistrom, in dem er kurz die letzte Entwicklung seiner Nachforschungen mitteilte und um nähere Instruktionen bat. Sollte er zurückkommen oder sollte er weitermachen und versuchen, Franz Schirmers Tod festzustellen?

Am nächsten Nachmittag hatte er die Antwort.

»Nachdem Sie unter so viel Steine geguckt haben«, lautete sie, »waere es schade, nun den letzten nicht umzuwenden Stop Weitermachen! Suchen Sie Franz Schirmers Tod festzustellen Stop Schlage vor, drei Wochen dafuer anzusetzen Stop Wenn nach Ihrer Meinung bis dahin kein ernsthafter Fortschritt, wollen wir die Sache fallenlassen. Sistrom.«

An diesem Abend fuhren George und Miss Kolin von Köln nach Genua ab.

Miss Kolin hatte für das Internationale Rote Kreuz auf Konferenzen gedolmetscht und kannte Leute im Hauptquartier, die von Nutzen sein konnten. So kam George bald mit einem Beamten in Verbindung, der 1944 im Auftrag des Roten Kreuzes in Griechenland gewesen war; ein schlanker, melancholischer Schweizer, der aussah, als ob nichts in der Welt ihn noch überraschen könnte. Er sprach gut Englisch und daneben noch vier andere Sprachen. Sein Name war Hagen.

»Zweifellos haben die Partisanen oft ihre Gefangenen getötet, Mr. Carey«, sagte er, »ich will nicht behaupten, aus Haß gegen den Feind oder weil sie Geschmack am Töten fanden, verstehen Sie? Was sollten sie anderes machen? Eine Partisanengruppe von dreißig Mann oder weniger ist nicht in der Lage, ihre Gefangenen zu bewachen und zu ernähren. Außerdem herrschen in Mazedonien die Sitten des Balkans, und dort nimmt man das Töten eines Feindes nicht sonderlich wichtig.«

»Aber warum machen sie dann Gefangene? Dann können sie sie ja gleich umbringen!«

»Die braucht man gewöhnlich, um sie auszufragen.«

»Wie würden Sie es angehen, um den Tod dieses Mannes nachzuweisen, wenn Sie an meiner Stelle wären?«

»Da Sie wissen, wo der Überfall stattfand, könnten Sie ja versuchen, mit einigen der Partisanen in Verbindung zu kommen, die damals dort kämpften. Vielleicht erinnert sich einer an den Zwischenfall. Es wird natürlich nicht leicht sein, sie dazu zu bringen, ihre Erinnerungen aufzufrischen. Wissen Sie, ob es eine ELAS- oder eine EDES-Bande war?«

»EDES?«

»Diese griechischen Anfangsbuchstaben bezeichnen die nationaldemokratische Befreiungsarmee — die anti-kommunistischen *Andarten*. ELAS waren die kommunistischen *Andarten,* die Nationale Volks-Befreiungsarmee. Im Vodena-Abschnitt sind es höchstwahrscheinlich ELAS gewesen.«

»Kommt es darauf an, welche es waren?«

»Es kommt sehr darauf an. Sie dürfen nicht vergessen, daß in Griechenland drei Jahre Bürgerkrieg war. Jetzt, wo der Aufstand vorbei ist, sind diejenigen, die auf kommunistischer Seite kämpften, schwer zu finden; viele sind tot, einige im Gefängnis, andere halten sich noch immer versteckt. Viele sind nach Albanien und Bulgarien geflohen. So wie die Dinge liegen, wird es schwierig sein, mit ELAS-Leuten in Berührung zu kommen. Es ist kompliziert.«

»Scheint so. Glauben Sie, ich habe eine Chance, herauszufinden, was ich wissen will?«

Hagen zuckte die Achsel. »In solchen Fällen hat mir der Zufall oft so merkwürdig gespielt, daß ich das Schätzen aufgegeben habe. Ist Ihre Angelegenheit sehr wichtig, Mr. Carey?«

»Es geht um eine hohe Summe Geld.«

Der andere seufzte. »Da kann so vielerlei passiert sein. Sehen Sie, Hunderte wurden als ›vermißt, wahrscheinlich tot‹ gemeldet, die einfach desertiert sind. In Saloniki wimmelte es Ende 1944 von deutschen Deserteuren.«

»So viele?«

»Ja, sicher. ELAS warb die meisten von ihnen an. Sehr viele Deutsche kämpften 1944 um Weihnachten herum auf der Seite der griechischen Kommunisten.«

»Wollen Sie damit sagen, daß sich Ende 1944 ein deutscher Soldat in Griechenland sehen lassen konnte, *ohne* umgebracht zu werden?«

Ein schwaches Lächeln zog über Hagens melancholische Züge.

»In Saloniki konnten Sie deutsche Soldaten in den Cafés sitzen und spazierengehen sehen.«

»In Uniform?«

»Ja, oder wenigstens teilweise. Es war eine komische Situation. Während des Krieges hatten sich die Kommunisten in Jugoslawien, Griechenland und Bulgarien geeinigt, einen neuen mazedonischen Staat zu gründen. Das war ein Teil des größeren russischen Planes für eine kommunistische Balkan-Föderation. Nun, sobald die Deutschen fort waren, besetzte eine Armee, die sich mazedonische Gruppe der ELAS-Divisionen nannte, Saloniki und traf Vorbereitungen, diesen Plan auszuführen. Um die Deutschen kümmerten sie sich nicht mehr. Sie hatten einen neuen Feind zu bekämpfen: die rechtmäßige griechische Regierung. Dazu brauchten sie ausgebildete Soldaten. Vafiades hatte die Idee, deutsche Deserteure anzuwerben. Er war damals ELAS-Kommandant von Saloniki.«

»Kann ich mich nicht mit Vafiades in Verbindung setzen?« fragte George.

Er sah, wie Miss Kolin ihn anstarrte. Hagens Gesicht zeigte einen Ausdruck ängstlicher Bestürzung. »Ich fürchte, das wird ein bißchen schwierig sein, Mr. Carey.«

»Wieso? Ist er tot?«

»Nun, es scheinen da einige Zweifel darüber zu bestehen, was wirklich mit ihm geschehen ist.« Herr Hagen schien seine Worte sehr zu überlegen. »Das letzte Mal, daß wir von ihm direkt etwas hörten, war 1948. Er erklärte einer Gruppe ausländischer Journalisten, daß er in seiner Eigenschaft als Führer der provisorischen demokratischen Regierung Griechenlands versprochen habe, eine Hauptstadt auf griechischem Boden zu gründen. Das war zu der Zeit, als seine Armee Karpenisi erobert hatte, glaube ich.«

George schaute Miss Kolin verblüfft an.

»Markos Vafiades nannte sich General Markos«, murmelte sie, »er war Kommandant der griechischen kommunistischen Rebellen-Armee im Bürgerkrieg.«

»Ach so.« George spürte, daß er rot wurde. »Ich habe Ihnen ja gesagt, daß ich von den griechischen Verhältnissen nichts weiß. Diese Namen sagen mir leider wenig.«

Hagen lächelte. »Natürlich, Mr. Carey. Wir sind hier den Dingen näher. Vafiades war ein in der Türkei geborener Grieche, vor dem Kriege war er Tabakarbeiter. Er hatte als alter Kommunist schon mal im Gefängnis gesessen. Ohne Zweifel respektierte er die revolutionäre Tradition. Als die Kommunisten ihm das Kommando über die Rebellenarmee übertrugen, beschloß er, sich einfach Markos zu nennen. Der Name hat nur zwei Silben und klingt wirkungsvoller. Wenn die Rebellen gesiegt hätten, wäre er vielleicht ein ebenso großer Mann geworden wie Tito. Wie die Dinge aber lagen — verzeihen Sie mir den Vergleich —, hatte er etwas Gemeinsames mit Ihrem General Lee. Er gewann seine Schlachten, aber er verlor den Krieg. Und zwar aus demselben Grunde. Für Lee bedeutete der Verlust von Vicksburg und Atlanta, besonders Atlanta, die Zerstörung seiner Verbindungslinien. Für Markos, der sich ebenfalls einer Übermacht gegenübersah, hatte die Schließung der jugoslawischen Grenze die gleichen Folgen. Solange die Kommunisten von Jugoslawien, Bulgarien und Albanien ihm halfen, war er in einer starken Position. Wenn eine Aktion sich ungünstig zu entwickeln schien, brach er sie ab und zog sich hinter eine dieser Grenzen zurück. Dort hinter der Grenze konnte er in aller Sicherheit seine Truppen neu gruppieren und reorganisieren, Verstärkungen sammeln und mit tödlicher Wirkung an einem schwach besetzten Abschnitt der Regierungsfront wieder auftauchen. Aber als Tito sich mit Stalin entzweite und dem mazedonischen Plan seine Unterstützung entzog, schnitt er Markos' Verbindungslinien an den Flanken durch. Griechenland verdankt Tito sehr viel.«

»Aber wäre Markos schließlich nicht doch geschlagen worden?«

Hagens Miene zeigte Zweifel. »Vielleicht. Britische und amerikanische Hilfe vermochte viel. Das will ich nicht bestreiten. Die griechische Armee und die Luftstreitkräfte wurden vollständig umgebildet. Aber die Schließung der jugoslawischen Grenze gegen Markos machte es möglich, diese Streitkräfte schnell und entscheidend einzusetzen. Im Januar 1949, nach über zweijährigen Kämpfen, hatten die Markoskräfte Naoussa in Besitz, eine große Industriestadt, nur 80 Meilen von Saloniki entfernt. Neun Monate später waren sie geschlagen. Alles, was übrigblieb, war ein Widerstandsnest auf dem Berge Grammos nahe der albanischen Grenze.«

»Jetzt verstehe ich.« George lächelte. »Danach besteht wohl nicht viel Wahrscheinlichkeit, daß ich General Vafiades sprechen kann, was meinen Sie?«

»Ich glaube kaum, Mr. Carey.«

»Und wenn ich es wirklich erreichte, hätte es auch wohl nicht viel Sinn, ihn nach einem deutschen Feldwebel zu fragen, der 1944 in einem Hinterhalt gefangen wurde.«

Herr Hagen nickte höflich. »Nein, es hat keinen Sinn.«

»Also wiederholen wir noch einmal: 1944 haben die Partisanen — Andarten sagten Sie, nicht wahr? — einige Deutsche getötet und andere rekrutiert. Stimmt das?«

»Genau.«

»Wenn also der deutsche Soldat, nach dem ich forsche, es fertiggebracht hat, bei jenem Überfall mit dem Leben davonzukommen, wäre es nicht aus der Luft gegriffen, ihm eine Chance fifty-fifty zu geben, daß er heute noch lebt.«

»Durchaus vernünftig.«

»Schön. Ich danke Ihnen.«

Zwei Tage später waren George und Miss Kolin in Griechenland.

Siebtes Kapitel

»45 000 getötet, einschließlich 3 500 Zivilisten, ermordet von den Rebellen, und 700 von ihren Minen in die Luft gesprengt. Doppelt soviel verwundet. 11 000 Häuser zerstört. 700 000 Menschen im Gebiet der Aufständischen von Haus und Hof vertrieben. 28 000 mit Gewalt in kommunistische Länder verschleppt. 7000 Dörfer geplündert. Das ist das, was Markos und seine Freunde Griechenland gekostet haben.«

Oberst Chrysantos machte eine Pause, und während er sich in seinen Schaukelstuhl zurücklehnte, lächelte er George und Miss Kolin bitter zu. Es war eine wirkungsvolle Pose. Der Oberst war ein gutaussehender Mann mit lebhaft dunklen Augen. »Und dabei haben Briten und Amerikaner mir gesagt«, fügte er hinzu, »daß wir zu streng mit unseren Kommunisten umgingen. Zu streng!« Er warf seine langen, dünnen Hände beschwörend in die Höhe.

George murmelte etwas Unverständliches. Er war sich bewußt, daß er eine andere Vorstellung von Strenge hatte als der Oberst und daß eine Diskussion darüber zwecklos war. Herr Hagen, der Mann vom Roten Kreuz, der ihm den Empfehlungsbrief an Oberst Chrysantos mitgegeben hatte, hatte ihn darauf vorbereitet. Aber die Bekanntschaft mit dem Obersten war nur insofern wünschenswert, als er der älteste Offizier Salonikis im griechischen Abwehrdienst war und darum George bei der Beschaffung von Informationen behilflich sein konnte. Er war allerdings keine Persönlichkeit, die Sympathien erweckte.

»Sind in diesen Verlustziffern auch die Rebellen enthalten, Herr Oberst?« fragte er.

»Die getöteten, ja. Von den 45 000 waren 28 000 Rebellen. Über ihre Verwundeten haben wir natürlich keine genauen Zahlen; aber außer denen, die getötet wurden, haben wir

13 000 gefangengenommen, und weitere 27 000 haben sich ergeben.«

»Haben Sie Namenlisten?«

»Aber sicher.«

»Wäre es möglich, festzustellen, ob der Name dieses Deutschen in einer dieser Listen steht?«

»Natürlich. Aber wie Sie wissen, haben wir nicht mehr als eine Handvoll Deutsche zu fassen gekriegt.«

»Ein Versuch würde sich vielleicht trotzdem lohnen, obwohl ich, wie gesagt, gar nicht weiß, ob der Mann den Überfall überlebt hat.«

»Ah ja. Nun kommen wir der Sache schon näher. Der 24. Oktober 1944 war der Tag des Überfalls, sagten Sie? Und es war in der Nähe eines Benzinlagers bei Vodena. Die Andarten sind möglicherweise aus dem Florina-Abschnitt gekommen. Wir werden mal nachsehen.«

Er drückte auf einen Knopf an seinem Schreibtisch, und ein junger Leutnant, der eine Hornbrille trug, kam herein. Der Oberst sprach fast eine halbe Minute in seiner Muttersprache scharf auf ihn ein. Als er geendet hatte, erwiderte der Leutnant nur ein einsilbiges Wort und ging hinaus.

Nachdem die Tür sich geschlossen hatte, wurde der Oberst wieder gemütlich. »Ein tüchtiger Junge«, sagte er. »Ihr Amerikaner schmeichelt euch zuweilen, daß wir nicht organisieren können, aber Sie werden gleich sehen, Kleinigkeit!« Er schnippte mit den Fingern, lächelte Miss Kolin verführerisch an und beobachtete dann George, ob es ihm etwas ausmachte, daß man sein Mädchen auf diese Weise anlächelte.

Miss Kolin hob lediglich die Brauen. Der Oberst bot Zigaretten an.

George fand die Situation ganz amüsant. Vom ersten Augenblick an war es klar gewesen, daß der Oberst herausbekommen wollte, in welcher Beziehung seine Besucher zueinander standen. Die Frau war reizvoll; der Mann sah ͏̈nnlich aus; es wäre lächerlich anzunehmen, daß sie zusammen Geschäftsreisen machten, ohne die Gelegenheit zu ihrem Vergnügen auszunutzen. Allerdings, der Mann war Angelsachse, und bei so einem konnte man nicht ganz sicher sein. Mangels zuverlässiger Anzeichen, ob es sich um ein Liebespaar handle oder nicht, fing der Oberst an zu sondieren. Er würde es über kurz oder lang noch mal versuchen. Zunächst wieder zum Geschäftlichen.

Er strich sich den Waffenrock glatt. »Dieser Deutsche, den Sie suchen, Mr. Carey, war das ein Elsässer?«

»Nein, er kam aus Köln.«

»Viele von den Deserteuren waren Elsässer. Sie wissen ja, manche von ihnen haßten die Deutschen genauso wie wir.«

»So? Waren Sie während des Krieges in Griechenland, Herr Oberst?«

»Manchmal. Zu Anfang, ja. Später war ich bei den Engländern. Wir machten Überfälle, Sonderkommando. Es war eine glückliche Zeit.«

»Glücklich?«

»Sind Sie nicht auch Soldat gewesen, Mr. Carey?«

»Ich war Bomber-Pilot. Aber ich kann mich nicht erinnern, daß ich mich besonders glücklich dabei gefühlt habe.«

»Nicht? Ja, allerdings, die Luft, das ist was anderes als das richtige Soldatsein. Sie sehen den Feind nicht, den Sie töten. Ein Maschinenkrieg, unpersönlich.«

»Mir war es persönlich genug«, meinte George; aber der Oberst überhörte das. In seinen Augen leuchteten Erinnerungen auf.

»In der Luft haben Sie viel verpaßt, Mr. Carey«, sagte er träumerisch. »Da erinnere ich mich beispielsweise, daß einmal . . .«

Er war vollkommen weg.

Er hatte, wie es schien, an zahlreichen englischen Überfällen auf deutsche Garnisonen auf griechischem Gebiet teilgenommen. Er schilderte bis in alle Einzelheiten für ihn anscheinend amüsante Erlebnisse. Nach der Befriedigung zu urteilen, mit der er sie sich in Erinnerung rief, war es für ihn tatsächlich eine glückliche Zeit gewesen.

». . . verspritzte durch einen Feuerstoß aus dem Maschinengewehr sein Gehirn an der Mauer . . . jagte ihm das Messer tief in den Bauch und schlitzte ihn auf bis an die Rippen . . . die Handgranaten töteten alle in dem Raum bis auf einen, so warf ich ihn aus dem Fenster . . . rannte weg ohne Hosen, so daß wir ein Ziel hatten, auf das wir schießen konnten . . . versuchte aus dem Haus zu kommen, um sich zu ergeben, aber seine Füße wollten nicht mehr, und die Phosphor-Granate verbrannte ihn wie eine Fackel . . . ich ließ ihn eine Handgranate kosten, die ihn beinahe in zwei Teile zerriß . . .«

Er sprach schnell, lächelte die ganze Zeit über und machte elegante Gesten. Gelegentlich verfiel er ins Französische. George gab sich kaum Mühe, ihm zu folgen. Aber das machte auch nichts, denn jetzt war die ganze Aufmerksamkeit des Obersten auf Miss Kolin konzentriert. Sie zeigte ihr leicht gönnerhaftes Lächeln, aber da war noch etwas anderes in ihrem Mienenspiel: ein Ausdruck von Lust. Wenn man die beiden beobachtete, ohne zu wissen, was gesagt wurde, dachte George, könnte man vermuten, daß der gutaussehende Oberst sie mit witzigem Cocktail-Klatsch amüsierte. Es konnte einen schon aus der Fassung bringen.

Der Leutnant kam zurück, eine Mappe mit zerfetzten Papieren unter dem Arm. Der Oberst schwieg augenblicklich und setzte sich wieder stramm in seinem Sessel zurecht, um die Mappe entgegenzunehmen. Er blätterte mit ernster Miene darin, während der Leutnant seinen Bericht abstattete. Einmal stieß er eine Frage aus und bekam eine Antwort, die ihn zu befriedigen schien. Zum Schluß nickte er, und der Leutnant verschwand. Der Oberst lockerte sich wieder und grinste selbstzufrieden.

»Es wird allerhand Zeit beanspruchen, die Gefangenenlisten durchzugehen«, sagte er. »Aber wie ich gehofft habe, haben wir einige andere Informationen. Ob sie Ihnen was nützen werden, kann ich nicht sagen.« Er warf einen Blick auf das Bündel zerrissener und schmutziger Papiere vor ihm. »Dieser Überfall, den Sie meinen, war wahrscheinlich einer von verschiedenen Angriffen, die von den ELAS-Gruppen in jener Woche ausgeführt wurden; sie hatten ihre Basis in den Hügeln über Florina. Es waren 34 Mann, die meisten aus Florina und den Dörfern der Umgebung. Der Anführer war ein Kommunist namens Phengaros. Er kam von Larissa. Ein deutscher Militärlastwagen wurde bei dem Unternehmen zerstört. Hört sich das nach dem Fall an, den Sie meinen?«

George nickte. »Ja, das ist es. Es waren drei Lkws, der erste löste eine Mine aus. Sind Hinweise über Gefangene angegeben?«

»Gefangene wurden gewöhnlich nicht gemeldet, Mr. Carey. Aber glücklicherweise können Sie fragen.«

»Fragen? Wen?«

»Phengaros.« Der Oberst grinste. »Er wurde 1948 erwischt. Wir haben ihn hinter Schloß und Riegel.«

»Noch immer?«

»Er wurde aufgrund einer Amnestie entlassen, aber wir haben ihn jetzt wieder. Er ist ein Parteimitglied, Mr. Carey, und ein gefährliches obendrein. Sicher ein tüchtiger Kerl, durchaus zu gebrauchen, um Deutsche umzubringen, aber diese Politischen ändern ihre Methoden ja nicht. Sie haben Glück, daß er nicht schon längst erschossen worden ist.«

»Ja, darüber habe ich mich auch schon gewundert.«

»Wir konnten ja nicht alle Rebellen erschießen«, meinte der Oberst achselzuckend. »Wir sind keine Deutschen und keine Russen. Außerdem hätte es Ihren Freunden in Genua nicht gefallen.«

»Wo kann ich diesen Mann sprechen?«

»Hier in Saloniki. Ich brauche nur mit dem Gefängniskommandanten zu reden. Sind Sie mit Ihrem hiesigen Konsul bekannt?«

»Noch nicht, aber ich habe ein Empfehlungsschreiben von unserer Gesandtschaft in Athen.«

»Sehr gut. Ich werde dem Kommandanten sagen, daß Sie ein Freund des amerikanischen Gesandten sind, das wird genügen.«

»Warum genau sitzt dieser Phengaros zur Zeit im Gefängnis?«

Der Oberst blickte wieder in den Akten. »Juwelenraub, Mr. Carey.«

»Ich dachte, Sie sagten, er sei ein politischer Gefangener?«

»Bei Ihnen in Amerika, Mr. Carey, sind die Verbrecher alle Kapitalisten. Hier sind sie heutzutage gelegentlich auch Kommunisten. Männer wie Phengaros stehlen nicht für sich, sondern für die Parteikasse. Wenn wir sie erwischen, kommen sie natürlich ins Zuchthaus. Wir können sie nicht als Politische auf die Inseln verbannen. Sie haben kürzlich einige große Coups gestartet, das ist Tradition bei ihnen. Selbst der große Stalin raubte als junger Mann eine Bank für seine Parteikasse aus. Natürlich gibt es unter diesen Banditen aus den Bergen auch welche, die nur vorgeben, für die Partei zu räubern, und dann die Beute für sich behalten. Sie sind klug und gefährlich und die Polizei erwischt sie nicht. Aber so einer ist Phengaros nicht. Er ist ein einfältiger, irregeführter Fanatiker von der Sorte, die immer erwischt werden.«

»Wann kann ich ihn sehen?«

»Morgen vielleicht. Wollen mal sehen.« Er drückte wieder auf den Knopf für den Leutnant. »Sagen Sie, haben Sie und Madam heute abend vielleicht zufällig noch nichts vor?« fragte er. »Ich würde Ihnen gern unsere Stadt zeigen.«

Zwanzig Minuten später verließen George und Miss Kolin das Gebäude und traten wieder in die Nachmittagshitze und den Dunst von Saloniki. Georges Entschuldigung, daß er am Abend einen langen Bericht schreiben müsse, war bereitwillig angenommen worden. Miss Kolin hatte es anscheinend schwerer, der Gastfreundschaft des Obersten auszuweichen. Die Unterhaltung war jedoch in Griechisch geführt worden, und George hatte nichts davon verstanden.

Sie wechselten nach der Schattenseite der Straße hinüber.

»Wie haben Sie es fertiggebracht, sich zu drücken?« fragte er, als sie zum Hotel kamen.

»Ich erklärte, mein Magen sei nicht in Ordnung durch das ungewohnte Essen und die Fliegen. Ich würde mich voraussichtlich den ganzen Abend elend fühlen.«

George lachte.

»Das ist durchaus wahr.«

»Oh, das tut mir leid. Sollten Sie nicht lieber zum Arzt gehen?«

»Es wird vorübergehen. Haben Sie noch keine Magenbeschwerden?«

»Nein.«

»Wird schon noch kommen. Eine üble Gegend für den, der die hiesige Küche nicht gewohnt ist.«

»Miss Kolin«, sagte George nach einer Weile, »was halten Sie eigentlich von Oberst Chrysantos?«

»Was kann man von so einem Mann schon halten?«

»Mögen Sie ihn nicht? Er war doch ganz entgegenkommend.«

»Sicher. Es schmeichelt seiner Eitelkeit, hilfsbereit zu sein. Da ist nur eins, was mir an ihm gefällt.«

»Nun?«

Sie ging schweigend einige Schritte weiter. Dann sprach sie leise, so leise, daß er es kaum hörte: »Er weiß mit Deutschen umzugehen, Mr. Carey.«

In diesem Augenblick spürte auch George die ersten Anzeichen einer Magenverstimmung. Darüber vergaß er auch den Oberst Chrysantos und die Deutschen.

»Jetzt merke ich auch, was Sie vorhin meinten, als Sie vom Essen und den Fliegen sprachen«, bemerkte George, als sie um die Ecke zum Hotel einbogen. »Wenn Sie nichts dagegen haben, gehen wir doch lieber in eine Apotheke.«

Am folgenden Tag kam der Leutnant, holte sie im Auftrag des Obersten vom Hotel ab und fuhr sie in einem Militärauto zum Gefängnis.

Es war eine umgebaute Kaserne in der Nähe eines verfallenen alten türkischen Forts in einem westlichen Vorort der Stadt. Mit der hohen Mauer und den Kalamarabergen jenseits der Bucht als Hintergrund wirkte es von außen eher wie ein Kloster. Innen roch es wie eine große verschmutzte Latrine.

Der Leutnant hatte Passagierscheine mitgebracht, und man führte sie zum Verwaltungstrakt. Hier wurden sie einem Zivilbeamten in enganliegendem Rohseidenanzug vorgestellt, der um Entschuldigung bat, daß der Kommandant durch Amtsgeschäfte verhindert sei, und Kaffee und Zigaretten anbot. Er war ein magerer, ängstlicher Mann mit der Gewohnheit, an seiner Nase zu zupfen, von der er sich anscheinend, wenn auch ohne Erfolg, zu befreien suchte. Nachdem sie ihren Kaffee getrunken hatten, nahm er einen mächtigen Schlüsselbund und führte sie durch eine Reihe von Gängen mit Stahltüren an beiden Enden, die er aufschloß und hinter sich wieder abschloß. Endlich wurden sie in einen Raum mit gekalkten Wänden geführt, der stählerne Gitterstäbe hatte, die vom Boden bis zur Decke reichten. Durch das Gitter konnten sie eine weitere Tür sehen.

Der Beamte blickte sich entschuldigend um und murmelte etwas in schlechtem Französisch.

»Phengaros«, übersetzte Miss Kolin, »ist kein gutwilliger Gefangener und wird manchmal gewalttätig. Der Kommandant will vermeiden, daß wir Unannehmlichkeiten ausgesetzt werden. Darum muß das Gespräch in dieser unbequemen Umgebung stattfinden. Er läßt um Entschuldigung bitten.«

George nickte. Er fühlte sich nicht wohl. Er hatte eine unangenehme, ermüdende Nacht verbracht, und der Geruch des Raumes war nicht dazu angetan, ihn das vergessen zu lassen. Außerdem war er nie vorher in einem Gefängnis gewesen, und wenn er auch nicht erwartet hatte, daß dies Erlebnis anders als niederdrückend sein würde, war er doch unvorbereitet auf dies lebhafte Gefühl persönlicher Schuld, das in ihm aufstieg.

Ein Geräusch von der Tür hinter dem Gitter veranlaßte ihn, sich umzuwenden. Ein Guckloch hatte sich geöffnet und ein Gesicht spähte hindurch. Dann drehte sich ein Schlüssel im Schloß und die Tür öffnete sich. Langsam kam ein Mann in den Raum. Der Gefangene war mager und sehnig, hatte dunkle tiefliegende Augen und eine lange Hakennase. Seine Haut war braun und lederartig, als wenn er viel in der Sonne arbeitete. Auf seinem rasierten Kopf wuchsen schwarze Stoppeln. Er trug ein baumwollenes Unterhemd und Segeltuchhosen, die um die Taille mit einem Stoffetzen zusammengebunden waren. Er war barfuß.

Als er die Gesichter auf der andern Seite des Gitters sah, zögerte er; der Wärter hinter ihm stieß ihn mit einem Knüppel vorwärts. Er trat ins Licht. Der Wächter verschloß die Tür und stellte sich mit dem Rücken dagegen. Der Beamte nickte George zu.

»Fragen Sie, wie er heißt«, sagte George zu Miss Kolin.

Sie übersetzte die Frage. Der Gefangene leckte sich die Lippen, seine dunklen Augen blickten über sie hinweg auf die drei Männer, als wäre sie der Köder in einer Falle, die sie sich ausgedacht hatten. Er blickte von ihr zu dem Beamten und murmelte etwas.

»Was wird hier gespielt?« übersetzte Miss Kolin. »Meinen Namen kennt ihr doch recht gut. Wer ist dieses Weib?«

Der Beamte schrie ihn wütend an, und der Wärter stieß ihn wieder mit dem Knüppel.

George sprach schnell. »Miss Kolin, erklären Sie ihm so freundlich Sie können, daß ich ein amerikanischer Anwalt bin, daß meine Angelegenheit nichts mit ihm persönlich zu tun hat und daß es sich um eine private Rechtsangelegenheit handelt. Sagen Sie, wir wollen ihn nur wegen jenes Überfalls bei Vodena fragen. Das Politische interessiert uns nicht. Unsere einzige Absicht ist, den Tod eines deutschen Soldaten festzustellen, der 1944 vermißt gemeldet wurde. Machen Sie es gut.«

Während sie sprach, beobachtete George das Gesicht des Gefangenen. Die dunklen Augen flackerten mißtrauisch zu ihm, als sie fortfuhr. Als sie geendet hatte, überlegte der Gefangene einen Augenblick. Dann kam die Antwort.

»Er will sich die Fragen anhören und dann entscheiden, ob er sie beantworten will.«

Der Leutnant hinter George redete ärgerlich auf den Beamten ein. George kümmerte sich nicht darum.

»Okay«, sagte er. »Fragen Sie ihn nach seinem Namen, er muß sich selber identifizieren.«

»Phengaros.«

»Fragen Sie, ob er sich an den Überfall auf die Lkws erinnert.«

»Ja, er erinnert sich.«

»Hatte er den Befehl über diese Partisanengruppe?«

»Ja.«

»Wie trug sich das zu, genau?«

»Das weiß er nicht, er war nicht dabei.«

»Aber er sagte doch ...«

»Er führte zu der Zeit einen Angriff auf das Benzin-Lager. Sein Stellvertreter hat die Lkws abgefangen.«

»Wo ist dieser Stellvertreter?«

»Tot, er wurde einige Monate später von den faschistischen Mörderbanden in Athen erschossen.«

»Oh. Nun, fragen Sie ihn, ob er weiß, ob deutsche Gefangene von den Lastwagen gemacht wurden.«

Phengaros überlegte einen Augenblick, dann nickte er.

»Ja, einer.«

»Hat er diesen Gefangenen gesehen?«

»Er verhörte ihn.«

»Welchen Rang hatte er?«

»Gemeiner, glaubte er. Der Mann war der Fahrer des Lkws, der die Mine auslöste. Er war verwundet.«

»Weiß er genau, daß kein anderer Gefangener eingebracht wurde?«

»Ja.«

»Sagen Sie ihm, uns sei mitgeteilt worden, daß in diesem ersten Lkw zwei Mann waren, die nicht zurückgekommen sind und deren Leichen auch nicht von der deutschen Abteilung gefunden wurden, die später auf den Schauplatz kam. Einer war der Chauffeur des Lastwagens, den er, wie er sagt, verhört hat. Der andere war der Feldwebel, der die Abteilung führte. Und was diesem zugestoßen ist, das möchten wir wissen.«

Phengaros begleitete seine Rede mit nachdrücklichen Gebärden.

»Er sagt, daß er nicht dabei war. Aber wenn da ein deutscher Feldwebel am Leben geblieben wäre, hätten seine Leute ihn bestimmt gefangengenommen, um ihn zu verhören. Denn ein Feldwebel wüßte ja mehr auszusagen, als ein Chauffeur.«

»Was ist mit dem Chauffeur passiert?«

»Gestorben.«

»Wie?«

Phengaros zögerte. »An seinen Wunden.«

»Okay, lassen wir das. Als er in der Armee General Markos' diente, ist er da irgendwelchen Deutschen begegnet, die an seiner Seite kämpften?«

»Ja, einigen.«

»Kann er sich an Namen erinnern?«

»Nein.«

»Fragen Sie ihn, ob er irgend jemand weiß, der an diesem Überfall selbst teilgenommen hat und noch am Leben ist.«

»Er weiß niemand.«

»Aber sie können doch nicht *alle* tot sein. Er soll nochmal versuchen, sich zu erinnern.«

»Er weiß niemand.«

Phengaros sah Miss Kolin nicht mehr an, sondern starrte vor sich hin.

Eine Pause entstand. Der Leutnant zog George beiseite.

»Mr. Carey, der Mann will nichts aussagen, was seine Freunde gefährden könnte«, sagte er englisch.

»Ich verstehe; natürlich.«

»Entschuldigen Sie mich bitte einen Moment.«

Der Leutnant trat an den Beamten heran und tuschelte mit ihm, dann kam er zu George zurück.

»Wir könnten die Auskünfte schon für Sie herauskriegen, Mr. Carey«, murmelte er, »aber es würde einige Zeit in Anspruch nehmen.«

»Wie meinen Sie das?«

»Dieser Phengaros ist schwer zu überreden, wie's scheint. Aber wenn Sie wünschen, können wir ja einige disziplinarische Druckmittel anwenden...«

»Nein, nein«, rief George hastig; seine Knie begannen zu zittern. »Wenn er die Auskunft nicht ganz freiwillig gibt, hat sie als Beweismittel keinerlei rechtlichen Wert.« Das war natürlich eine verlogene Ausrede. Phengaros' Aussage hatte sowieso keinen rechtlichen Wert; es kam auf die Aussagen der Augenzeugen an (wenn's welche gab). Aber George fiel im Moment keine bessere Ausrede ein.

»Bitte, wie Sie wünschen. Möchten Sie sonst noch etwas fragen?« Dem Leutnant schien die Sache jetzt langweilig zu werden. Er hatte George durchschaut. Wenn das Verhör in dieser feigen schüchternen Weise fortgesetzt werden sollte, konnte es nicht von allzu großer Bedeutung sein.

»Nein, weitere Fragen habe ich nicht, danke schön.« George wandte sich an Miss Kolin. »Fragen Sie den Wärter, ob es gegen die Regeln verstößt, dem Gefangenen ein paar Zigaretten zu geben.«

Der Beamte gab es auf, an seiner Nase zu zupfen, als er die Frage hörte. Wenn der Amerikaner an solch einen ungefälligen Kerl noch Zigaretten verschwenden wolle, deutete er achselzuckend an, könne er es ja tun; aber sie müßten erst untersucht werden.

George zog ein Päckchen Zigaretten hervor und händigte es ihm aus. De Beamte guckte hinein, drückte und betastete das Päckchen und gab es zurück. George steckte es durch das Gitter.

Phengaros stand dort, ein schwaches Lächeln huschte über sein Gesicht. Sein Blick begegnete dem Georges. Mit einer ironischen Verbeugung nahm er die Zigaretten und fing dabei an zu sprechen.

»Ich kann ja die Verlegenheit verstehen, die Sie veranlaßt, mir dieses Geschenk anzubieten, mein Herr«, übersetzte Miss Kolin. »Wäre ich ein Verbrecher, würde ich sie gern annehmen. Aber das Schicksal meiner Kameraden, die in den Händen der faschistischen Reaktionäre sind, lastet schon kaum mehr auf dem Gewissen der Welt. Wenn Ihr eigenes Gewissen Sie quält, nun, das ehrt Sie nur. Aber bis jetzt bin ich hier noch nicht so korrumpiert, daß ich Ihnen erlaube, es um den Preis einiger Zigaretten zu erleichtern. Nein. So sehr ich es genossen hätte, sie zu rauchen, mein Herr, aber ich denke, ihre Bestimmung soll die gleiche sein, wie die all der anderen amerikanischen Hilfe.«

Mit einer schnellen Drehung des Handgelenks warf er die Zigaretten dem Wärter zu.

Sie fielen auf den Boden. Als der Wärter sie hastig aufhob, begann der Beamte ärgerlich durch das Gitter auf ihn einzuschimpfen, und der Mann schloß eilig die Tür auf.

Phengaros nickte kurz und ging hinaus.

Der Beamte hörte auf zu schreien und wandte sich entschuldigend an George. »*Une espèce de fausse-couche*«, sagte er, »*je vous demande pardon, Monsieur.*«

»Wofür?« sagte George. »Wenn er denkt, daß ich ein lausiger Faschist bin, ein imperialistischer Lakai, hat er vollkommen recht, daß er meine Zigaretten nicht rauchen will.«

»*Pardon?*«

»Er war außerdem so höflich, mir die Zigaretten nicht direkt ins Gesicht zu werfen. Ich hätte es an seiner Stelle vielleicht getan.«

»*Qu'est-ce que Monsieur a dit?*«

Der Beamte guckte verzweifelt auf Miss Kolin.

George schüttelte den Kopf. »Brauchen Sie nicht zu übersetzen, Miss Kolin. Er kapiert's doch nicht. Aber Sie verstehen mich doch, Leutnant? Dachte ich mir. Nun, wenn es Ihnen nichts ausmacht, möchte ich hier heraus, ehe sich mir der Magen umdreht.«

Im Hotel erwartete sie eine Notiz von Oberst Chrysantos. Sie enthielt die Mitteilung, daß man nach Durchsicht aller entsprechenden Listen keinen Mann namens Schirmer gefunden hatte, der in dem Markos-Feldzug gefallen oder gefangengenommen worden war. Man hatte auch keinen Mann dieses Namens begnadigt.

»Miss Kolin«, sagte George, »was kann man trinken, wenn man diese Magengeschichte hat?«

»Kognak ist das beste.«

»Dann sollten wir uns einige genehmigen.«

Als sie später beim Glase saßen, sagte er: »In Köln gab mir mein Büro die Erlaubnis, mit diesen Nachforschungen drei Wochen fortzufahren, wenn ich glaubte, daß wir weiterkämen. Eine Woche ist schon vorbei, und alles, was wir herausgefunden haben, ist, daß Franz Schirmer wahrscheinlich nicht von denen gefangengenommen wurde, die den Lkw in die Luft sprengten.«

»Das ist immerhin etwas.«

»Naja, bestenfalls nicht ganz uninteressant. Aber wir kommen damit nicht weiter. Ich werde noch eine Woche zugeben. Wenn wir dann der Wahrheit noch nicht näher sind, fahren wir nach Hause. Einverstanden?«

»Vollkommen. Was wollen wir in dieser Woche unternehmen?«

»Das, was wir nach meiner Meinung schon vorher hätten machen sollen: nach Vodena gehen und sein Grab suchen.«

Achtes Kapitel

Vodena, gewöhnlich Edessa genannt und einst der Sitz der Könige von Mazedonien, liegt etwa 50 Meilen westlich von Saloniki inmitten üppiger Weingärten und wilder Granatbäume, umgeben von Feigen- und Maulbeerbäumen, an den Abhängen des Berges Chakirka, 200 Meter über der Janitza-Ebene. Glitzernde Gebirgsbäche rauschen in Kaskaden von den Berghängen in den Nisia Voda, den Nebenfluß des Vadar, der eilig an der Stadt vorbei zum Hauptstrom fließt. Die alten Ziegelbauten glühen in der Sonne. Hotels gibt es nicht.

George und Miss Kolin ließen sich mit einem Wagen, den sie in Saloniki gemietet hatten, hinfahren. Es war kein genußreicher Ausflug. Der Tag war heiß und die Straße schlecht. Am Ziel versagte der Zustand ihres Magens ihnen sogar die Tröstungen eines guten Frühstücks und einer Flasche Wein. Während der Chauffeur sich nach einem herzhaften Trunk und Imbiß umsah, gingen sie in ein Café, verjagten die Fliegen so lange, daß sie ihren Kognak trinken konnten, und begaben sich dann mutlos auf die Suche nach Auskünften.

Diesmal hatten sie gleich Glück. Ein Süßwasserhändler auf dem Markt erinnerte sich nicht nur an den Überfall, sondern hatte zu der Zeit sogar in der Nähe in einem Weingarten gearbeitet. Die Partisanen, die sich eine Stunde vorher eingefunden hatten, um den deutschen Lkws aufzulauern, hatten ihn gewarnt sich einzumischen. Als Georges Chauffeur zurückkam, überredeten sie den Händler, seine fliegenwimmelnden Leckereien einem Freund anzuvertrauen und sie zum Schauplatz zu führen.

Das Brennstofflager hatte an einer Eisenbahnstrecke, drei Meilen von Vodena entfernt, am Wege nach Apsalos gelegen.

Etwa eine Meile vor dem Lager waren die Lastwagen überfallen worden.

Der Platz war wie geschaffen für einen Hinterhalt. Die Straße stieg gleichmäßig an und beschrieb an diesem Punkt eine Haarnadelkurve unter einem Hang, der mit seinen Bäumen und Büschen den Angreifern genügend Deckung bot. Dagegen war die Straße unten völlig ungeschützt. Die Minen waren so geschickt hinter der Kurve gelegt worden, daß der erste, getroffene Lkw den folgenden den Weg blockierte, und zwar an einer Stelle, wo sie weder wenden noch Deckung finden konnten, um das Feuer von oben zu erwidern. Für die Partisanen in ihrem Versteck am Berghang mußte es das reine Scheibenschießen gewesen sein. Daß zwei von den elf Deutschen es trotzdem fertiggebracht hatten, lebend die Straße hinunterzukommen, war erstaunlich. Sie mußten entweder außerordentlich flink gewesen sein, oder das Feuer vom Berghang war völlig ungezielt.

Die Toten hatte man etwas weiter unten auf einem ebenen Fleck neben der Straße beerdigt. Nach dem Bericht des Händlers war der Boden damals vom Regen durchnäßt gewesen. Die sauber ausgerichtete Reihe der Gräber war im Unterholz noch erkennbar. Leutnant Leubner und seine Männer hatten auf jedem einen kleinen Steinhaufen errichtet. In Frankreich und Italien hatte George oft deutsche Soldatengräber am Straßenrand gesehen und erinnerte sich, daß sie ursprünglich den Stahlhelm des Gefallenen und oft einen hölzernen Pfahl mit Nummer, Name und Dienstgrad trugen. Es kam wohl darauf an, wieviel Zeit man dafür hatte. Er suchte nach einem Kreuz oder Pfahl mit den Namen, aber er fand keine Spur davon, wenn sie überhaupt vorhanden gewesen waren. Unter einem Busch in der Nähe fand er einen verrosteten deutschen Helm. Das war alles.

»Sieben Gräber«, bemerkte Miss Kolin, als sie wieder hinaufstiegen. »Das entspricht auch der Zahl, die der Leutnant in seinem Brief an Frau Schirmer angegeben hatte. Zehn

Mann und der Feldwebel fuhren weg. Zwei Mann kamen zurück. Es fehlen also die Leichen des Feldwebels und des Chauffeurs vom ersten Lkw. Sieben sind beerdigt.«

»Ja, aber Phengaros sagte, daß nur ein einziger Gefangener eingebracht wurde — der Chauffeur. Wo ist also der Feldwebel geblieben? Der Chauffeur wurde verwundet, als der Lastwagen auf die Mine stieß, aber nicht getötet. Höchstwahrscheinlich saß der Feldwebel im Fahrerhaus doch neben ihm. Womöglich wurde er ebenfalls verwundet. Leutnant Leubner sagte, daß er nicht der Mann war, der sich ohne Gegenwehr ergeben hätte. Vielleicht ist er sogar heil davon gekommen, wurde verfolgt und dann etwas weiter von hier doch erschossen.«

»Aber, Mr. Carey, wie konnte er davonkommen?«

Sie hatten den Platz des Überfalls wieder erreicht. George ging am Rande der Straße entlang und blickte hinunter.

Der nackte Fels fiel zum Tal hin steil ab. Es war unwahrscheinlich, daß selbst ein unverwundeter Mensch unter dem Gewehrfeuer vom Berghang und von der Straße versucht hätte, hier hinunterzuklettern. Die zwei Leute, die entwischt waren, verdankten es dem Umstand, daß sie im letzten Lkw und unverwundet waren. Der Feldwebel war volle zweihundert Meter weiter von der Deckung entfernt gewesen. Er hatte nicht die geringste Aussicht zu entkommen.

George kletterte ein Stück den Berghang hinauf, um den Schauplatz von der Angreiferseite aus zu betrachten. Von hier schien die Lage der Männer in den Wagen noch hoffnungsloser. Er konnte sich die Szene vorstellen: die Lastwagen, die den Hügel hinaufkrochen, die ohrenbetäubende Detonation der Mine, das Rattern der Maschinengewehre, die dumpfen Explosionen der Handgranaten, die auf die Straße geschleudert wurden, die heiseren Rufe, die Schreie der Sterbenden.

Er kletterte wieder zum Wagen hinunter.

»Nun, Miss Kolin, was meinen Sie, wie sich das hier zugetragen hat?«

»Ich denke, daß er mit dem Chauffeur gefangengenommen wurde und daß beide verwundet waren. Ich nehme an, der Feldwebel starb an seiner Wunde oder wurde bei einem Fluchtversuch getötet. Selbstverständlich mußte Phengaros annehmen, daß nur ein Gefangener gemacht wurde.«

»Ja, aber was wurde dann aus den Papieren des Feldwebels? Die hätten sie doch zu Phengaros gebracht.«

»Dann hätten sie auch die Papiere der anderen mitgenommen, die hier gefallen sind.«

George überlegte. »Ja, Sie könnten recht haben. Jedenfalls ist es eine vernünftige Erklärung. Es gibt nur noch eine Möglichkeit, um Gewißheit zu erlangen: wir müssen jemand finden, der dabei gewesen ist.«

Miss Kolin deutete mit dem Kopf auf den Händler. »Ich habe mit dem Mann gesprochen, er sagt, die beteiligten Partisanen waren aus Florina. Das stimmt mit der Ansicht des Obersten überein.«

»Kennt er einige von ihnen mit Namen?«

»Nein, sie haben nur gesagt, sie seien aus Florina.«

»Wieder eine Sackgasse. Schön, fahren wir morgen nach Florina. Und jetzt brechen wir wohl am besten auf. Was meinen Sie, was muß ich dem alten Mann zahlen?«

Es war noch früh am Abend, als sie wieder in Saloniki eintrafen. Während ihrer Abwesenheit war anscheinend etwas Ungewöhnliches passiert. Auf den Straßen war die Polizei verstärkt und die Ladenbesitzer standen auf dem Fahrdamm und besprachen sich zungenfertig mit ihren Nachbarn. Die Cafés waren überfüllt.

Im Hotel hörten sie die Neuigkeiten.

Kurz vor drei Uhr war ein geschlossener Militärwagen vor dem Eingang der Eurasian Credit Bank in der Rue Egnatie vorgefahren. Er hatte dort einen Augenblick gewartet. Dann wurde plötzlich das Verdeck am hinteren Ende geöffnet, und sechs Männer sprangen heraus. Sie waren mit Maschinenpistolen und Handgranaten bewaffnet. Drei von ihnen besetzten sofort den Eingang, die andern drei gingen hinein. In wenig mehr als zwei Minuten waren sie schon wieder draußen mit Geld im Wert von einigen hunderttausend Dollar in fremder Währung: amerikanische Dollar, Escudos und Schweizer Franken. Zehn Sekunden später, fast ehe die Vorübergehenden Verdacht geschöpft hatten, waren sie wieder im Wagen und davon.

Der Anschlag war geschickt organisiert. Die Gangster hatten genau gewußt, in welchem Safe das Geld aufbewahrt wurde und wie man herankam. Niemand war erschossen worden. Ein Angestellter, der mutig versucht hatte, eine Alarmglocke in Gang zu setzen, hatte für seine Kühnheit nur einen Schlag mit dem Gewehrkolben ins Gesicht erhalten. Die Alarmglocke war, wie sich später herausstellte, aus dem einfachen Grunde stumm geblieben, weil die Drähte zerschnitten waren. Die Gangster hatten mit geballter Faust gegrüßt. Es war klar, daß sie einen kommunistischen Verbündeten in der Bank hatten. Es war weiter klar, daß der Überfall zu einer Reihe organisierter Raubzüge gehörte, um die Parteikasse der Kommunisten wieder aufzufüllen. Natürlich fiel der Verdacht, Mitwisser des Anschlags zu sein, auf den mutigen Angestellten. Würde er das, was er tat, gewagt haben, wenn er nicht im voraus gewußt hätte, daß er nichts riskierte? Natürlich nicht! Die Polizei verhörte ihn.

Das berichtete ihnen der Empfangschef aufgeregt über die Affäre.

Der Barmixer bestätigte diese Tatsache, aber er hatte eine etwas spitzfindigere Theorie über die Motive der Verbrecher.

Wie kommt es, fragte er, daß jetzt jeder große Raubüberfall das Werk von Kommunisten ist, die für ihre Parteikasse stehlen? Sonst stiehlt wohl keiner mehr? Ja, gewiß, ohne Zweifel gibt es politische Räubereien, aber lange nicht so viele, wie die Leute meinen. Und warum haben die Räuber bei der Abfahrt mit der geballten Faust gegrüßt? Nur um zu zeigen, daß sie Kommunisten sind? Quatsch! Sie versuchten nur, diesen Eindruck zu erwecken, um die Polizei zu täuschen und so die Aufmerksamkeit von sich selber abzulenken. Sie konnten damit rechnen, daß die Polizei lieber den Kommunisten die Schuld gibt. Den Kommunisten wird jede Gemeinheit angehängt. Er selber sei durchaus kein Kommunist, natürlich nicht, aber ...

Er ließ sich des langen und breiten darüber aus.

George hörte abwesend zu. In diesem Augenblick achtete er mehr darauf, daß er plötzlich wieder Appetit verspürte und daß die Aussicht auf ein Essen jetzt keinen Widerwillen mehr in ihm weckte.

Florina liegt am Eingang eines tiefen Tals neun Meilen südlich von der jugoslawischen Grenze. Vierzig Meilen nach Westen, hinter den Bergen, liegt Albanien. Florina ist die Hauptstadt der Provinz des gleichen Namens und ein wichtiger Bahnknotenpunkt. Es besitzt eine Garnison, die Ruine einer türkischen Zitadelle und sogar mehrere Hotels. Es ist weder so malerisch wie Vodena noch so alt. Es entstand als unwichtige Etappenstation an der Römerstraße zwischen Durazzo und Konstantinopel und viel zu spät, um an dem kurzlebigen Ruhm des mazedonischen Reiches teilzuhaben. In einem Lande, in dem so viele Quellen westlicher Zivilisation entsprangen, ist es ein Parvenü.

Aber wenn Florina auch keine interessanten Geschichten für den Baedeker bietet, so hat es doch eine Vergangenheit.

Im Sommer 1896 trafen sich in Saloniki sechzehn Männer. Sie gründeten eine politische Organisation, die in späteren Jahren die schrecklichste geheime Terroristenvereinigung werden sollte, die der Balkan oder ganz Europa je gekannt hat. Sie nannte sich ›Internationale Mazedonische Revolutionäre Organisation‹, kurz IMRO. Ihr Glaubensbekenntnis war ›Mazedonien den Mazedoniern‹, ihre Fahne ein roter Totenschädel und gekreuzte Knochen auf schwarzem Grund, ihr Motto ›Freiheit oder Tod‹. Ihre Argumente waren Messer,

Gewehr und Bombe. Ihre bewaffneten Streitkräfte, die in den Hügeln und Bergen Mazedoniens hausten, wo sie den Dörflern und Stadtbewohnern IMRO-Gesetze und IMRO-Steuern aufzwangen, wurden Komitadschi genannt. Ihr Treueid wurde auf Bibel und Revolver geleistet, und die Strafe für Verrat war der Tod. Unter denen, die diesen Eid leisteten und der IMRO dienten, waren reiche Leute sowohl wie Bauern und Dichter, Soldaten und Philosophen und auch Berufsmörder. Für die Sache der mazedonischen Unabhängigkeit wurden Türken und Bulgaren, Serben und Walachen, Griechen und Albanier umgebracht. Aber für dieselbe Sache wurden auch Mazedonier getötet. Zur Zeit des Ersten Balkankrieges war die IMRO eine wichtige politische Macht, die beträchtlichen Einfluß auf die Ereignisse hatte. Der mazedonische Komitadschi mit seinem Patronengürtel und Gewehr begann eine legendäre Figur zu werden, ein heroischer Verteidiger von Frauen und Kindern gegen die Grausamkeiten der Türken, ein Ritter der Berge, der den Tod der Unehre vorzog und seine Gefangenen mit Höflichkeit und Nachsicht behandelte. Böse Zungen behaupteten allerdings, daß die Grausamkeiten der Türken hauptsächlich als Wiedervergeltung für die Scheußlichkeiten verübt wurden, die die Komitadschi begingen, und daß deren ritterliches Benehmen nur dann in Erscheinung trat, wenn sie fremden Gesinnungsfreunden dadurch imponieren konnten. Aber das schien auf die Legende wenig Einfluß zu haben. Sie hat sich lange behauptet, und bis zu einem gewissen Grade behauptet sie sich immer noch. Auf dem Marktplatz von Gorna-Dschumaja, der Hauptstadt von Bulgarisch-Mazedonien, gibt es sogar ein Denkmal des ›Unbekannten Komitadschi‹. Zwar wurde es 1933 von den IMRO-Gangstern errichtet, die die Stadt heruntergewirtschaftet hatten, aber die bulgarische Zentralregierung jener Zeit hatte keinen Einspruch erhoben, und es ist ziemlich sicher, daß es sich noch heute dort befindet. Wenn die IMRO auch nicht mehr von Poeten und Idealisten unterstützt wird, so bleibt sie doch eine politische Macht und hat sich von Zeit zu Zeit mit schöner Unparteilichkeit sowohl den Faschisten wie den Kommunisten verkauft. Die IMRO war und ist eben eine Balkan-Einrichtung.

Florina war eines der Bollwerke der ›Gründer‹ der IMRO. Bald nach dem folgenschweren Treffen von 1896 in Saloniki begann ein ehemaliger bulgarischer Sergeant namens Markos in Florina eine IMRO-Truppe auszuheben, die schnell die mächtigste der Gegend wurde. Und die berühmteste. Der bulgarische Dichter Jaworow und der junge Schriftsteller Christo Siljanow gehörten zu denen, die dort eintraten und (obwohl letzterer sich dadurch blamierte, daß er zu verweichlicht war, um seinen Gefangenen die Kehle durchzuschneiden) sich lebhaft am aktiven Dienst beteiligten. Markos selber wurde von türkischen Soldaten getötet, aber seine Bande blieb eine schlagkräftige Einheit und spielte beim Aufstand von 1903 eine wichtige Rolle. Die Irredentistenmethoden – Sabotage, Hinterhalt, Entführung, Einschüchterung, bewaffneter Raub und Mord – bilden einen Teil von Florinas Kulturerbe.

Und wenn heute auch Krieg und Besatzung nötig sind, um die das Recht achtenden Einwohner der Provinz zu veranlassen, zu diesem alten Handwerk zurückzukehren, gibt es sogar in Friedenszeiten immer einige verwegene Geister, die bereit sind, in die Berge zu gehen und ihre unglücklichen Nachbarn daran zu erinnern, daß die Gepflogenheiten ihrer Vorfahren noch äußerst lebendig sind.

George und Miss Kolin kamen mit der Bahn von Saloniki. Das Parthenon-Hotel war ein dreistöckiges Gebäude in der Stadtmitte. Es hatte etwa die Größe eines drittklassigen Hotels für Geschäftsreisende, wie man sie etwa in einer Stadt wie Lyon findet. Die Zimmer waren klein und die sanitären Einrichtungen primitiv. Die eiserne Bettstelle in Georges Zimmer hatte eine Sprungfedermatratze, deren Rahmen aber aus Holz war. Auf Miss Kolins Rat verbrachte George die erste halbe Stunde damit, mit Hilfe eines Zerstäubers die Ritzen im Holzwerk mit DDT zu tränken. Dann begab er sich ins Café des Hotels. Alsbald gesellte sich Miss Kolin zu ihm.

Der Besitzer des Parthenon war ein kleiner Mann mit einem grauen Gesicht und kurzgeschnittenem grauem Haar in einem zerknitterten grauen Anzug. Als er Miss Kolin erscheinen sah, verließ er den Tisch neben der Theke, an dem er sich stehend mit einem Offizier unterhalten hatte, und kam zu ihnen herüber. Er verbeugte sich und sagte etwas auf französisch.

»Fragen Sie ihn, ob er einen mittrinken will«, sagte George.

Als die Einladung übersetzt war, verbeugte sich der kleine Mann abermals, setzte sich mit einem Wort der Entschuldigung und schnippte mit den Fingern dem Barmann zu.

Sie tranken eine Runde Ouzo. Höflichkeiten wurden gewechselt. Der Hotelier entschuldigte sich, daß er nicht Englisch spreche, und versuchte dann, sie vorsichtig über ihre Absichten in der Stadt auszufragen.

»Wir haben wenig Touristen hier«, bemerkte er, »ich habe oft gesagt, das ist schade.«

»Die Landschaft ist gewiß sehr schön.«

»Wenn Sie Zeit haben, sollten Sie mal eine Ausfahrt machen. Ich werde Ihnen gerne einen Wagen besorgen.«

»Sehr nett von ihm. Sagen Sie, wir hätten in Saloniki gehört, daß hier ausgezeichnetes Jagdgebiet in der Nähe der Seen sei.«

»Der Herr möchte auf Jagd gehen?«

»Diesmal leider nicht. Wir sind geschäftlich hier. Aber es wurde uns gesagt, daß es hier in der Gegend viel Wild gibt.«

Der kleine Mann lächelte. »Hier in der Nachbarschaft gibt es Wild aller Art. In den Bergen gibt es sogar Adler«, fügte er verschmitzt hinzu.

»Adler, die selber ein bißchen auf Raub ausgehen, vielleicht?«

»Das hat man dem Herrn gewiß auch in Saloniki erzählt.«

»Ich habe immer angenommen, das sei hier der romantischste Teil des Landes.«

»Ja, für manche ist der Adler ein romantischer Vogel«, sagte der Hotelier schalkhaft. Offensichtlich war er ein Mensch, der den kleinsten Witz tothetzen mußte, wenn er ihn mal zu fassen hatte.

»Aber er ist auch ein Raubvogel.«

»Ja, allerdings. Wenn Truppen sich auflösen, gibt es immer einige, die lieber zusammenbleiben und einen Privatkrieg gegen die Gesellschaft führen. Aber hier in Florina braucht der Herr keine Angst zu haben. Die Adler sitzen sicher in den Bergen.«

»Schade! Wir hatten gehofft, Sie könnten uns helfen, einen davon zu finden.«

»Einen Adler zu finden? Der Herr handelt wohl mit Schmuckfedern?«

Aber George wurde es langweilig. »Schön«, sagte er, »wir wollen mal Schluß machen mit dem zweideutigen Gerede. Sagen Sie ihm, ich sei Rechtsanwalt, und wir möchten, wenn es möglich sei, mit jemand sprechen, der in der ELAS-Bande war, die 1944 von Phengaros geführt wurde. Setzen Sie ihm auseinander, daß es nichts Politisches ist, daß wir nur nach dem Grab eines deutschen Feldwebels forschen wollen, der bei Vodena gefallen ist. Sagen Sie, daß ich für die Verwandten des Mannes in Amerika arbeite.«

Er beobachtete das Gesicht des kleinen Mannes, während Miss Kolin übersetzte. Für ein paar Augenblicke kam ein ganz ungewöhnlicher Ausdruck in seine schlaffen grauen Falten: ein Ausdruck, zusammengesetzt aus Interesse, Erstaunen, Entrüstung und Furcht. Dann ging ein Vorhang nieder, und das Gesicht wurde wieder ausdruckslos. Er ergriff sein Glas und leerte es.

»Ich bedaure«, sagte er sehr bestimmt, »daß ich Ihnen in dieser Angelegenheit leider ganz und gar nicht helfen kann.« Er erhob sich.

»Moment mal«, sagte George. »Wenn er mir schon nicht helfen kann, fragen Sie ihn, ob er jemand weiß, der es kann.«

Der Hotelier zögerte, dann blickte er hinüber zu dem Offizier, der an dem Tisch bei der Bar saß. »Einen Augenblick«, sagte er kurz. Er ging zu dem Offizier, beugte sich über den Tisch und redete mit gedämpfter Stimme eilig auf ihn ein.

Nach einer Weile beobachtete George, wie der Offizier schnell einen Blick zu ihm herüberwarf und dann den Hotelier anfuhr. Der kleine Mann machte eine hilflose Gebärde. Der Offizier stand auf und kam zu ihnen herüber.

Er war ein schlanker schwarzhaariger junger Mann mit glänzenden Augen, weiten Reithosen und einer Taille wie ein Mädchen. Er trug die Abzeichen eines Hauptmanns. Er verbeugte sich vor Miss Kolin und lächelte George freundlich an.

»Erlauben Sie, mein Herr«, sagte er englisch. »Der Patron erzählt mir, daß Sie hier Nachforschungen anstellen.«

»Richtig.«

Er schlug die Hacken zusammen. »Hauptmann Streftaris«, sagte er. »Sie sind Amerikaner, Herr...?«

»Carey ist mein Name. Ja, ich bin Amerikaner.«

»Und die Dame?«

»Miss Kolin ist Französin. Sie ist meine Dolmetscherin.«

»Danke sehr. Vielleicht kann ich Ihnen behilflich sein, Mr. Carey.«

»Sehr freundlich, Herr Hauptmann. Wollen Sie nicht Platz nehmen?«

»Danke sehr.« Der Offizier drehte den Stuhl um, setzte sich rittlings darauf und legte die Ellbogen auf die Lehne. Es lag etwas merkwürdig Unverschämtes in dieser Gebärde.

Er lächelte jetzt weniger freundlich. »Sie haben den Wirt sehr beunruhigt, Mr. Carey.«

»Das tut mir leid. Ich habe ihn nur gebeten, mich mit jemand in Verbindung zu bringen, der 1944 in der Phengaros-Bande war. Ich habe ihm gesagt, daß meine Sache nichts mit Politik zu tun hat.«

Der Hauptmann seufzte mit Nachdruck. »Mr. Carey«, sagte er, »wenn ich nun zu Ihnen nach Amerika käme und Sie bäte, mich mit einem Gangster in Verbindung zu bringen, der von der Polizei gesucht wird, wären Sie dann bereit, mir zu helfen?«

»Ist das ein passender Vergleich?«

»Bestimmt. Ich glaube nicht, daß Sie unsere Probleme ganz verstehen. Natürlich sind Sie hier fremd, und das entschuldigt Sie, aber es ist sehr unbedacht, derartige Fragen zu stellen.«

»Und warum? Würden Sie mir das erklären?«

»Diese Leute sind Kommunisten — Geächtete. Wissen Sie, daß Phengaros selber wegen eines Verbrechens im Gefängnis sitzt?«

»Ja. Ich habe vor zwei Tagen mit ihm gesprochen.«

»Wie bitte?«

»Oberst Chrysantos in Saloniki war so freundlich, den Besuch im Gefängnis für mich einzurichten.«

Das Lächeln des Hauptmanns verschwand. Er nahm die Ellbogen von der Lehne.

»Verzeihung, Mr. Carey.«

»Wofür?«

»Ich hatte ja keine Ahnung, daß Sie von Amts wegen hier sind.«

»Das heißt ... genaugenommen ...«

»Ich glaube nicht, daß wir Befehle aus Saloniki bekommen haben. Wäre es geschehen, hätte mich der Kommandant sicher benachrichtigt.«

»Einen Augenblick mal, Herr Hauptmann, daß wir uns nicht mißverstehen. Meine Sache ist eher rechtlicher als amtlicher Art. Ich will es Ihnen erklären.«

Der Hauptmann hörte aufmerksam zu. Er schien sehr erleichtert, als George zu Ende war.

»Dann sind Sie also nicht auf Veranlassung von Oberst Chrysantos hier?«

»Nein.«

»Sie müssen wissen, Mr. Carey, daß ich der Nachrichtenoffizier dieses Distrikts bin, es wäre sehr nachteilig für mich, wenn Oberst Chrysantos annähme...«

»Ja, ich weiß. Ein sehr tüchtiger Mann, der Oberst.«

»O ja.«

»Und vielbeschäftigt. Sehen Sie, und darum hielt ich es für besser, den Oberst nicht nochmal zu belästigen, sondern die Namen einiger jener Leute inoffiziell zu erfahren.«

Der Hauptmann schien verblüfft. »Nicht amtlich? Wie meinen Sie das?«

»Ich könnte die Namen kaufen, nicht wahr?«

»Aber von wem?«

»Das hoffte ich gerade vom Wirt zu erfahren.«

»Ach so.« Der Hauptmann gestattete sich endlich wieder ein Lächeln. »Mr. Carey, wenn der Wirt wüßte, von wem man die Namen, die Sie suchen, kaufen könnte, würde er nicht so dumm sein, das einem Fremden gegenüber zuzugeben.«

»Aber haben Sie denn nicht zu irgendwelchen dieser Leute Verbindung? Wo sind sie alle geblieben?«

»Einige sind bei den Markos-Streitkräften gefallen, andere sind jenseits der Grenze bei unsern Nachbarn. Die übrigen —«, er zuckte die Achseln, »die haben sich andere Namen zugelegt.«

»Aber sicher gibt es doch noch welche hier in der Gegend?«

»Ja, aber ich würde Ihnen nicht empfehlen, hier umherzulaufen und sie zu suchen. Es gibt Cafés in dieser Stadt, wo Sie große Unannehmlichkeiten haben könnten, wenn Sie dort Fragen stellen wie vorhin.«

»Was würden Sie also an meiner Stelle tun, Herr Hauptmann?«

Der Offizier überlegte einen Augenblick, dann beugte er sich vor. »Mr. Carey, Sie dürfen nicht glauben, daß ich Ihnen nicht jede Hilfe leisten würde, soweit ich irgend kann.«

»Nein, natürlich nicht.«

Aber der Hauptmann war noch nicht zu Ende. »Ich möchte Ihnen helfen, Mr. Carey, so gut ich kann. Aber bitte, erklären Sie mir eins. Sie wollen doch nur wissen, ob dieser deutsche Feldwebel bei dem Überfall getötet wurde oder nicht. Stimmt das?«

»Richtig.«

»Sie brauchen nicht den Namen desjenigen zu wissen, der ihn sterben sah?«

George überlegte. »Wir wollen mal so sagen«, meinte er endlich, »wahrscheinlich *ist* der Feldwebel gefallen. Wenn das der Fall ist, und ich habe einigermaßen sichere Beweise dafür, dann ist das alles, was ich wissen will. Mein Auftrag ist damit erledigt.«

Der Hauptmann nickte. »Schön! Nehmen wir also einmal an, daß solche Beweise auf irgendeine Weise beschafft werden können. Sind Sie bereit, für einen solchen Beweis zu zahlen — sagen wir dreihundert Dollar —, ohne daß Sie die Quelle wissen?«

»Dreihundert? Bißchen viel, nicht?«

Der Hauptmann winkte mißbilligend ab. »Sagen wir zweihundert, die Summe ist nicht wichtig.«

»Dann sagen wir lieber einhundert.«

»Wie Sie wollen, aber Sie würden zahlen, Mr. Carey?«

»Unter gewissen Bedingungen, ja.«

»Und welches sind diese Bedingungen, bitte?«

»Nun, ich kann Ihnen schon jetzt sagen, daß ich nicht hundert Dollar ausgebe nur für das Vergnügen, daß mir einer erzählt, er kenne jemand anders, der mir sagen kann, er kenne einen Mann, der bei jenem Überfall zugegen war und der gesagt hat, der deutsche Feldwebel sei gefallen. Ich brauche irgendeinen Beweis, daß die Geschichte wahr ist.«

»Verstehe ich durchaus. Aber welche Beweise könnte es dafür geben?«

»Nun, zunächst mal möchte ich eine vernünftige Erklärung dafür haben, warum die deutsche Patrouille, die später kam, die Leiche des Feldwebels nicht gefunden hat. Es lagen Tote da, aber der Feldwebel war nicht dabei. Ein Augenzeuge muß darauf eine Antwort wissen.«

»Ja, das ist logisch.«

»Aber besteht denn überhaupt eine Möglichkeit, eine solche Aussage zu bekommen?«

»Das überlege ich die ganze Zeit. Doch, ich sehe eine Möglichkeit, vielleicht. Ich kann allerdings nichts versprechen. Wissen Sie etwas von Polizeimethoden?«

»Nur die üblichen Dinge.«

»Dann wissen Sie immerhin, daß es im Umgang mit Verbrechern manchmal klug ist, den weniger Gefährlichen zeitweise Straflosigkeit, selbst Ermutigung zu gewähren, wenn man dadurch ein wenig von dem erfahren kann, was bei den übrigen vorgeht.«

»Sie meinen bezahlte Spitzel?«

»Nicht ganz. Bezahlte Spitzel stellen einen selten zufrieden. Man zahlt und zahlt für nichts; und dann, wenn er gerade nützlich zu werden beginnt, findet man ihn mit durchschnittener Kehle, und das Geld der Regierung ist verschwendet. Nein, die Typen, die ich im Auge habe, sind die unbedeutenderen Verbrecher, deren Tätigkeit man dulden kann, weil sie die kennen, die wir gerne zu fassen kriegen wollen, und ihr Vertrauen besitzen. Solche Art Leute denunzieren nicht, verstehen Sie; und wenn man freundlich zu ihnen ist und bereit, ihre kleinen Schliche zu übersehen, kann man viel erfahren, was da an Interessantem vor sich geht.«

»Ich verstehe. Wenn dabei Geld herauszuholen ist und keiner riskiert, sich selbst zu belasten, würde so ein Bursche herauskriegen, was ich wissen will.«

»Genau so.«

»Denken Sie an jemand Bestimmtes?«

»Ja. Aber erst muß ich mich vorsichtig erkundigen, ob eine Anknüpfung mit der nötigen Sicherheit für Sie zu machen ist. Ich glaube, Mr. Carey, wenn ich Ihr Leben in Gefahr brächte —«, er warf Miss Kolin ein strahlendes Lächeln zu, »oder das der Gnädigen . . .«

Miss Kolin schlug die Augen nieder.

George grinste. »Nein, wir dürfen den Oberst nicht verärgern. Aber trotz alledem, ich finde es sehr nett, daß Sie sich all diese Umstände machen wollen, Herr Hauptmann.«

Der Hauptmann hob abwehrend die Hand. »Kleinigkeit. Wenn Sie dem Obersten gegenüber bei Gelegenheit erwähnen, daß ich Ihnen ein wenig helfen konnte, wäre mir das Belohnung genug.«

»Natürlich werde ich das erwähnen. Aber wer ist diese Person, von der Sie glauben, daß sie das erledigen kann?«

»Es ist eine Frau. Nach außen ist sie die Eigentümerin eines Weinladens. In Wirklichkeit handelt sie heimlich mit Waffen. Wenn einer ein Gewehr oder einen Revolver braucht, geht er zu ihr. Sie besorgt ihm das. Warum wir sie nicht einsperren? Dann würde ein anderer den Handel anfangen, jemand, den wir möglicherweise nicht kennten und den wir nicht so leicht kontrollieren könnten. Eines Tages vielleicht, wenn wir genau wissen, daß wir ihre Bezugsquellen verstopfen können, werden wir sie schon verhaften. Aber bis dahin wollen wir lieber alles so lassen. Sie klatscht gern, und das ist für Ihren Zweck äußerst günstig.«

»Aber weiß sie denn nicht, daß sie überwacht wird?«

»Selbstverständlich. Aber sie besticht meine Leute. Und weil man ihr Geld annimmt, fühlt sie sich sicher. Es geht in aller Freundschaft zu. Aber wir wollen sie nicht in Aufregung versetzen, darum werden wir sie vorher fragen.« Er erhob sich, plötzlich ganz geschäftsmäßig. »Vielleicht heute abend.«

»Das ist nett von Ihnen, Herr Hauptmann. Wollen Sie nicht noch etwas bleiben und mittrinken?«

»O nein, danke. Ich habe gerade jetzt noch verschiedenes zu erledigen. Wenn ich mit ihr einig werde, schicke ich Ihnen morgen die Adresse und einige andere notwendige Instruktionen.«

»Okay. Fein!«

Es gab eine Menge Hackenklappen und Verbeugungen, dann ging er. George winkte dem Kellner.

»Nun, Miss Kolin«, fragte er, nachdem wieder eingeschenkt war, »was halten Sie davon?«

»Ich denke, daß die verschiedenen Verabredungen des Hauptmanns wahrscheinlich seiner Geliebten gelten.«

»Ich meinte, ob Sie glauben, daß dies einen Zweck hat. Sie kennen doch diese Ecke der Welt. Glauben Sie, daß er mit dieser Frau in Verbindung treten wird?«

Sie zuckte die Achseln. »Ich glaube, für hundert Dollar würde der Hauptmann wohl so ziemlich alles tun.«

George brauchte einige Augenblicke, um die Tragweite dieser Feststellung abzuschätzen. »Aber der Hauptmann bekommt das ja nicht«, sagte er.

»Nein?«

»Nein. Das ist für die Frau in dem Weinladen, wenn sie Auskünfte geben kann.«

»Ich glaube nicht, daß er ihr hundert Dollar gibt. Vielleicht zwanzig. Vielleicht gar nichts.«

»Sie scherzen.«

»Sie wollten meine Meinung hören.«

»Er ist ein ehrgeiziger junger Mann. Alles, was er möchte, ist, daß der Boss ihm auf die Schulter klopft. Verstehen Sie?«

Miss Kolin lächelte höhnisch.

George schlief nicht viel in dieser Nacht. Seine Vorbeugungsmaßregeln gegen die Wanzen hatten ihn überzeugt, daß der Matratzenrahmen von ihnen wimmeln mußte. In der Dunkelheit hatte er sich eingebildet, daß sie ihn attackierten. Zwecklos, sich jetzt an das DDT zu erinnern, das er zerstäubt hatte. Balkanwanzen fressen das Mittel wahrscheinlich wie Eiskrem. Nachdem bei einer vierten peinlichen Untersuchung kein einziger Angreifer zu entdecken war, wurde er wütend, zog das Bett ab und machte einen weiteren Spritzversuch auf die Matratze. Die Dämmerung glühte schon rosig über den Bergspitzen, ehe es ihm gelang, einzuschlafen.

Um neun Uhr erwachte er voll Ärger. Während er unten im Café frühstückte, kam ein Brief vom Hauptmann.

»*Sehr geehrter Herr*«, las George, »*die betreffende Frau ist Madame Vassiotis von der Weinhandlung in der Rue Monténégrine. Sie erwartet Sie, aber nicht vor heute nachmittag. Sagen Sie, daß Sie von Monsieur Kliris kommen. Beziehen Sie sich nicht auf mich. Man hat ihr gesagt, was Sie wünschen, und sie könnte wohl eine Antwort für Sie haben. Der Preis wird hundertfünfzig US-Dollar sein. Aber geben Sie das Geld nicht der Frau, sprechen Sie überhaupt nicht davon. Ich möchte mich persönlich vergewissern, daß Sie zufriedengestellt sind, ehe Sie bezahlen. Wenn Sie mir heute abend, wenn ich Sie sehe, sagen, daß alles in Ordnung ist, werde ich dafür sorgen, daß sie das Geld durch Monsieur Kliris bekommt.*«

Der Brief war auf weißem Papier geschrieben und nicht unterzeichnet.

Miss Kolin zeigte er ihn nicht.

Die Rue Monténégrine erwies sich als eine steile, mit Abfällen verseuchte Gasse im ärmeren Viertel der Stadt. Die Häuser waren verfallen und häßlich. Zwischen einigen der oberen Fenster waren Leinen mit schmutziger Wäsche gespannt, aus anderen hing Bettzeug heraus, und überall wimmelte es von Kindern.

Die Weinhandlung lag ziemlich hoch oben neben einem Bauplatz. Sie hatte kein Schaufenster. Der Eingang war mit einem Perlvorhang verhängt, zwei, drei Stufen führten ins Innere hinunter. George und Miss Kolin traten ein und befanden sich in einer Art Keller, in dem Weinfässer an den Wänden aufgestapelt waren. Eine schwere Holzbank stand in der Mitte. Licht kam von einer Petroleumlampe auf dem Bord. Die Luft war kühl, und ein Geruch von abgestandenem Wein und alten Fässern, gar nicht einmal unangenehm, hing im Raum.

Zwei Leute waren im Geschäft. Ein älterer Mann in blauen Drillichhosen saß auf der Bank und trank ein Glas Wein. Madame Vassiotis leistete ihm Gesellschaft.

Sie war erstaunlich fett, hatte riesige Hängebrüste und einen gewaltigen Umfang. Sie saß auf einem niedrigen Schemel, den sie vollständig verdeckte, im Hintergrund neben einer Tür. Als sie eintraten, erhob sie sich langsam und watschelte nach vorn ins Licht.

Im Vergleich zu ihrem Körper war ihr Kopf klein, das dunkle Haar trug sie straff aus der Stirn zurückgekämmt. Das Gesicht schien einer jüngeren oder weniger dicken Frau zu gehören. Es war noch fest und zart. Die Augen unter den schweren Lidern waren dunkel und klar.

Sie murmelte einen Gruß.

Miss Kolin antwortete. George hatte sie auf die Unterredung kurz vorbereitet, und so machte sie sich gar nicht erst die Mühe, die Einleitung zu übersetzen. Er sah Madame Vassiotis verständnisvoll nicken und dem alten Mann einen Blick zuwerfen. Er trank sogleich sein Glas aus und verschwand. Dann verbeugte sie sich leicht gegen George und ging mit einer einladenden Geste voran, durch die Tür im Hintergrund in einen Wohnraum.

Dort waren türkische Teppiche an den Wänden, ein Diwan mit Plüschkissen und einige gebrechliche viktorianische Möbel. Es erinnerte George an die Jahrmarktsbude einer Wahrsagerin. Nur die Kristallkugel fehlte.

Madame Vassiotis schenkte drei Glas Wein ein, sank schwer auf den Diwan nieder und deutete auf Stühle. Als sie Platz genommen hatten, faltete sie die Hände über dem Bauch und blickte ruhig von einem zum andern, als warte sie auf einen Vorschlag für ein Gesellschaftsspiel.

»Fragen Sie«, sagte George, »ob es ihr gelungen ist, Antwort auf die Fragen von Monsieur Kliris zu bekommen.«

Madame Vassiotis hörte sich ernst die Übersetzung an, nickte und begann zu sprechen.

»Sie gibt an«, sagte Miss Kolin, »daß sie mit einem der Partisanen gesprochen hat, der an dem Überfall bei Vodena beteiligt war. Sie hat die Auskunft erhalten, daß der deutsche Feldwebel getötet worden sei.«

»Weiß sie, *wie* er umgekommen ist?«

»Er war im ersten Lkw des deutschen Zuges. Der wurde von einer Mine in die Luft gejagt.«

George überlegte einen Augenblick. Dem Hauptmann gegenüber hatte er nichts von diesen Tatsachen erwähnt. Es klang vielversprechend.

»Hat der Informant gesehen, daß der Feldwebel tot war?«

»Ja.«

»Lag er auf der Landstraße?«

»Dort, wo er fiel, als der Lkw getroffen wurde.«

»Was ist nachher aus dem Leichnam geworden?«

Er sah, daß Madame Vassiotis die Achseln zuckte.

»Weiß sie, daß der Leichnam verschwunden war, als später die deutsche Patrouille kam?«

»Ja, aber ihr Gewährsmann kann dafür keine Erklärung geben.«

George überlegte wieder. Das war schlecht. Ein erfahrener Mann mußte natürlich wissen, daß der kommandierende Unteroffizier einer deutschen Kolonne im vorderen Wagen fuhr, und bestimmt wußte jeder, der überhaupt an dem Überfall teilgenommen hatte, daß der Führerwagen durch eine Mine getroffen wurde. Der Informant konnte ebensogut weiter unten an der Straße gewesen sein und auf die andern Wagen gefeuert haben. Mit der Aussicht, ein paar Dollar für seine Mühe zu kriegen, würde jeder bereit sein, mit einer glaubhaften Vermutung zu kommen.

»Fragen Sie, ob ihr Freund weiß, welche Verletzungen der Feldwebel erhalten hatte.«

»Sie kann es nicht genau sagen. Der Feldwebel lag in einer Blutlache.«

»Ist sie nach ihrer eigenen Ansicht absolut überzeugt . . .?«

Er brach ab. »Nein, warten Sie einen Augenblick. Wir wollen es anders fassen: Würde sie sich mit dieser Auskunft zufriedengeben, wenn es sich um ihren eigenen Sohn handelte? Würde sie nach dem, was der Freund erzählt hat, glauben, daß er tot ist?«

Ein Lächeln huschte über die zartgeschwungenen Lippen, und ein Kichern erschütterte den mächtigen Körper, als sie die Frage erfaßte. Dann erhob sie sich stöhnend und mit Mühe vom Diwan und watschelte zu einer Schublade im Tisch. Sie nahm einen Streifen Papier heraus, den sie Miss Kolin mit einer Erklärung aushändigte.

»Madame sah Ihre Zweifel voraus und forderte einen Beweis, daß ihr Freund den Toten selber gesehen hat. Er erzählte ihr, daß sie dem toten Deutschen die Ausrüstung ausgezogen hätten und daß er die Feldflasche des Feldwebels bekommen habe. Er hat sie noch. Sie trägt Namen und Nummer des Feldwebels in den Riemen eingebrannt. Sie stehen auf diesem Papier.«

Während Madame Vassiotis sich wieder setzte und an ihrem Wein nippte, betrachtete George das Papier.

Er kannte die Erkennungsnummer genau; er hatte sie auf verschiedenen Dokumenten gesehen. Unter dieser stand in Blockschrift: ›SCHIRMER, F.‹

George überzeugte sich genau, dann nickte er. Den Namen Schirmer hatte er dem Hauptmann gegenüber nicht erwähnt. Also war Schwindel ausgeschlossen. Der Beweis war schlüssig. Was später mit der Leiche des Feldwebels Schirmer geschehen war, würde man vielleicht nie erfahren, aber es gab nicht den geringsten Zweifel, daß Madame Vassiotis und ihr geheimnisvoller Bekannter die Wahrheit sprachen, soweit sie sie kannten.

Er nickte und erhob sein Glas höflich vor der Dame des Hauses, bevor er trank. »Danken Sie ihr, bitte, in meinem Namen, Miss Kolin«, sagte er, als er das Glas niedersetzte, »und sagen Sie ihr, ich sei sehr zufrieden.«

Während er aufstand, zog er eine Fünfzigdollarnote heraus und legte sie auf den Tisch.

Er sah einen Ausdruck schnell unterdrückter Überraschung über das Gesicht der dicken Frau huschen. Dann erhob sie sich und verbeugte sich lächelnd. Sie war offensichtlich erfreut. Wenn ihre Würde es erlaubt hätte, würde sie die Note in die Hand genommen und eingehend betrachtet haben. Sie drängte, noch ein Glas Wein zu trinken.

Als es ihnen schließlich gelang, sich unter Verbeugungen aus dem Laden zu empfehlen, wandte sich George an Miss Kolin. »Sagen Sie ihr, sie soll die fünfzig Dollar Herrn Kliris gegenüber lieber nicht erwähnen. Ich werde dem Hauptmann auch nichts davon sagen. Wenn sie Glück hat, wird sie zweimal bezahlt.«

Miss Kolin war bei ihrem sechsten Kognak nach dem Abendessen, und ihre Augen wurden schon glasig. Sie hielt sich sehr aufrecht in ihrem Stuhl. Jeden Augenblick würde sie sich nun wohl entschließen, daß es für sie Zeit sei, ins Bett zu gehen. Der Hauptmann war schon längst fortgegangen. Er hatte sich das Ansehen eines Mannes gegeben, dessen Gutmütigkeit mißbraucht worden war. Die hundert Dollar, die George ihm anbot, hatte er jedoch nicht abgelehnt. Wahrscheinlich würde er jetzt diese Gelegenheit mit seiner Freundin feiern. Für George gab es in Florina nichts mehr zu tun.

»Morgen früh reisen wir, Miss Kolin. Zug nach Saloniki. Flugzeug nach Athen. Flugzeug nach Paris. In Ordnung?«

»Haben Sie sich endgültig entschieden?«

»Können Sie mir irgendeinen Grund nennen, die Sache noch weiter zu betreiben?«

»Ich habe nie bezweifelt, daß der Mann tot ist.«

»Nein, das haben Sie nicht. Gehen wir schlafen?«

»Ich denke, ja. Gute Nacht, Mr. Carey.«

»Gute Nacht, Miss Kolin.«

Während er ihren peinlich sturen Gang nach der Tür des

Cafés beobachtete, fragte sich George neugierig, ob sie ihre strenge Selbstkontrolle beibehielt, bis sie im Bett lag, oder ob sie sich in der Abgeschlossenheit ihres Zimmers gehenließ.

Er blieb noch ein Weilchen bei seinem Glase sitzen. Er fühlte sich deprimiert und suchte sich über die Gründe klarzuwerden. Aus der Perspektive eines ehrgeizigen jungen Rechtsanwalts, der noch vor wenigen Wochen glücklich war, seinen Namen an die Tür eines Anwaltsbüros in Philadelphia gemalt zu sehen, hätte die Wendung der Ereignisse ihn eigentlich freuen müssen. Man hatte ihm eine lästige und undankbare Aufgabe gestellt, und er hatte sie schnell und gründlich gelöst. Er konnte nun heimkehren mit der Aussicht auf ernstere und wichtigere Geschäfte. Alles war in Ordnung. Und dennoch, die Sache befriedigte ihn keineswegs. Komisch! Konnte es sein, daß er im Herzen die lächerliche Hoffnung gehegt hatte, den Schneider-Johnson-Erben zu finden und ihn im Triumph heimzuführen zu jenem kindlichen alten Narren Sistrom? Sollte das, was ihn jetzt beunruhigte, nur die Abspannung nach dem Erfolg sein? Natürlich, weiter war es nichts. Für ein paar Augenblicke brachte er es fertig, sich einzureden, daß dies der Grund seiner Gemütsverfassung sei. Dann dämmerte ihm die weniger angenehme Wahrheit: er hatte Spaß daran gehabt.

Ja, das war es. Dem begabten, ehrgeizigen und anspruchsvollen Mr. Carey mit seiner vornehmen Familie, seinen eleganten Maßanzügen, seiner Princeton- und Harvard-Erziehung *gefiel* es, Detektiv zu spielen, nicht existierende deutsche Soldaten zu suchen, sich mit düsteren und unangenehmen Leuten wie Frau Gresser, Oberst Chrysantos und Phengaros zu befassen. Und warum? Weil solche Erfahrungen für eine Anwaltspraxis wertvoll waren? Oder weil er seine Mitmenschen liebte und sich für sie interessierte? Unsinn! Schon eher, weil die sorgsam gehüteten Träume seiner Jugend, die hochfliegenden Phantasien von dicken Bürosesseln und getäfelten Sitzungszimmern, von verborgenem Reichtum und Macht hinter den Kulissen abzubröckeln begannen und der Jüngling mit seinen Pubertätspickeln verspätet zum Vorschein kam. Er hatte etwas über einen toten Mann herausfinden wollen. War es nicht möglich, daß er dabei wenigstens angefangen hatte, etwas über sich selbst herauszukriegen?

Er seufzte, bezahlte die Rechnung, holte seinen Schlüssel und ging nach oben.

Sein Zimmer lag im zweiten Stock auf der Vorderseite des Hotels. Von den gegenüberliegenden unverhüllten Fenstern fiel so viel Licht ins Zimmer, daß man dabei fast lesen konnte.

Als er die Tür öffnete, griff er deshalb nicht gleich nach dem Lichtschalter. Das erste, was er sah, als er den Schlüssel aus dem Schloß zog, war seine Aktenmappe, die offen auf dem Bett lag; ihr Inhalt war über die Decke verstreut.

Schnell trat er näher. Aber er hatte erst zwei Schritte getan, als die Tür hinter ihm zuschlug. Er fuhr herum.

Ein Mann stand neben der Tür. Er stand im Schatten, aber in dem Licht, das von der Straße hereinfiel, war die Pistole in seiner Hand deutlich zu sehen. Sie schob sich vorwärts, als der Mann jetzt zu sprechen begann.

Er sprach sehr leise, aber selbst für Georges durcheinandergeratene Sinne war der starke Londoner Akzent unverkennbar.

»Recht so, Freundchen«, sagte er, »friedlich geht's am besten. Nein, nicht bewegen! Leg schön die Flossen hinter den Kopf, halt dich hübsch ruhig! Woll'n hoffen, daß dir nichts zustößt. Kapiert?«

Neuntes Kapitel

Georges Kenntnisse von höchster Gefahr hatte er im Führersitz schwerer Bomber gewonnen und unter Umständen, auf die er in langen Ausbildungszeiten geschult worden war. Auf Gefahren solcher Art, die hinter den Türen mazedonischer Hotels lauerten, die nichts mit dem Tragen einer Uniform und organisiertem Kriegsbetrieb zu tun hatten, war er jedoch nicht geschult, und weder Princetons noch Harvards juristische Fakultäten hatten ihn darauf vorbereitet. Als er daher gehorsam seine Hände erhob und hinter den Kopf nahm, fühlte er plötzlich den überwältigenden, unvernünftigen und ganz unerfüllbaren Wunsch, wegzulaufen und sich irgendwo zu verbergen. Einen Augenblick lang sträubte er sich dagegen. Dann sprach der Mann wieder, und der Wunsch verging so schnell, wie er gekommen war. Das Blut hämmerte ungemütlich in seinen Schläfen.

»Recht so, Freund«, sagte die Stimme beruhigend. »Nun geh mal hübsch rüber ans Fenster und zieh die Rolläden zu. Dann können wir die Szene hier ein bißchen beleuchten. Nur langsam, langsam. Ja, du wirst deine Hände benutzen müssen, aber paß auf, was du mit ihnen machst, sonst könnten wir einen Unfall erleben. Versuch auch nicht zu rufen oder so etwas. Alles hübsch brav und ruhig. So ist's richtig!«

George zog die Läden herunter und im selben Augenblick flammte das Licht im Zimmer auf. Er drehte sich um.

Der Mann, der am Lichtschalter stand und ihn beobachtete, war Mitte Dreißig, klein und untersetzt, mit dunklem, schon gelichtetem Haar. Sein Anzug war anscheinend ein griechisches Produkt, er selber offensichtlich nicht. Das grobknochige Gesicht mit der stumpfen Nase und die schlauen, frech blickenden Augen stammten genau wie der Akzent von irgendwo aus der Gegend um London.

»So ist es besser«, sagte der Besucher«, »nun können wir sehen, was los ist, ohne daß die Nachbarn drüben neugierig werden.«

»Was, zum Teufel, bedeutet das alles?« sagte George, »und wer zum Teufel sind Sie eigentlich?«

»Ruhig, Freund«, der Besucher grinste. »Namen sind Schall und Rauch. Du kannst mich Arthur nennen, wenn du Lust hast. Ich heiße nicht so, aber für uns genügt's. Die meisten nennen mich Arthur. Sie sind doch Mr. Carey, nicht wahr?«

»Das sollten Sie wissen«, George sah auf seine verstreuten Papiere auf dem Bett.

»Ach ja. Tut mir leid, Mr. Carey, ich wollte das wieder in Ordnung bringen, ehe Sie zurückkamen. Aber ich hatte kaum Zeit, einen Blick darauf zu werfen. Natürlich habe ich nichts davon genommen.«

»Natürlich. Geld lasse ich in Hotelzimmern keins liegen.«

»Oh, was für häßliche Worte!« sagte der Besucher vergnügt. »Scharfe Zungen haben wir, was? Wie so ein Peitschenhieb.«

»Nun, wenn Sie nicht des Geldes wegen hier sind, warum dann?«

»Nur so 'n bißchen plaudern, Mr. Carey, weiter nichts.«

»Machen Sie Ihre Plauderbesuche immer mit der Pistole?«

Der Besucher schien bekümmert. »Sieh mal, Freund, wie konnte ich wissen, daß du vernünftig sein würdest, wenn du einen fremden Mann in deinem Zimmer findest? Nehmen wir mal an, du hättest ein Mordsgeschrei gemacht und mit den Möbeln rumgeschmissen. Ich mußte doch Vorsichtsmaßregeln treffen.«

»Sie konnten mich doch einfach herunterrufen lassen.«

Der Besucher grinste schlau. »Konnte ich? Na ja, vielleicht verstehen Sie nichts von diesen Dingen, Mr. Carey. Nun, wenn schon —« sein Ton klang plötzlich geschäftsmäßig »— ich will Ihnen sagen, was ich mit Ihnen vorhabe. Sie versprechen mir, keinen Lärm zu schlagen, und ich werde das Schießeisen beiseitelegen. Okay?«

»All right. Aber ich möchte immer noch gerne wissen, was Sie hier wollen.«

»Hab ich Ihnen doch gesagt, mich mit Ihnen ein bißchen vertraulich unterhalten, weiter nichts.«

»Und worüber?«

»Das will ich Ihnen sagen.« Arthur steckte seine Pistole in die Rocktasche und holte ein Päckchen griechische Zigaretten hervor. Er hielt sie George hin. »Rauchen Sie, Mr. Carey?«

George holte auch ein Päckchen hervor. »Danke schön, ich bleibe bei dieser Marke.«

»Chesterfield? Oh, lange nicht gesehen. Wenn Sie nichts dagegen haben, versuche ich eine.«

»Bedienen Sie sich.«

»Danke schön.« Er machte viel Aufhebens, wie ein überbesorgter Gastgeber, als er George Feuer gab. Dann steckte er sich selber eine an und sog genießerisch den Rauch ein. »Guter Tabak«, sagte er, »sehr gut.«

George setzte sich auf den Rand des Bettes. »Hören Sie«, sagte er ungeduldig, »was soll das alles? Sie brechen in mein Zimmer ein, schnüffeln in meinen Geschäftspapieren, bedrohen mich mit einer Pistole, und dann sagen Sie, Sie wollen nur einen privaten Schwatz. Also schön, wollen wir mal schwatzen. Also worüber?«

»Wenn Sie nichts dagegen haben, setze ich mich, Mr. Carey.«

»Tun Sie, wozu Sie Lust haben, aber kommen Sie um Himmels willen endlich zur Sache!«

»Ja, ja, lassen Sie mich doch mal zu Wort kommen.« Arthur setzte sich etwas geziert auf einen rohrgeflochtenen Stuhl. »Es handelt sich um eine private Angelegenheit, Mr. Carey«, sagte er, »vertraulich, sozusagen, verstehen Sie?«

»Ja, ich verstehe.«

»Ich möchte, daß es nicht weitergetragen wird«, beharrte er. Es war zum Verrücktwerden.

»Ja, ja, ich hab's begriffen!«

»Well«, er räusperte sich, »mir ist von verschiedenen Seiten zu verstehen gegeben worden«, drückte er sich vorsichtig aus, »daß Sie, Mr. Carey, gewisse vertrauliche Nachforschungen in der Stadt angestellt haben.«

»Ja.«

»Heute nachmittag haben Sie eine Unterhaltung mit einer gewissen Dame gehabt, deren Namen wir nicht nennen wollen.«

»Sie meinen Madame Vassiotis?«

»Richtig.«

»Und warum wollen Sie ihren Namen nicht nennen?«

»Namen sind Schall und Rauch.«

»Ach ja. Fahren Sie fort.«

»Sie hat Ihnen gewisse Auskünfte gegeben?«

»Ja, was ist dabei?«

»Immer langsam, Mr. Carey. Ihre Nachfragen betrafen einen gewissen deutschen Unteroffizier namens Schirmer. Stimmt das?«

»Ja, stimmt.«

»Würden Sie mir vielleicht sagen, warum Sie diese Nachfragen halten, Mr. Carey?«

»Wenn Sie mir zuerst sagen, warum Sie das wissen müssen, könnte ich es ja tun.«

Arthur verdaute diese Antwort einen Augenblick schweigend.

»Um die Sache zu vereinfachen, Arthur«, fügte George hinzu, »will ich Ihnen sagen: wenn ich auch Rechtsanwalt bin, verstehe ich doch gewöhnliches Englisch recht gut. Wie wäre es also, wenn Sie jetzt mal die Fisimatenten ließen und zur Sache kämen?«

Arthurs niedrige Stirn furchte sich unter der Anstrengung des Nachdenkens. »Sehen Sie, Mr. Carey, es ist vertraulich, das ist das Schwierige«, sagte er mit unglücklicher Miene.

»Das haben Sie mir schon mal auseinandergesetzt. Aber wenn es so vertraulich ist, daß Sie nicht darüber sprechen können, sollten Sie doch lieber nach Hause gehen und mich schlafen lassen, nicht wahr?«

»Nun reden Sie keinen Unsinn, Mr. Carey. Ich tu, was ich kann. Sehen Sie, wenn Sie mir erklären, warum Sie über diesen Mann etwas wissen wollen, könnte ich Ihnen bestimmte Leute nennen, die Ihnen helfen.«

»Was sind das für Leute?«

»Leute, die Auskunft geben können.«

»Sie meinen Auskunft *verkaufen,* nicht wahr?«

»Ich sagte: *geben.*«

George betrachtete seinen Gast nachdenklich. »Sie sind doch Engländer, nicht wahr, Arthur?« sagte er nach einem Augenblick. »Oder ist das auch vertraulich?«

Arthur grinste. »Wollen Sie mich Griechisch sprechen hören? Das spreche ich wie ein Einheimischer.«

»Schön, Sie sind also Weltbürger, nicht?«

»Goldsmith«, sagte Arthur unerwartet.

»Wie bitte?«

»Oliver Goldsmith«, wiederholte Arthur. »Er hat ein Buch geschrieben: ›The Citizen of the World‹. Haben wir in der Schule gehabt. Allerhand so Zeug über einen Chinesen, der nach London kommt und die Sehenswürdigkeiten anschaut.«

»Aus welcher Ecke Londons kommen Sie denn, Arthur?«

Arthur drohte schelmisch mit dem Finger: »Pfui, wie unartig! Das würde mich ja verraten!«

»Sind Sie bange, daß ich in den Listen des britischen Kriegsministeriums nachforsche, welche Truppen in Griechenland als vermißt gemeldet wurden, und dabei herausfinde, welche von dort kamen, woher Sie stammen?«

»Was meinst du denn, Freund?«

George lächelte. »Okay, Arthur. Also hören Sie zu. Dieser Schirmer, nach dem ich mich erkundigt habe, hat Anspruch auf einiges Geld, das ein entfernter Verwandter von ihm in Amerika hinterlassen hat. Man hat ihn als vermißt gemeldet. Ich kam wirklich nur hierher, um die Bestätigung seines

Todes zu erlangen. Ich möchte auch gern wissen, ob er Kinder hat. Weiter nichts. Heute habe ich erfahren, daß er tot ist.«

»Von der alten Mama Vassiotis?«

»Richtig. Und jetzt fahre ich wieder nach Hause.«

»Ah, jetzt versteh ich.« Arthur dachte angestrengt nach. »Handelt es sich um viel Geld?« fragte er schließlich.

»Gerade so viel, daß es für mich der Mühe wert ist, hierher zu kommen.«

»Und die kleine Heimarbeiterin, die Sie da mitgebracht haben?«

»Miss Kolin meinen Sie? Sie ist Dolmetscherin.«

»Ach so.« Arthur kam zu einem Entschluß. »Also angenommen, nur mal angenommen, daß Sie doch noch ein bißchen mehr über diesen Deutschen erfahren könnten, würde es für Sie der Mühe wert sein, ein paar Tage länger hierzubleiben?«

»Das kommt auf die Auskunft an.«

»Wenn er nun etwa Frau und Kinder gehabt hat? Die kämen doch für das Geld in Frage, nicht wahr?«

»*Hat* er denn Frau und Kinder gehabt?«

»Ich sage ja nicht, daß er sie gehabt hat, ich sage auch nicht das Gegenteil. Nur mal so angenommen...«

»Wenn ich dafür einen klaren Beweis bekomme, würde ich selbstverständlich bleiben. Aber nicht, um mich mit einem Haufen von vagen Gerüchten zu befassen. Und ich werde auch keinem Menschen mehr einen Cent bezahlen.«

»Hat doch keiner verlangt, oder?«

»Bis jetzt noch nicht.«

»Eklig mißtrauische Natur, eh?«

»Ja.«

Arthur nickte düster. »Kann's Ihnen nicht verdenken. Tückischer Boden hier in dieser Ecke. Also hören Sie: Wenn ich Ihnen mein heiliges Ehrenwort gebe, daß es sich lohnt, noch ein paar Tage hierzubleiben, würden Sie das tun?«

»Sie verlangen allerhand, finden Sie nicht?«

»Nu hör mal zu, Freund. *Du* bist doch derjenige, dem man einen Gefallen erweist. Ich hab nichts davon!«

»Das sagen Sie.«

»Well, mehr kann ich nicht tun. Das ist mein Vorschlag. Nimm ihn an, oder laß es bleiben. Wenn du die Auskünfte haben willst, die meine Freunde dir **geben können,** mußt du bleiben und tun, was ich dir sage.«

»Und was würde das sein?«

»Als erstes kein Wort zu diesem kleinen Bastard von Hauptmann, der sich euch gestern abend so unverschämt aufgedrängt hat. Okay?«

»Was weiter?«

»Sie brauchen weiter nichts zu tun als morgen nachmittag zwischen vier und fünf in das große Café kommen, das mit den gelben Jalousien neben dem Akropolis-Hotel. Sie setzen sich einfach hin, trinken eine Tasse Kaffee. Weiter nichts. Wenn Sie von mir keine Nachricht bekommen, während Sie dort warten, dann ist nichts zu machen. Wenn Sie eine Nachricht bekommen, gilt das als Verabredung. Sie brauchen nichts zu sagen, nur einhalten.«

»Wie ist es mit der Dolmetscherin?«

»Wenn sie den Mund halten kann, darf sie mitkommen.«

»Wo würde die Zusammenkunft stattfinden?«

»Man wird Sie mit einem Wagen hinfahren.«

»Schön. Nur eine Frage. Ich bin nicht eben ängstlich, aber ich möchte etwas mehr über Ihre Freunde wissen, ehe ich etwas unternehme, mit ihnen zusammenzutreffen. Sind das vielleicht ELAS-Leute?«

Arthur grinste. »Wer viel fragt, kriegt viel Antwort. Sie brauchen ja nicht zu kommen, wenn Sie nicht wollen.«

»Vielleicht nicht. Aber ich bin doch kein Idiot. Sie sagen, Ihre Freunde wollen kein Geld für ihre Auskünfte. Okay. Aber was wollen sie haben? Und was fordern Sie selber?«

»Heilige Einfalt!« sagte Arthur freundlich. »All right. Vielleicht wollen sie, daß Gerechtigkeit geübt wird.«

»Gerechtigkeit?«
»Ja. Schon mal von so was gehört?«
»Sicher! Es sollen auch schon Leute entführt worden sein.«
»Heiliger Strohsack!« Arthur lachte. »Sieh mal, Freund, wenn du so nervös bist, dann laß es lieber bleiben.« Er stand auf. »Ich muß jetzt los. Wenn ihr kommen wollt, seid morgen in dem Café, wie ich gesagt habe. Sonst ...« Er zuckte die Achseln.
»Okay. Ich werd's mir überlegen.«
»Schön. Kannste machen. Tut mir leid, daß ich all deine Papiere durcheinander gebracht habe, aber ich glaub, du kannst sie selber besser ordnen. Also einstweilen Good-bye.«
»Good-bye.«
George hatte das Wort kaum ausgesprochen, als Arthur auch schon draußen war und die Tür geräuschlos hinter sich geschlossen hatte.
Diesmal waren es nicht die Wanzen, die George eine schlaflose Nacht bereiteten.

Das Café mit den gelben Jalousien lag an einer verkehrsreichen Ecke, und jeder, der dort saß, konnte überall vom Hauptplatz aus deutlich gesehen werden. ›Das wäre der allerletzte Ort, wo ich mich auf geheime Geschäfte einlassen würde‹, dachte George. Aber schließlich war er ja kein erfahrener Verschwörer. Wahrscheinlich war es gerade der größte Vorzug des Cafés, daß es so aussah, als hätte es nichts zu verbergen. In Arthurs Welt wurden solche Verhältnisse ohne Zweifel sorgfältig in Betracht gezogen.
Miss Kolin hatte Georges Bericht über seine Unterhaltung mit Arthur ruhig angehört und ohne Bemerkung seiner Entscheidung, die Abfahrt hinauszuschieben, zugestimmt. Als er ihr aber dann im Hinblick auf die möglicherweise damit verbundenen Gefahren sagte, daß er es ganz ihrer Entscheidung überlasse, ob sie ihn begleiten wolle oder nicht, hatte sie das ganz offenkundig belustigt.

»Gefahren, Mr. Carey? Was denn für Gefahren?«

»Wie soll ich das wissen?« Er war gereizt. »Tatsache ist, daß hier nicht gerade der friedlichste Teil der Welt ist, und die Art, wie dieser Kerl Arthur sich zu einer gemütlichen Plauderstunde bei mir eingefunden hat, entsprach nicht ganz den Regeln des guten Tons, oder?«

Sie hatte die Achseln gezuckt. »Aber es erfüllte seinen Zweck.«

»Was meinen Sie?«

»Offen gesagt, Mr. Carey, es war ein Fehler, daß Sie der Vassiotis so viel Geld gegeben haben.«

»Nach meiner Ansicht hat sie es verdient.«

»Ihre Ansicht, Mr. Carey, ist die eines amerikanischen Juristen. Die Vassiotis und ihre Freunde haben andere Ansichten.«

»Ich verstehe. Sie glauben also, daß dieser Vorschlag von Arthur nur ein weiterer Erpressungsversuch ist?«

»Ja, das denke ich. Sie haben dem Hauptmann hundert Dollar gegeben und der Vassiotis fünfzig. Nun, Herr Arthur und seine Freunde möchten auch noch ein paar Dollar haben.«

»Er hat nachdrücklich betont, daß eine Geldforderung überhaupt nicht in Betracht kommt. Ich sagte es Ihnen doch.«

»Und das glauben Sie?«

»Gut, dann bin ich eben der Gimpel, der bezahlt. Immerhin, aus verschiedenen Gründen habe ich ihm geglaubt. Und aus verschiedenen, vielleicht ebenso blödsinnigen Gründen glaube ich ihm immer noch.«

Sie zuckte abermals die Achseln. »Dann haben Sie recht, wenn Sie die Verabredung einhalten. Ich bin ja gespannt, was dabei herauskommt.«

Das war während des Frühstücks. Bis zum Mittag hatte sich das Vertrauen, das er Arthurs Absichten zuerst entgegengebracht hatte, vollständig verflüchtigt. Während sie beide in dem Café mit den gelben Jalousien saßen und George verdrießlich seinen Kaffee schlürfte, hatte er nur den einen tröstlichen Gedanken: ganz egal, was passierte, gleichgültig, was sie machten, weder Arthur noch irgendeiner seiner Freunde sollte auch nur einen einzigen roten Heller für seine Bemühungen bekommen.

Es war jetzt nach fünf Uhr. Das Café war schon dreiviertel leer. Niemand, der aussah, als hätte er eine Botschaft zu übermitteln, war in ihre Nähe gekommen.

George trank seinen Kaffee aus. »Miss Kolin, wir wollen bezahlen und gehen.«

Sie winkte dem Kellner. Als er sein Wechselgeld bekam, bemerkte George darunter ein zusammengefaltetes graues Papier. Er steckte es mitsamt dem Wechselgeld in die Tasche. Als sie draußen waren, zog er das Papier heraus und faltete es auseinander. Die Mitteilung war mit Bleistift in einer sorgfältigen Schuljungen-Schrift geschrieben:

Ein Wagen mit der Zulassungsnummer 19 907 wartet um 20 Uhr vor dem Kino auf Sie. Wenn irgend jemand wissen will, wohin Sie fahren, wollen Sie ein wenig spazierenfahren, um frische Luft zu schöpfen. Der Fahrer ist okay. Keine Fragen stellen. Tun Sie, was er Ihnen sagt. Ziehen Sie bequeme Schuhe an.

Arthur.

Der Wagen war ein alter offener Renault. George erinnerte sich, ihn schon einmal in der Stadt gesehen zu haben. Bei der Gelegenheit war dieser hoch mit Möbeln beladen. Nun war er leer; der Fahrer stand daneben, Mütze in der Hand, und hielt den beiden mit ernster Miene die Tür. Er war ein grimmiger alter Mann mit einem langen weißen Schnurrbart und einer Haut wie Leder. Er trug ein geflicktes Hemd und eine alte gestreifte Hose, die in der Taille mit einer Kabellitze zusammengehalten war. Der hintere Teil des Wagens ließ erkennen, daß er kürzlich Gemüse transportiert hatte. Der alte Mann wischte eine Handvoll faulender Stengel zusammen und warf sie auf die Straße, ehe er in seinen Sitz kletterte und losfuhr.

Bald hatten sie die Stadt hinter sich. Ein Wegweiser, den sie passierten, zeigte, daß die Straße nach Vevi führte, einer Bahnstation östlich von Florina.

Es wurde nun dunkel, und der alte Mann schaltete nur *einen* Scheinwerfer ein. Er wollte Benzin sparen; wenn er die Abhänge hinabfuhr, schaltete er die Zündung ab, und wenn es wieder aufwärts ging, schaltete er sie, kurz ehe der Wagen stehenblieb, wieder ein. Die Batterie war fast leer, und wenn der Motor nicht lief, war das schwache Glimmen des Scheinwerfers völlig nutzlos. Mit dem Verschwinden des letzten Tageslichtes wurde so jede Abwärtsfahrt zu einem haarsträubenden Sturz in die Finsternis. Glücklicherweise trafen sie auf keinerlei Verkehr, aber nach einem besonders beängstigenden Moment protestierte George.

»Miss Kolin, sagen Sie ihm, daß er bergab langsamer fahren oder doch wenigstens den Motor für das Licht laufen lassen soll. Sonst wird er uns noch umbringen!«

Der Fahrer wandte sich in seinem Sitz um und antwortete.

»Er sagt, der Mond geht gleich auf.«

»Er soll um Gottes willen nach vorne sehen!«

»Er sagt, es ist keine Gefahr. Er kennt die Straße ganz genau.«

»Gut, gut, sagen Sie lieber gar nichts mehr. Hauptsache, daß er seine Augen auf der Straße hat.«

Nachdem sie fast eine Stunde gefahren waren und der Mond wie versprochen aufging, kamen sie an eine Wegkreuzung. Zehn Minuten später wandten sie sich nach links, und es begann ein langer stetiger Aufstieg in die Berge. Sie fuhren an ein paar einsamen Scheunen vorbei. Dann wurde die Straße immer schlimmer. Der Wagen machte wilde Sprünge und rutschte über Flächen, die mit losen Steinen und Geröll übersät waren. Nach ein paar weiteren Meilen fuhr er plötzlich langsamer, torkelte quer über die Straße, um ein achsentiefes Schlagloch zu vermeiden, und blieb stehen.

Bei diesem Schleudern und dem plötzlichen Bremsen wurde

George gegen Miss Kolin geworfen. Im ersten Augenblick meinte er, der Wagen sei zusammengebrochen, aber als sie beide sich aus ihrer Umarmung gelöst hatten, sah er den Fahrer an der offenen Tür; er winkte ihnen, auszusteigen.

»Was ist los?« wollte George wissen.

Der alte Mann sagte etwas.

»Er sagt, hier müssen wir aussteigen«, berichtete Miss Kolin.

George blickte sich um. Die Straße war nur ein enger Pfad, der, mit Dornengebüsch bestanden, über einen kahlen Abhang führte. Im hellen Mondlicht war es ein trostloser Anblick. Aus dem Gebüsch drang unaufhörlich das Zirpen der Zikaden.

»Sagen Sie ihm, wir bleiben so lange hier, bis er uns dahin bringt, wo wir erwartet werden.«

Die Übersetzung weckte einen Schwall von Gegenreden.

»Er sagt, weiter kann er uns nicht fahren. Hier ist die Straße zu Ende. Wir müssen aussteigen und zu Fuß gehen. Drüben hinter der Straße wird uns jemand erwarten. Er muß hierbleiben, hat man ihm befohlen.«

»Ich dachte, er sagte, hier sei die Straße zu Ende?«

»Wenn wir mit ihm gehen wollen, will er uns zeigen, daß er die Wahrheit spricht.«

»Wollen Sie nicht lieber hier warten, Miss Kolin?«

»Danke, nein.«

Sie stiegen aus und begannen zu wandern.

Der alte Mann ging ein Stück voran, erklärte irgend etwas und machte theatralische Gebärden. Dann blieb er stehen und zeigte.

Die Straße — oder wenigstens dieses Stück — hörte hier tatsächlich auf einmal auf. Irgendwann hatte ein Gebirgsbach sie unterspült und eine Schlucht gerissen. Man erkannte es schon an dem Geröll und den Steinen, die im tiefen Bachbett lagen.

»Er sagt, die Deutschen hatten hier gesprengt und die Winterregen machen es jedes Jahr breiter und tiefer.«

»Sollen wir da rüber?«

»Ja. Die Straße geht auf der andern Seite weiter, und dort werden wir erwartet. Er wird beim Wagen bleiben.«

»Und wie weit müssen wir noch auf der andern Seite?«

»Kann er nicht sagen.«

»Der Rat wegen der bequemen Schuhe hätte mich warnen sollen. Nun, da wir schon hier sind, müssen wir wohl durch.«

»Wie Sie meinen.«

Das Bachbett war trocken, und sie konnten ohne allzuviel Mühe einen Weg über Steine und zwischen Geröllblöcken finden. Das Hinaufklettern auf der andern Seite war jedoch schwieriger, denn der Hang war dort steiler. Die Nacht war warm, und Georges Hemd klebte ihm am Leib, nachdem er auch Miss Kolin heraufgeholfen hatte.

Sie blieben einen Augenblick stehen und schöpften Luft. Zurückblickend sahen sie, wie der alte Mann winkte und zu seinem Wagen zurückkehrte.

»Wie lange, meinen Sie, würden wir brauchen, um nach Florina zurückzuwandern, Miss Kolin?« fragte George.

»Ich denke, er wird warten. Er ist ja noch nicht bezahlt.«

»*Ich* habe ihn nicht gemietet.«

»Er wird trotzdem damit rechnen, daß Sie ihn bezahlen.«

»Wir werden sehen. Wir wollen jetzt lieber tun, was er sagt.«

Sie wanderten los.

Außer dem Zirpen der Zikaden und dem Knirschen ihrer Tritte war kein Laut zu vernehmen. Nur einmal hörten sie den schwachen Klang einer fernen Schafglocke, sonst nichts. Sie waren einige Minuten schweigend gegangen, als Miss Kolin leise sagte: »Da vorn steht jemand an der Straße.«

»Wo denn? Ich kann niemand sehen.«

»Bei den Büschen, auf die wir zugehen. Er kam einen Moment aus dem Schatten heraus, und ich sah sein Gesicht im Mondlicht.«

George merkte, wie sich beim Weitergehen seine Waden

zusammenkrampften. Er beobachtete unverwandt die Büsche. Dann sah er im Schatten eine Bewegung, und ein Mann trat auf die Straße.

Es war Arthur; aber ein ganz anderer Arthur als der, mit dem George im Hotel gesprochen hatte. Er trug Reithosen, ein offenes Buschhemd und eine Schirmmütze. Die spitzen Schuhe waren durch schwere Schnürstiefel ersetzt. Ein Pistolenhalfter hing an dem breiten Ledergürtel, den er um die Taille trug.

»'n Abend, Freund!« sagte er, als sie herankamen.

»Hallo«, sagte George, »Miss Kolin, das ist Arthur.«

»Freut mich, Sie kennenzulernen, Miss.« Der Ton war höflich und bescheiden, aber George konnte sehen, wie die schlauen, frechen Augen sie abschätzten.

Miss Kolin nickte: »Guten Abend.« Der abweisende Ton war deutlich.

Bei diesem Klang schob Arthur die Lippen vor. »Es hat Ihnen hoffentlich keine Umstände gemacht, Mister Carey?« fragte er besorgt. Er war plötzlich wie ein Gastgeber, der sich bei seinen Wochenendgästen für die Unzulänglichkeit der Lokalbahnverbindung entschuldigt.

»Nicht der Rede wert. Wird der alte Mann auf uns warten?«

»Oh, um den machen Sie sich keine Sorgen. Können wir gehen?«

»Sicher. Wohin?«

»Es ist nicht weit. Ich hab Fahrgelegenheit, gleich da oben.«

Er ging voran. Sie folgten ihm schweigend. Nach einigen hundert Schritten war die Straße wieder zu Ende. Diesmal war das Hindernis auf einen Erdrutsch von oben zurückzuführen, der ein Stück von etwa fünfzig Metern verschüttet hatte. Ein schmaler Pfad führte jedoch durch den Schutt, und sie stolperten vorsichtig hindurch, bis die Straße wieder erschien. Das heißt, George und Miss Kolin stolperten. Arthur ging so sicher, als bewegte er sich auf gepflasterter Straße.

Er wartete auf sie, bis sie die Straße wieder erreicht hatten.
»Nur noch ein kleines Stück«, sagte er.

Nach einer weiteren Viertelmeile trafen sie auf einige Tamarisken, die am Berghang wuchsen. Das Mondlicht warf ihre verzerrten Schatten quer über die Straße. Dann wurden die Schatten dichter, und Arthur verlangsamte seinen Schritt. An einer Stelle, die für ein Fahrzeug breit genug zum Wenden war, stand ein kleiner gedeckter Lastwagen.

»Da sind wir, Freunde. Ihr hüpft hinten hinein.«

Er beleuchtete mit einer Taschenlampe das hintere Wagenbrett, während er sprach. »Bitte, Sie zuerst, Miss. Aber vorsichtig, wir wollen doch nicht die Nylons beschädigen, nicht wahr? Sehen Sie den Tritt dort? Also setzen Sie nur Ihren Fuß...«

Er verstummte, als Miss Kolin leichtfüßig in den Wagen sprang: »Ich bin schon öfter in einem britischen Militärwagen gefahren«, sagte sie kühl.

»Sie sind schon? Schön, schön, das ist ja nett.« Als George hinter ihr einstieg, bemerkte Arthur nebenbei: »Ich muß leider das Verdeck herunterlassen. Es wird ein bißchen warm werden, fürchte ich, aber wir haben's ja nicht weit.«

George murrte: »Muß das sein?«

»Leider, Freund, leider. Meine Kumpane sind ein bißchen kitzlig. Sie haben es nicht gern, wenn die Leute wissen, wo sie wohnen. Sie verstehen — Sicherheit.«

»Das wäre dort besser, wo's die Mühe lohnt. Also los, vorwärts.«

George und Miss Kolin hockten auf zwei kistenartigen Gegenständen auf dem Boden des Wagens, während ihr Begleiter die Segeltuchplanen herunterschnallte. Sie hörten, wie er dann in den Führersitz sprang und losfuhr. Der Lastwagen holperte über die Steine.

Arthur war ein forscher Fahrer, und der Wagen bockte und schleuderte phantastisch. Sitzen war dabei unmöglich, so standen sie denn geduckt unter der Plane und klammerten sich an die eisernen Stützen. Bald war die Luft drinnen mit den Auspuffgasen vermischt und man konnte kaum atmen. George wurde es dunkel bewußt, daß der Wagen einige Haarnadelkurven nahm, und er spürte, daß sie steil bergauf fuhren, aber bald hatte er jedes Gefühl für die Richtung verloren. Nach zehn Minuten qualvollen Unbehagens überlegte er schon, daß er Arthur zurufen müsse, die Fahrt zu unterbrechen, als nach einer weiteren Biegung der Lastwagen auf eine verhältnismäßig ebene Fläche kam und anhielt. Einen Moment später wurde die hintere Plane geöffnet, Mondlicht und Luft strömten herein, und Arthurs Gesicht erschien über dem hinteren Wagenbrett.

Er grinste. »Bißchen holperig, was?«

»Ja, kann man wohl sagen.«

Sie kletterten mit steifen Gliedern heraus und standen nun auf einem ehemals mit Fliesen belegten Hof eines kleinen Hauses. Von dem Haus selbst war nichts anderes übriggeblieben als eine zerbröckelte Mauer und ein Haufen Trümmer.

»Das haben die ELAS-Burschen gemacht«, erklärte Arthur, »ihre Gegner hatten es als Stützpunkt benutzt. Wir nehmen diesen Weg.«

Die Hausruine stand auf dem Gipfel eines mit Kiefern bewachsenen Hügels. Sie folgten Arthur auf einem Pfad, der von dem Haus abwärts zwischen den Bäumen durchführte. Sie gingen etwa fünfzig Meter still über Tannennadeln, dann blieb Arthur stehen.

»Wartet einen Augenblick«, sagte er.

Sie warteten, während er weiterging. Es war sehr dunkel unter den Bäumen und duftete kräftig nach Kiefernharz. Nach der Stickluft im Wagen war die weiche kühle Luft köstlich. Ein schwaches Murmeln von Stimmen kam aus der Dunkelheit vor ihnen.

»Haben Sie das gehört, Miss Kolin?«

»Ja. Sie sprachen griechisch. Aber ich konnte die Worte

nicht unterscheiden. Es hörte sich an wie der Anruf einer Wache und die Antwort darauf.«

»Was halten Sie von all dem?«

»Ich denke, wir hätten irgend jemand eine Nachricht hinterlassen sollen, wohin wir gehen wollten.«

»Wohin, wußten wir ja nicht. Aber ich hab getan, was ich konnte. Wenn wir nun nicht rechtzeitig zurück sind, wird das Zimmermädchen morgen früh einen Brief finden, der an meinen Geschäftsführer gerichtet ist. Darin steht die Nummer von dem Wagen des alten Mannes und eine Erklärung für den Hauptmann.«

»Das war gescheit, Mister Carey. Ich habe etwas beobachtet...« Sie brach ab. »Er kommt zurück.«

Sie hatte ein scharfes Gehör. Einige Sekunden verstrichen noch, ehe George das leise Rascheln der sich nähernden Schritte vernahm.

Arthur tauchte aus der Dunkelheit auf. »Okay, Freunde«, sagte er. »Hier entlang. Wir werden gleich etwas Licht auf der Bühne haben.«

Sie folgten ihm den Weg hinab. Es wurde jetzt weniger steil. Dann, als es eben wurde, knipste Arthur seine Taschenlampe an. George sah den Posten, der mit dem Gewehr unterm Arm an einem Baum lehnte. Es war ein schlanker Mann mittleren Alters in Khakihosen und einem zerrissenen Unterhemd. Er beobachtete sie scharf, als sie vorbeigingen.

Sie kamen jetzt aus der Baumgruppe heraus. Vor ihnen tauchte ein Haus auf.

»War früher mal 'n Dorf hier unten«, sagte Arthur, »haben die Jungens weggewischt. Alles platt hier, außer unserer Unterkunft, die mußten wir etwas ausflicken, war total verfallen. Gehörte so einem armen Teufel, der eine abweichende Meinung vertrat und dem man dafür den Hals abschnitt.«

Er war wieder der Wochenendgastgeber, stolz auf sein Haus, der wünschte, daß die Gäste seine Begeisterung teilten.

Es war ein zweistöckiges Gebäude mit stuckverzierten

Mauern und breiter überhängender Dachtraufe. Die Fensterläden waren alle geschlossen.

Vor der Tür stand wieder ein Posten. Arthur sagte etwas zu ihm, und der Mann beleuchtete ihre Gesichter, ehe er Arthur zunickte und sie weitergehen ließ. Arthur öffnete die Tür und sie folgten ihm ins Innere.

Da war eine lange schmale Diele mit einer Treppe und verschiedenen Türen. Eine Petroleumlampe hing an einem Haken neben der Haustür. Der Putz war von der Decke gefallen und größtenteils auch von den Wänden. Man sah, daß dieses Haus durch Bomben- oder Granattreffer zerstört und nur notdürftig repariert war.

»Da sind wir«, sagte Arthur, »Hauptquartier, Messe und Vorzimmer.«

Er hatte die Tür zu einem Raum geöffnet, der ein Eßzimmer zu sein schien. Auf Böcken lag eine Tischplatte, an jeder Seite standen Bänke. Auf dem Tisch waren Flaschen und Gläser, ein Stapel Messer und Gabeln und eine Petroleumlampe. In einer Ecke des Raumes lagen leere Flaschen auf dem Boden.

»Niemand zu Hause«, sagte Arthur. »Ich kann mir denken, Sie können ein Schluck gebrauchen, was? Bedienen Sie sich! Die — Sie wissen ja was — ist genau gegenüber vom Korridor zur Rechten, wenn jemand Bedarf hat. Ich bin im Nu wieder zurück.«

Er ging hinaus, die Tür hinter sich schließend. Sie hörten ihn die Treppe hinaufpoltern.

George beguckte die Flaschen. Da war griechischer Wein und Zwetschgenschnaps. Er sah Miss Kolin an.

»Möchten Sie, Miss Kolin?«

»Ja, bitte.«

Er goß zwei Schnäpse ein. Sie hob ihr Glas, leerte es mit einem Zug und hielt es ihm zum Nachfüllen hin. Er goß ein.

»Hübsch kräftiger Stoff, nicht wahr?« fragte er versuchsweise.

»Das hoffe ich«, sagte sie.

»Nun, ich hab nicht erwartet, zu einer Art militärischem Hauptquartier geführt zu werden. Was halten Sie davon?«

»Mir fällt etwas ein.« Sie zündete sich eine Zigarette an. »Sie erinnern sich doch an den Banküberfall in Saloniki vor vier Tagen?«

»Ja, ich erinnere mich. Warum?«

»Ich habe am folgenden Tag im Zug nach Florina den Zeitungsbericht darüber gelesen. Er gab eine genaue Beschreibung des Wagens, der dazu benutzt worden war.«

»Nun — und?«

»Mit diesem Wagen sind wir heute abend hergefahren.«

»Was? Sie scherzen?«

»Nein.« Sie trank noch einen Schnaps.

»Dann irren Sie sich. Schließlich müssen ja Dutzende, Hunderte von diesen britischen Militärwagen in Griechenland herumfahren.«

»Aber nicht mit Vorrichtungen für falsche Nummernschilder.«

»Was meinen Sie?«

»Ich sah die Dinger, als er mir mit der Taschenlampe in den Wagen leuchtete. Die falschen Schilder lagen auf dem Boden hinten im Wagen. Als wir anhielten, legte ich sie so, daß das Mondlicht darauf fallen mußte, während wir herauskletterten. Soviel ich von der Nummer sehen konnte, war es dieselbe wie die in dem Zeitungsbericht genannte.«

»Sind Sie ganz sicher?«

»Mir gefällt das genausowenig wie Ihnen, Mr. Carey.«

Aber George fiel jetzt etwas ein, was Oberst Chrysantos gesagt hatte: »*Sie sind klug und gefährlich, und die Polizei kann sie nicht fangen.*«

»Wenn sie halbwegs ahnen, daß wir etwas wissen ...«, fing er an.

Jetzt hörte man wieder Schritte die Treppe herunterkommen.

George trank schnell seinen Schnaps aus und holte eine Zigarette hervor. Der erfahrene Richter, dessen Sekretär er gewesen war, hatte ihm einmal gesagt, er werde aus der Erfahrung jahrelanger Rechtspraxis noch lernen, daß kein Fall, so nüchtern er auch scheine, gegen die bedauerliche Tendenz der Wirklichkeit gesichert sei, melodramatische Züge anzunehmen. Damals hatte George höflich gelächelt und sich gefragt, ob er wohl auch solche halbfertigen Verallgemeinerungen von sich geben würde, wenn er später einmal Richter wäre. Das fiel ihm jetzt ein.

Die Tür öffnete sich.

Der Mann, der hereinkam war blond, hatte einen festen Brustkorb, breite Schultern und große Hände. Sein Alter mochte zwischen Dreißig und Vierzig liegen. Das Gesicht wirkte durch die muskulösen Wangen, die kühlen, wachsamen Augen und den entschlossenen Mund energisch. Er hielt sich straff, und das Buschhemd, das er trug, spannte sich über seiner Brust. Mit dem Revolvergurt an der Hüfte sah er beinahe aus, als trüge er Uniform.

Er blickte flüchtig von George zu Miss Kolin, während Arthur, der ihm gefolgt war, die Tür schloß und rasch vortrat.

»Tut mir leid, daß ich Sie warten ließ«, sagte er. »Mr. Carey, dies ist mein Chef. Er spricht etwas Englisch, ich hab's ihm beigebracht, aber sprechen Sie langsam. Er weiß, wer Sie sind.«

Der Ankömmling schlug die Hacken zusammen und machte die Andeutung einer Verbeugung.

»Schirmer«, sagte er kurz, »Franz Schirmer. Ich höre, Sie wollen mich sprechen.«

Zehntes Kapitel

Die deutschen Streitkräfte, die sich im Oktober 1944 aus Griechenland zurückzogen, waren in jeder Hinsicht sehr verschieden von den Kampftruppen, die drei Jahre vorher in das Land eingedrungen waren.

Wenn die Zwölfte Armee unter General von List mit ihren Elite-Panzerdivisionen und ihren Rekorderfolgen im Polenfeldzug die unwiderstehliche Stärke der Wehrmacht gezeigt hatte, so zeigten die Besatzungstruppen, die aufbrachen, um heimzumarschieren, solange ihnen noch ein Weg offenstand, nicht weniger eindrucksvoll die endgültige Erschöpfung der Wehrmacht. Die frühere Gepflogenheit, Truppen nach den Kämpfen an der Front Ruhe zu gewähren, indem man sie zeitweise als Besatzungskräfte verwendete, war schon längst als Luxus abgetan. Die Truppen, die 1944 den Saloniki-Abschnitt besetzt hielten, bestanden mehr oder weniger aus Leuten, die aus dem einen oder andern Grunde nicht kriegsverwendungsfähig waren: erschöpfte Überlebende von der russischen Front, die älteren Männer, die Schwächlinge und solche, die aufgrund ihrer Verwundung oder Krankheit beschränkt einsatzfähig waren.

Für Feldwebel Schirmer war der Krieg an jenem Tage zu Ende, als er in Italien auf Befehl eines unerfahrenen Offiziers einen Fallschirmabsprung über Waldgelände machte. Die Kriegskameradschaft in einem *corps d'élite* hatte für manchen Mann viel bedeutet. Schirmer hatte sie etwas gegeben, was seine Erziehung ihm schuldig geblieben war: sein Selbstvertrauen als Mann. Die Monate im Lazarett, die dem Unfall folgten, das Kriegsgericht, der Erholungsaufenthalt, die ärztlichen Untersuchungen und seine Abkommandierung nach Griechenland waren ein bitteres Nachspiel zu der einzigen Periode seines Lebens, in der er sich glücklich gefühlt hatte.

Oft hatte er gewünscht, daß der Ast, der seine Hüfte brach, die Brust durchbohrt und ihn getötet hätte.

Wenn das 49. Besatzungsregiment in Saloniki eine Einheit gewesen wäre, auf die ein Mann von Selbstachtung wie Schirmer hätte stolz sein können, wäre ohne Zweifel manches anders gekommen. Die Offiziere — mit wenigen Ausnahmen wie Leutnant Leubner — waren nicht verwendbar. Die Sorte von Offizieren, deren Kommandeure trachten, sie bei erster Gelegenheit loszuwerden, und die ihre meiste Dienstzeit auf Sammelplätzen verbringen und ihre Versetzung erwarten. Die Unteroffiziere — wieder mit einigen Ausnahmen — waren unfähig und korrupt, die Mannschaften ein abgenutzter und unzufriedener Haufen von alten Kriegern, chronischen Kranken, Dummköpfen und solchen, die etwas ausgefressen hatten. Fast der erste Befehl, den Schirmer von einem Offizier empfing, als er zu dieser Truppe kam, war der, sein Fallschirmjägerabzeichen zu entfernen. Das war seine Einführung beim Regiment gewesen, und erst mit der Zeit hatte er gelernt, sich dadurch zu trösten, daß er es verachtete.

Der deutsche Rückzug aus Thrazien war eine schändliche Angelegenheit. Die Generalstabsoffiziere, die dafür verantwortlich waren, hatten wenig Erfahrung mit Truppenbewegungen, noch weniger mit der Versorgung während des Marsches. Einheiten wie das 49. Besatzungsregiment, und es waren noch mehr da, konnten wenig helfen, die Unzulänglichkeiten auszugleichen. Die Nachricht, daß britische Stoßtruppen von Süden rasch vorstießen, um den Rückzug zu verhindern, und daß Partisanenbanden schon angriffsbereit in den Flanken lauerten, mag den Rückzug beschleunigt haben; aber dadurch vergrößerte sich das Durcheinander noch. Es waren eher diese Verkehrskalamitäten als eine geschickte Taktik seitens Phengaros', die dem Überfall auf Feldwebel Schirmers Lastwagengruppe Erfolg verliehen.

Schirmer war einer der letzten seines Regiments, die sich aus dem Saloniki-Abschnitt zurückzogen. Wenn er auch sein

Regiment verachtete, so hinderte ihn das doch nicht, sein möglichstes zu tun, daß der Teil, den er befehligte, seine Aufgaben exakt ausführte. Als Waffenausbilder hatte er keinen Zug zu führen, und so kam er unter den Befehl eines Pionieroffiziers, dem eine besondere Nachhutabteilung unterstellt war. Dieser Offizier war Leutnant Leubner, und er war beordert, eine Reihe wichtiger Sprengungen hinter der zurückgehenden Truppe vorzunehmen.

Der Feldwebel schätzte Leutnant Leubner, der in Italien eine Hand verloren hatte: er spürte, daß der Offizier ihn verstand. Sie teilten unter sich die Leute in zwei Abteilungen auf, deren eine dem Kommando des Feldwebels unterstellt wurde.

Er trieb seine Leute und sich selber unbarmherzig voran, und führte den ihm zugewiesenen Teil der Arbeit präzise nach der Zeittabelle des Rückzugsbefehls durch. Während der Nacht des 23. Oktober belud seine Abteilung die Lkws, die sie mitnehmen sollte, und sie verließen Saloniki. Sie waren auf die Minute pünktlich.

Sein Befehl lautete, durch Vodena zu fahren, das Benzinlager auf der Straße nach Apsalos zu vernichten und dann Leutnant Leubner bei der Brücke von Vodena wieder zu treffen. Es war angenommen worden, daß die Zerstörung dieser Brücke die Kräfte beider Abteilungen erfordern würde, wenn sie pünktlich nach dem Rückzugsplan ausgeführt werden sollte. Die Zeit des Zusammentreffens war für den Sonnenaufgang festgesetzt worden.

Beim ersten Morgenlicht jenes Tages war Schirmer in Janitza erst auf halbem Weg nach Vodena und versuchte verzweifelt, sich die Durchfahrt an einer Kolonne von Panzer-Transportmaschinen vorbei zu erzwingen. Diese hätten schon fünfzig Meilen weiter sein müssen, aber sie waren von einer Kolonne Pferdefuhrwerken aufgehalten worden, die mit zwölf Stunden Verspätung von der Naoussa-Straße eingeströmt waren.

So kam der Feldwebel zwei Stunden zu spät nach Vodena. Wäre er pünktlich gewesen, hätten Phengaros' Leute ihn um eine Stunde verfehlt.

Es hatte in der Nacht geregnet, und mit dem Höhersteigen der Sonne wurde die feuchte Luft stickig. Außerdem hatte der Feldwebel dreißig Stunden lang nicht geschlafen. Doch als er neben dem Fahrer in dem führenden Wagen saß, fiel ihm das Wachbleiben nicht schwer. Die Maschinenpistole auf seinen Knien mahnte ihn an die notwendige Wachsamkeit und der heftige Schmerz in seiner überanstrengten Hüfte verhinderte, daß er eine allzu bequeme Stellung einnahm. Aber seine Ermüdung zeigte sich auf andere Weise. Seine Augen suchten ein Stück des Berghanges über der Wegbiegung ab, zu der sie hinauffuhren, und er hatte Mühe, aufmerksam zu bleiben. Er mußte erst den Kopf schütteln, ehe er wieder klar sehen konnte. Seine Gedanken wanderten wie im Traume sprunghaft von seiner Aufgabe und der Lage von Leutnant Leubners Abteilung zu der Attacke bei Eben-Emael, zu einem Mädchen, das er in Hannover gehabt hatte, und dann beunruhigt zu jenem Augenblick in Saloniki vor achtundvierzig Stunden, als Kyra geweint hatte, als er ihr Lebewohl sagen mußte.

Das Weinen einer Frau war dem Feldwebel immer unbehaglich. Nicht, daß er Frauen gegenüber sentimental gewesen wäre, es war einfach das Weinen an sich, der Ton, der ihn mit der Ahnung kommenden eigenen Mißgeschickes bedrückte. Da war zum Beispiel die Zeit in Belgien gewesen, als jene alte Frau greinte, weil man ihre Kuh getötet hatte. Zwei Tage danach war er verwundet worden. Danach die Zeit in Kreta, als es der Disziplin wegen nötig war, einige verheiratete Männer an die Wand zu stellen und zu erschießen. Einen Monat später war er in Benghasi durch die Ruhr vollständig auf den Hund gekommen. Da war die Zeit in Italien gewesen, als sich einige der Jungens mit einem jungen Mädel herumgetrieben hatten. Zwei Tage vor seinem Absprungsunfall war das gewesen. Er würde natürlich nie solch kindischem und unvernünftigem Aberglauben anhängen, aber wenn er je heiraten würde, müßte es ein Mädchen sein, das nicht weinte, selbst wenn er das Lebenslicht aus ihr herausprügelte. Soll sie schreien, soviel sie mag, soll sie versuchen, ihn umzubringen, wenn sie Lust hat und es wagt, aber um Himmels willen nicht weinen. Das bedeutet Unglück.

Es war das linke Vorderrad des Lastwagens, das die Mine auslöste. Der Feldwebel spürte für den Bruchteil einer Sekunde den Luftdruck, ehe sein Kopf gegen das Kabinendach stieß.

Dann fühlte er etwas Nasses in seinem Gesicht und ein feines hohes Singen in den Ohren. Er lag mit dem Gesicht nach unten. Alles um ihn war dunkel mit Ausnahme einer kleinen blinkenden Lichtscheibe. Jemand gab ihm einen heftigen Schlag in die Seite, aber er war zu matt, um zu schreien oder auch nur Schmerz zu spüren. Er hörte Menschenstimmen und wußte, daß sie griechisch sprachen. Dann verhallten sie, und er stürzte durch die Luft abwärts auf die Bäume zu, wehrte sich gegen die grausamen Äste, indem er die Füße fest zusammenschloß und die Zehen durchstreckte, wie er es auf der Fallschirmspringerschule gelernt hatte. Die Zweige verschlangen ihn mit einem Seufzen, das von seinen eigenen Lippen zu kommen schien.

Als er das Bewußtsein zum zweitenmal wiedererlangte, war das Nasse aus seinem Gesicht verschwunden, aber etwas straffte die Haut an der Stelle. Die Lichtscheibe war immer noch da, aber sie blinkte nicht mehr. Er wurde nun gewahr, daß er die Arme über dem Kopf ausgestreckt hatte, als wollte er mit einem Kopfsprung ins Wasser tauchen. Er fühlte sein Herz schlagen, und es jagte den Schmerz durch seinen ganzen Körper bis in den Kopf. Seine Füße waren warm. Er bewegte die Finger, und sie gruben sich in Sand und Kiesel. Wieder flutete die Bewußtlosigkeit zurück. Irgend etwas war mit seinen Augenlidern los, er konnte nicht ordentlich sehen, aber er blickte weiter auf die Lichtscheibe und bewegte langsam den Kopf. Plötzlich stellte er fest, daß die Scheibe ein kleiner weißer Kiesel war, der in einem Flecken Sonnenlicht lag. Da erinnerte er sich, daß er in Griechenland war und in einem Lkw gesessen hatte, der getroffen wurde. Mühsam wälzte er sich auf die Seite.

Die Gewalt der Explosion hatte den Wagen überschlagen und den Wagenboden zu Kleinholz zerschmettert. Der Hauptluftdruck hatte das Führerhaus nicht getroffen. Der Feldwebel lag in einem ölgetränkten Wust von leeren Benzinkanistern und Trümmern, mit dem Gesicht in einer Pfütze von Blut, das aus seiner Kopfwunde geflossen war. Es war inzwischen auf seinen Wangen und Augen geronnen. Das Wrack des Wagens hing über ihm, alles beschattend, nur seine Beine waren in der Sonne. Kein Laut rings, nur die Zikaden zirpten und vom Lkw kam leises Tropfgeräusch.

Er versuchte, seine Glieder zu bewegen. Obwohl er wußte, daß sein Kopf verletzt war, hatte er noch keine Vorstellung von dem Ausmaß seiner Verwundung. Am meisten fürchtete er, daß seine Hüfte wieder gebrochen sei. Einige Sekunden mußte er nur an das Röntgenbild denken, das der Arzt ihm gezeigt hatte, worauf ein dicker Metallnagel sich abzeichnete, den man eingesetzt hatte, um den Hals des gebrochenen Knochens zu verstärken. Wenn es den jetzt weggerissen hatte, war er erledigt. Er bewegte das Bein vorsichtig. Die Hüfte schmerzte heftig, aber das hatte sie auch schon getan, ehe die Mine explodierte. Strapazen verursachten ihm immer Schmerzen. Er wurde kühner, und indem er das Bein anzog, setzte er sich aufrecht. In diesem Augenblick bemerkte er, daß seine ganze Ausrüstung weg war. Er erinnerte sich an die griechischen Stimmen und an den Schlag, den er gespürt hatte, und begann zu begreifen, was passiert war.

In seinem Kopf hämmerte es entsetzlich, aber die Hüfte schien in Ordnung zu sein. Er quälte sich auf die Knie. Einen Moment später mußte er sich erbrechen. Die Anstrengung hatte ihn erschöpft, und er legte sich wieder hin, um auszuruhen. Er wußte, daß die Kopfwunde gefährlich sein konnte. Nicht die starke Blutung beunruhigte ihn — er hatte viele Schädelwunden gesehen und wußte, daß sie unmäßig bluteten —, sondern die Möglichkeit, daß der Aufschlag eine innere Blutung verursacht haben könnte. Nun, er würde bald genug wissen, ob es so war. Auf jeden Fall konnte er nichts dabei tun. Seine unmittelbare Aufgabe war jetzt, festzustellen, was aus dem Rest seiner Abteilung geworden war, und dann, wenn möglich, Maßnahmen zu ergreifen, um mit der Situation fertig zu werden. Er machte abermals einen Versuch, auf die Beine zu kommen, und nach kurzer Zeit glückte es.

Er sah sich um. Seine Uhr war weg, aber die Stellung der Sonne sagte ihm, daß kaum eine Stunde seit der Katastrophe vergangen sein konnte. Die Trümmer des Wagens lagen quer über der Straße und blockierten sie vollständig. Der Körper des Fahrers war nirgends zu sehen. Er bewegte sich vorsichtig auf die Straßenmitte und spähte den Abhang hinunter.

Der zweite Wagen hatte hundert Meter weiter gebremst und sich quer zur Straße gedreht. Drei deutsche Soldaten lagen daneben. Dahinter konnte er das Kabinendach des dritten Wagens sehen. Er ging langsam bergab, ab und zu stehenbleibend, um wieder Kräfte zu gewinnen. Die Sonne brannte hernieder, und die Fliegen summten um seinen Kopf. Bis zum zweiten Wagen schien es ungeheuer weit. Er fühlte, daß er wieder erbrechen mußte, und legte sich in den Schatten eines Busches, um sich zu erholen. Dann ging er weiter.

Die Soldaten auf der Straße waren tot. Einem, der so aussah, als wäre er erst durch eine Handgranate verwundet worden, hatte man den Hals abgeschnitten. Alle Waffen und die Ausrüstung waren weggenommen, aber der Inhalt von zwei Brotbeuteln lag auf dem Boden verstreut. Der Wagen hatte einige Kugellöcher und Schrammen von Handgranaten, aber sonst schien er in Ordnung zu sein. In einer optimistischen Aufwallung überlegte der Feldwebel, ob er ihn umdrehen und nach Vodena zurückfahren sollte, aber die Straße war nicht breit genug zum Wenden, und er wußte genau, selbst wenn es möglich gewesen wäre, hätte er nicht die Kraft dazu gehabt.

Er konnte den dritten Wagen jetzt deutlich sehen und um ihn her noch weitere Tote. Einer von ihnen hing heraus, seine Arme baumelten grotesk. Wahrscheinlich war die ganze Abteilung gefallen. Jedenfalls hatte es wenig Sinn weiterzusuchen. Militärisch hatte sie bestimmt aufgehört zu existieren. Er durfte sich jetzt um seine eigene Sicherheit kümmern.

Er lehnte sich zum Ausruhen an den Wagen und erblickte im Rückspiegel sein Gesicht. Das Blut war überall geronnen, im Haar, in den Augen, im Gesicht; sein ganzer Kopf sah so unmenschlich aus, als wäre er zu Brei zerschmettert.

Es war ohne weiteres zu verstehen, warum die Partisanen ihn für tot gehalten hatten.

Sein Herz schlug plötzlich vor Angst und jagte einen stechenden Schmerz ins Gehirn. Die Partisanen waren im Augenblick verschwunden, aber es war mehr als wahrscheinlich, daß sie mit Fahrern zurückkommen würden, um die beiden brauchbaren Wagen zu holen. Möglicherweise hatten sie auch eine Wache zurückgelassen. Irgendwo am Abhang über ihm war vielleicht schon in diesem Moment das Visier eines Gewehrs auf ihn gerichtet. Aber im gleichen Augenblick sagte ihm sein Verstand, daß kaum eine Wache da sein könne, denn in diesem Fall hätte der Mann reichlich Zeit gehabt, ihn abzuschießen.

Immerhin war der Platz gefährlich. Ob die Partisanen nun zurückkehrten oder nicht, es würde nicht lange dauern, bis sich die Ortsbewohner auf den Schauplatz wagen würden. Da war immer noch genug zu erbeuten: die Stiefel der Toten, die Benzinkanister, die Reifen der Wagen und die Werkzeugkästen. Die Partisanen hatten kaum alles mitgenommen. Er mußte machen, daß er hier wegkam.

Ein paar Augenblicke überlegte er, ob er nicht versuchen

solle, zu Fuß das Benzinlager zu erreichen; aber er verwarf die Idee gleich wieder. Selbst wenn er noch so viel Kraft hatte, um die Entfernung zu bewältigen, jetzt am hellen Tag von den Dorfbewohnern ungesehen hinzugelangen, war aussichtslos. In jener Gegend und zu dieser Zeit mußte ein einzelner deutscher Soldat, verwundet und unbewaffnet, glücklich sein, wenn er nicht gefoltert wurde, ehe ihn die Weiber zu Tode steinigten. Der Weg nach Vodena zurück würde noch gefährlicher sein. Er mußte darum die Dunkelheit abwarten; das würde ihm auch Zeit geben, wieder Kräfte zu gewinnen. Als nächstes galt es, Wasser, etwas zu essen und ein Versteck zu finden. Später, wenn er dann noch lebte, konnte er überlegen, was weiter zu tun wäre.

Die Feldflaschen waren alle weggenommen. Er zog einen leeren Benzinkanister aus dem Wagen und begann, ihn am Kühler zu füllen. Als er halbvoll war, merkte er, daß er nicht stark genug war, mehr zu tragen. Es war noch genug im Kühler, und es war auch nicht zu heiß, um es jetzt zu trinken. Nachdem er seinen Durst gelöscht hatte, tränkte er sein Taschentuch in Wasser und wusch sich das Blut aus Augen und Gesicht. Die Stirn berührte er nicht, aus Angst, daß die Blutung wieder beginnen könnte.

Dann sah er sich nach Lebensmitteln um. Den Sack mit den Vorräten hatten die Partisanen mitgenommen, aber er kannte ja die Gewohnheit der Fahrer und ging an die Werkzeugkiste. Da waren zwei eiserne Rationen, ein paar Tafeln Schokolade und der Überzieher des Fahrers. Er steckte die Schokolade und die Rationen in die Taschen des Überziehers und hängte sich ihn über die Schultern. Dann nahm er den Kanister mit Wasser und hinkte langsam den Weg zurück.

Für ein Versteck hatte er sich schon entschieden. Er erinnerte sich, wie harmlos ihm der Abhang erschienen war, als er mit dem Wagen die Straße hinauffuhr, und wie gut er die Angreifer verborgen hatte. Jetzt würde er ihn ebenso verbergen. Er verließ die Straße und kletterte aufwärts.

Eine halbe Stunde brauchte er, um hundert Meter zu bewältigen. Einmal lag er fast zehn Minuten, zu erschöpft, um sich zu bewegen, ehe er sich zwingen konnte, unter Schmerzen weiterzukriechen. Der Abhang war so steil, und er mußte den schweren Benzinkanister hinter sich herziehen. Mehrere Male überlegte er, ihn liegenzulassen und später zu holen, aber ein Instinkt sagte ihm, daß Wasser für ihn jetzt wichtiger war als etwas zu essen und daß er nicht riskieren konnte, es zu verlieren. Er kroch weiter, bis er nicht mehr konnte, und lag eine Zeitlang hilflos würgend, sogar unfähig, aus der Sonne zu kriechen. Fliegen sammelten sich auf seinem Gesicht, ohne daß er imstande war, sie zu verscheuchen. Nach einer Weile, gequält von den Fliegen, öffnete er die Augen, um zu sehen, wo er war.

Ein Dorngebüsch mit einer Tamariske darin war etwa einen Meter entfernt. Mit gewaltiger Anstrengung zog er die Wasserkanne in den Schatten des Baumes und kroch mit dem Überzieher zwischen die Dornbüsche. Das letzte, was er sah, war eine dichte schwarze Rauchsäule, die sich irgendwo jenseits des Hügels, in der Gegend des Benzinlagers, erhob. Er begriff, daß damit zu guter Letzt wenigstens eine seiner Aufgaben erfüllt worden war, legte sich mit dem Gesicht auf den Mantel und schlief ein.

Es war dunkel, als er erwachte. Die Schmerzen in seinem Kopf waren quälend, und obwohl die Nacht ganz warm war, zitterte er heftig. Er kroch zu der Wasserkanne und zog sie näher an sein Lager. Er wußte nun, daß er einen Malariaanfall hatte, der seine Schwierigkeiten noch vermehrte und seine Widerstandskraft gegen eine Infektion der Kopfwunde noch verringerte. Vielleicht würde er sterben; aber dieser Gedanke beunruhigte ihn nicht. Solange er konnte, wollte er um sein Leben kämpfen. Wenn er unterlag, dann machte es auch nichts. Er hatte dann getan, was er konnte.

Fast vier Tage lag er zwischen den Dornbüschen. Die meiste Zeit dämmerte er in einer Art Halbschlaf dahin, kaum gewahrend, wie Nacht und Tag miteinander wechselten, noch was sonst um ihn vorging. In manchen Augenblicken war ihm in einem Winkel seines Bewußtseins klar, daß er phantasierte und mit Leuten sprach, die gar nicht anwesend waren, dann verlor er sich wieder in den immer wiederkehrenden Alptraum von seinem Sturz durch die Bäume, der niemals in der gleichen Weise endete.

Am dritten Tage wachte er aus tiefem Schlafe auf und spürte, daß die Schmerzen im Kopf nachgelassen hatten, daß er klar denken konnte und Hunger hatte. Er aß einen Teil seiner eisernen Ration und untersuchte dann den Wasservorrat. Die Kanne war fast leer, aber es war noch genug darin, daß es für diesen Tag ausreichte. Zum erstenmal, seitdem er den Hügel hinaufgekrochen war, stand er wieder auf. Er fühlte sich furchtbar schwach, aber er zwang sich, sein Versteck zu verlassen, um die Straße zu überblicken.

Die zwei brauchbaren Wagen waren verschwunden, und zu seiner Verwunderung war der beschädigte ausgebrannt worden. Die verkohlten Reste wirkten wie ein schwarzer Fleck auf dem Kalksteinkies der Straße. Er hatte von diesem Brand nicht das geringste gesehen und gehört.

Er ging zurück zu seinem Versteck und schlief weiter. Einmal erwachte er während der Nacht vom Lärm vieler Flugzeuge über ihm, und nun wußte er, daß die letzte Etappe des Rückzugs begonnen hatte. Die Luftwaffe hatte den Jidha-Flugplatz geräumt. Eine Zeitlang lag er wach, er lauschte und fühlte sich sehr einsam, aber schließlich schlief er wieder ein. Am folgenden Morgen fühlte er sich kräftiger und war imstande, auf Wassersuche zu gehen. Er hielt sich der Straße fern, und fand ungefähr eine halbe Meile hangabwärts einen Bach, in dem er sich wusch, nachdem er seinen Trinkwasservorrat nachgefüllt hatte.

Er hatte einen terrassenförmig angelegten Weingarten passieren müssen, um an den Bach zu kommen, und auf dem Rückwege wäre er beinahe einem Mann und einer Frau, die dort arbeiteten, in den Weg gelaufen. Aber er sah sie gerade noch rechtzeitig und umging den Weingarten. Dabei kam er in die Nähe der Straße und entdeckte die sieben frisch angelegten Gräber mit einem Stahlhelm und einer Steinpyramide auf jedem.

Da war ein Pfahl in den Erdboden getrieben, an dem ein Zettel mit Nummer und Namen der dort Beerdigten befestigt war, sowie die Bitte, den Ruheplatz nicht zu stören. Er war von Leutnant Leubner unterschrieben.

Feldwebel Schirmer war seltsam bewegt. Ihm war gar nicht eingefallen, daß der Leutnant Zeit finden würde, sich um das Schicksal der verlorenen Abteilung zu kümmern. Kein Zweifel, daß er den beschädigten Wagen verbrannt und die andern zurückgeführt hatte. Ein guter Offizier, der Leutnant.

Er blickte wieder auf den Zettel. Sieben Tote. Das bedeutete, daß drei, einschließlich des vermißten Fahrers, gefangengenommen oder entwischt waren. Das Papier war schon ein wenig zerfetzt. Wahrscheinlich hing es schon über zwei Tage dort. Es war schmerzlich zu wissen, daß hilfreiche Hände so nahe gewesen waren, während er verborgen und vergessen zwischen den Dornbüschen lag. Zum ersten Male, seit die Mine explodiert war, überkam ihn ein Gefühl der Verzweiflung.

Er unterdrückte es ärgerlich. Weshalb sollte er verzweifeln? Wegen der Unmöglichkeit, wieder zu seinem 49. Besatzungsregiment zurückzukehren, das kleinmütig seinen Weg zum Vaterland zurücksuchte? Oder daß keiner da war, dessen Befehlen man gehorchen konnte? Wie die Ausbilder vom Fallschirmspringer-Lehrgang wohl gelacht hätten!

Er warf noch einen Blick auf die Gräber. Er hatte weder Helm noch Mütze, um den Kameraden den letzten Gruß zu erweisen. Er nahm militärische Haltung an und schlug ehrerbietig die Hacken zusammen. Dann nahm er seine Benzinkanne und suchte seinen Weg zurück zu den Dornbüschen.

Nachdem er den Rest der ersten eisernen Ration verzehrt hatte, legte er sich hin, um zu überlegen.

Die Suche nach Wasser hatte ihn genügend ermüdet, um ihm zu zeigen, daß er immer noch sehr schwach war. Er mußte weitere vierundzwanzig Stunden verstreichen lassen, ehe er imstande war, weiterzugehen. Die Reste seiner Lebensmittel würden wahrscheinlich solange reichen. Danach mußte er irgendwo Proviant auftreiben.

Und was dann?

Die deutschen Streitkräfte hatten wahrscheinlich Vodena schon vor mehreren Tagen verlassen. Es war müßig zu glauben, daß er sie noch erreichen konnte. Er würde Hunderte von Meilen durch schwieriges Gelände wandern müssen, ehe er sie einholte. Nur wenn er die Straßen mied, konnte er ungesehen durchkommen; aber wenn er das tat, würden die langen harten Märsche ihn bald lähmen. Er konnte es natürlich mit der Eisenbahn versuchen, aber die war inzwischen ziemlich sicher in der Hand der Griechen. Die Verzweiflung überkam ihn wieder, und diesmal war sie nicht so leicht zu überwinden. Tatsache war, daß es keinen Ort gab, wohin er vernünftigerweise gehen konnte. Er war vollständig abgeschnitten in feindlichem Gebiet, wo Gefangenschaft oder Übergabe Tod bedeutete.

Die Fluchtwege waren alle versperrt. Das einzige, was er tun konnte, war anscheinend, unter dem Dornbusch wie ein Tier weiterzuleben, sich an Nahrung zu stehlen, was er auf den Feldern finden konnte. Ein entflohener Kriegsgefangener wäre in einer besseren Lage; er hätte wenigstens Zeit gehabt, sich für dieses Abenteuer vorzubereiten. Er dagegen war recht hilflos. Er hatte weder Zivilkleidung noch Geld; keine Papiere, keine nennenswerten Lebensmittel; außerdem litt er noch unter den Nachwirkungen der Explosion und des Malariaanfalls. Er brauchte Zeit, um sich vollständig zu erholen, und Zeit, um zu überlegen. Darüber hinaus brauchte er jemand, der ihm half, Ausweispapiere zu bekommen. Kleidung und Geld konnte er vielleicht stehlen, aber Ausweispapiere zu stehlen, die in einer Sprache gedruckt waren, die er nicht lesen konnte, wäre töricht.

Und dann fiel ihm Kyra ein, Kyra, die so bitter geweint hatte, als er ihr Lebewohl sagen mußte, die ihn so töricht beschworen hatte zu desertieren, die einzige Freundin, die er in diesem feindlichen, verräterischen Lande besaß.

Sie war Inhaberin eines kleinen Geschäfts für fotografische Arbeiten in Saloniki. Er hatte das unauffällige Agfa-Schild eines Tages draußen an ihrem Laden gesehen und war hineingegangen, um zu sehen, ob er Filme für seine Kamera kaufen könnte. Sie hatte keine zu verkaufen — damals war es schwer, welche zu bekommen —, aber sie hatte ihm gefallen, und er war wiedergekommen, so oft er freie Zeit hatte. Die wenigen Aufträge brachten ihr nicht viel Geld ein, und daher hatte sie ein kleines, durch einen Vorhang abgeteiltes Studio eingerichtet, um Fotos für Kennkarten und Pässe zu machen. Als dann eine örtliche militärische Kennkarte für die Besatzungstruppen ausgegeben wurde, hatte er Gelegenheit gehabt, dem zuständigen Offizier seiner Einheit vorzuschlagen, ihr die gesamten Arbeiten zu übertragen. Er hatte ihr auch immer etwas von der Truppenverpflegung mitgebracht. Sie wohnte mit ihrem Bruder in zwei Räumen über dem Laden. Aber der Bruder war Nachtportier in einem Hotel, das von der Ortskommandantur beschlagnahmt worden war, und war nur tagsüber zu Hause. Sehr bald hatte sich der Feldwebel einen Dauerausweis beschafft, außerhalb schlafen zu dürfen. Kyra war eine vollblütige junge Frau, deren Wünsche einfach und leicht zu erfüllen waren. Der Feldwebel war ebenso sinnlich wie erfahren. Die Beziehung hatte beide befriedigt.

Jetzt konnte sie einem anderen Zweck dienstbar gemacht werden.

Saloniki war vierundsiebzig Straßenkilometer entfernt. Das bedeutete, daß er mindestens hundert Kilometer zurücklegen mußte, wenn er sich unterwegs von den Ortschaften fernhalten wollte. Wenn er bei Tage marschierte, würde er wahrscheinlich vier Tage brauchen, aber wenn es ihm um Sicherheit zu tun war und er nur nachts marschierte, brauchte er natürlich länger. Er durfte seiner Hüfte auch nicht allzuviel zumuten. Dann mußte er noch die Zeit bedenken, die er brauchen würde, um etwas zu essen zu finden. Je früher er losging, desto besser. Seine Stimmung stieg. Nachdem er in der folgenden Nacht den Rest der eisernen Ration verzehrt und nur noch die Schokolade als letzte Rettung in der Tasche hatte, marschierte er los.

Er brauchte acht Tage, um sein Ziel zu erreichen. Nachts ohne Karte und Kompaß zu gehen, erwies sich als zu schwierig. Wiederholt hatte er sich verlaufen. Nach der dritten Nacht entschloß er sich zu dem größeren Wagnis, bei Tage zu wandern. Es war leichter, als er erwartet hatte. Selbst in der Ebene war reichlich Deckung vorhanden, und es war möglich, sich mit Ausnahme der Gegend von Janitza nahe der Straße zu halten. Nahrung zu finden war die größte Schwierigkeit. Es glückte ihm, auf einem einsamen Bauernhof einige Eier zu stehlen, und an einem anderen Tage melkte er eine umherstreifende Ziege, aber meistens lebte er von den Wildfrüchten, die er sammelte. Erst am Ende des siebenten Tages war die Lage für ihn so verzweifelt, daß er sich entschließen mußte, seine Schokolade zu essen.

Morgens gegen zehn Uhr erreichte er die Vororte von Saloniki. Er blieb nahe an der Eisenbahn, in einer Gegend, die gute Gelegenheiten zum Verstecken bot. Er entschloß sich, dort bis zum Einbruch der Nacht zu warten, ehe er in die Stadt ging.

Da nun seine Reise beinahe zu Ende war, beunruhigte ihn am meisten sein Äußeres. Die Wunde am Kopf heilte gut und würde nicht viel Neugier erwecken. Die Bartstoppeln, die ihm inzwischen gewachsen waren, störten ihn, den ordnungsliebenden Soldaten; Verdacht würden sie nicht erregen. Das

Dumme war die Uniform. Er sagte sich, jetzt in einer deutschen Uniform durch die Straßen von Saloniki zu gehen, würde Gefangenschaft oder Ermordung herausfordern. Da mußte etwas geschehen.

Er näherte sich der Eisenbahn und erkundete die Gegend. So stieß er zufällig auf das, was er brauchte: die Hütte eines Streckenarbeiters. Sie war durch ein Vorhängeschloß versperrt, aber er fand eine schwere eiserne Hakenplatte von den Schienen in der Nähe, mit der er den Bügel des Schlosses zertrümmerte.

Er hatte gehofft, einen Overall oder eine Arbeitsbluse in der Hütte zu finden, aber es war überhaupt keinerlei Kleidung vorhanden. Statt dessen lag in Zeitungspapier eingewickelt das Mittagessen eines Arbeiters: ein Stück Brot, einige Oliven und eine halbe Flasche Wein.

Er nahm es mit zu seinem Versteck und verschlang es gierig. Der Wein machte ihn müde, und hinterher schlief er eine Zeitlang. Beim Erwachen fühlte er sich merklich erfrischt und überlegte noch einmal, wie die Frage seiner Bekleidung zu lösen sei.

Unter seinem Waffenrock trug er ein graues Baumwollhemd. Wenn er den Rock auszog, würde seine obere Partie wie die eines Dockarbeiters aussehen. Nachts, wenn Farbe und Material der Hose nicht genau zu erkennen waren, würden ihn nur die Kanonenstiefel verraten. Er versuchte, sie zu verdecken, indem er die Hosen über die Stiefel zog. Das Resultat war nicht gerade befriedigend, aber immerhin genügend. Das Wagnis, Bekleidung zu stehlen, war wohl größer als das Risiko, daß man im Dunkeln seine Stiefel erkennen konnte. Soweit war das Glück ihm hold gewesen. Es wäre töricht, es so nahe dem Ziel allzusehr herauszufordern.

Um acht Uhr war es ganz dunkel, und er machte sich auf zur Stadt.

Als er sie erreichte, erlebte er eine unangenehme Überraschung. Die Stadtviertel, die er durchqueren mußte, waren hell erleuchtet. Die Bürger von Saloniki feierten ihre Befreiung von der Besatzung und die Ankunft der mazedonischen Gruppe der ELAS-Truppen.

Man sah phantastische Szenen. Lange Schlangen schreiender und singender Menschen wiegten sich auf den Uferstraßen zum Takt der Musik, die aus Cafés und Bars dröhnte. Die Lokale waren vollgestopft. Kreischender Pöbel tanzte auf Tischen und Stühlen. Überall sah man Gruppen von betrunkenen Partisanen, darunter viele Bulgaren. Sie torkelten umher, brüllten wie die Wilden und schossen ihre Flinten in die Luft. Sie holten sich die Weiber aus den Bordellen, um mit ihnen auf der Straße zu tanzen. Dem Feldwebel, der heimlich im Schatten der Häuser entlangschlich, immer nur auf Deckung bedacht, erschien die Stadt wie ein orgiastischer Rummelplatz.

Kyras Laden befand sich in einer engen Straße in der Nähe der Eski Juma. Hier gab es keine Bars oder Cafés, und es war verhältnismäßig ruhig. Die Ladenbesitzer hatten vorsichtshalber die Rolläden heruntergelassen, andere hatten kreuzweise Bretter über die Fenster genagelt. Auch Kyras Fenster waren auf diese Weise geschützt worden. Der Laden lag im Dunkeln, aber in dem Fenster darüber war Licht.

Schirmer fühlte sich erleichtert. Er hatte schon gefürchtet, daß sie ausgegangen sei, um an dem Karnevalstreiben in den Straßen teilzunehmen, und er auf ihre Rückkehr warten müsse. Die Tatsache, daß sie zu Hause war, sagte ihm auch, daß sie die allgemeine Freude über den Wandel der Ereignisse nicht teilte. Das war schon verheißungsvoll.

Er blickte sich vorsichtig um, ob seine Ankunft auch nicht von irgend jemand, der ihn kannte, beobachtet worden war; als er sich über diesen Punkt beruhigt hatte, zog er die Glocke.

Nach ein paar Augenblicken hörte er Kyra die Treppe herunterkommen und durch den Laden an die Tür gehen. Die Bretter hinderten ihn daran, sie zu sehen. Er hörte, daß sie hinter der Tür stand, aber sie öffnete nicht.

»Wer ist da?« fragte sie griechisch.

»Franz.«

»Um Gottes willen!«

»Laß mich rein.«

Er hörte, wie sie den Riegel zurückschob. Die Tür öffnete sich. Er trat ein, schloß schnell die Tür hinter sich und nahm sie in die Arme. Er fühlte, wie sie zitterte, als er sie küßte, und dann drängte sie ihn mit einem Keuchen der Furcht von sich.

»Was willst du hier?«

Er sagte ihr kurz, was ihm geschehen war und was er vorhatte.

»Du kannst aber nicht hierbleiben.«

»Ich muß.«

»Nein, das geht nicht.«

»Aber, warum denn nicht, Liebling? Dabei ist doch nichts zu riskieren.«

»Ich bin sowieso schon verdächtig, weil ich einen Deutschen liebte.«

»Gott, was können sie machen?«

»Man kann mich einsperren.«

»Unsinn! Wenn sie jede Frau hier in der Stadt einsperren wollten, die einen Deutschen geliebt hat, brauchten sie eine Armee, um alle zu bewachen.«

»Mit mir liegt die Sache aber anders. Die Partisanen haben Niki verhaftet.«

»Warum?« Niki war ihr Bruder.

»Man beschuldigt ihn, für die Deutschen spioniert zu haben. Wenn er gestanden und die andern angegeben hat, werden sie ihn umbringen.«

»Diese Schweine! Aber ich muß trotzdem bleiben, Liebste.«

»Nein, du mußt dich ergeben, dann bist du Kriegsgefangener.«

»Glaub das nicht. Sie würden mir den Hals abschneiden.«

»Nein. Hier sind viele deutsche Soldaten. Deserteure. Es

passiert ihnen nichts, wenn sie sagen, daß sie mit ihnen sympathisieren.«

»Du meinst, wenn sie sagen, sie sind Kommunisten?«

»Was kommt's drauf an?«

»Du rechnest mich zu diesen Schweinen von Deserteuren?«

»Natürlich nicht, Liebster. Ich will dich doch nur retten.«

»Gut. Zuerst muß ich was essen, dann brauche ich ein Bett. Ich werde heute nacht Nikis Zimmer benutzen. Ich bin zu nichts zu gebrauchen, nur zum Schlafen.«

»Aber du kannst nicht hierbleiben, Franz, du kannst nicht!« Sie begann zu schluchzen.

Er packte ihren Arm. »Keine Tränen, meine Liebste, und keine langen Worte, verstehst du? Ich gebe dir Befehle. Wenn ich gegessen und ausgeschlafen habe, können wir weiterreden. Nun kannst du mir zeigen, was es zu essen gibt.«

Er hatte seine Finger tief in ihre Armmuskeln gepreßt, und als sie nun zu weinen aufhörte, wußte er, daß er ihr wehgetan, aber auch Respekt beigebracht hatte. So war es richtig. Fürs erste würde sie nicht mehr ungehorsam sein.

Sie gingen hinauf zur Wohnung. Als sie ihn im Licht sah, stieß sie einen Schreckensschrei aus, aber er schnitt ihr ungeduldig alle weiteren Wehklagen ab.

»Ich habe Hunger«, sagte er.

Sie richtete etwas zum Essen für ihn her und sah dann zu, wie er aß. Sie war jetzt still und nachdenklich, aber er beachtete sie kaum. Er überlegte. Erst wollte er schlafen und dann versuchen, einen Zivilanzug zu bekommen. Schade, daß ihr Bruder Niki so klein geraten war; seine Anzüge würden ihm nicht passen. Sie mußte irgendwo einen gebrauchten Anzug kaufen. Dann mußte sie sich genau erkundigen, was er an Papieren brauchte, damit er sich frei bewegen konnte. Da war natürlich die Schwierigkeit mit der Sprache; aber das konnte er vielleicht umgehen, indem er vorgab, Bulgare oder Albanier zu sein; es liefen ja jetzt genug von diesem Pack umher. Danach würde er sich entscheiden müssen, wohin er gehen sollte. Ein schwieriges Problem! Viele Länder waren ja nicht mehr übrig, in denen ein Deutscher willkommen war und wo man ihm half, sich eine neue Heimat aufzubauen. Spanien, natürlich — man konnte über See hinkommen —, oder die Türkei...

Aber der Kopf sank ihm auf die Brust, und die Augen wollten nicht mehr offenbleiben. Er raffte sich immerhin noch so weit auf, daß er ins Schlafzimmer ging. Als er am Bett stand, sah er sich um. Kyra lehnte am Türrahmen und beobachtete ihn. Sie lächelte ihm beruhigend zu. Er sank aufs Bett und schlief ein.

Es war noch dunkel, und er konnte kaum zwei Stunden geschlafen haben, als er durch ein heftiges Rütteln am Arm und einen Stoß in den Rücken geweckt wurde.

Er wälzte sich herum und öffnete die Augen.

Zwei Männer mit Pistolen in der Hand blickten auf ihn herab. Sie trugen die einfache Uniform, die er ein paar Stunden früher an den Partisanen gesehen hatte, als sie den Krawall in den Straßen machten. Jene waren allerdings alle betrunken gewesen; die beiden hier waren sehr nüchtern und sachlich. Es waren schlanke, mürrisch aussehende junge Leute mit feschen Gürteln und Abzeichen am Arm. Er vermutete, daß es sich um Partisanen-Offiziere handelte. Einer fuhr ihn scharf in Deutsch an: »Aufstehen!«

Er gehorchte langsam, das Bedürfnis nach Schlaf war stärker als alles Furchtgefühl. Er hoffte, sie würden ihn schnell töten, damit er schlafen konnte.

»Name?«

»Schirmer.«

»Dienstgrad?«

»Feldwebel. Und wer sind Sie?«

»Das werden Sie schon noch merken. Sie sagt, Sie waren Fallschirmjäger und Ausbilder. Stimmt das?«

»Ja.«

»Wo haben Sie Ihr Eisernes Kreuz bekommen?«

Der Feldwebel war jetzt so weit wach, daß er auf eine Notlüge sinnen konnte. »In Belgien«, sagte er.
»Wollen Sie am Leben bleiben?«
»Wer will das nicht?«
»Faschisten wollen es nicht. Sie wollen lieber sterben, also legen wir sie um. Wahre Demokraten wollen leben. Sie beweisen das, indem sie mit ihren Klassengenossen gegen die Faschisten und die kapitalistisch-imperialistischen Aggressoren kämpfen.«
»Wer sind denn diese Aggressoren?«
»Die Reaktionäre und ihre anglo-amerikanischen Drahtzieher.«
»Von Politik versteh ich nichts.«
»Natürlich. Sie haben keine Gelegenheit gehabt, etwas darüber zu erfahren. Aber das ist ganz einfach. Faschisten sterben, wahre Demokraten leben. Sie können natürlich frei wählen, was Sie sein wollen, aber die Zeit ist knapp, und wir haben noch viel zu tun. Sie haben zwanzig Sekunden Zeit, um sich das zu überlegen. Gewöhnlich geben wir nur zehn Sekunden, aber Sie sind ja Unteroffizier, ein tüchtiger Soldat und ein wertvoller Ausbilder. Außerdem sind Sie kein Deserteur. Sie haben das Recht, sorgfältig zu überlegen, ehe Sie die heilige Verantwortung übernehmen, die man Ihnen bietet.«
»Und wenn ich die Rechte eines Kriegsgefangenen verlange?«
»Sie sind kein Gefangener, Schirmer. Sie haben sich nicht ergeben. Sie stecken noch mitten im Kampf. Im Augenblick sind Sie ein Feind Griechenlands und« — der Partisan hob die Pistole — »wir haben viel zu rächen.«
»Und wenn ich annehme?«
»Man wird Ihnen rechtzeitig Gelegenheit geben, Ihre politische Zuverlässigkeit, Ihre Loyalität und Ihr Können zu beweisen. Die zwanzig Sekunden sind längst um, was sagen Sie?«

Der Feldwebel zuckte die Achseln. »Ich nehme an.«

»Dann machen Sie eine Ehrenbezeigung!« sagte der Partisan scharf.

Einen Moment wollte der Feldwebel seinen rechten Arm hochheben, als er sah, wie der Finger des Partisanen den Abzug berührte. Schirmer ballte die linke Faust und hob sie über den Kopf.

Der Partisan lächelte schwach. »Sehr gut. Sie können gleich mitkommen.« Er ging zur Schlafzimmertür und öffnete sie. »Aber zunächst haben wir noch eine andere Sache zu erledigen.«

Er winkte Kyra in den Raum. Sie ging steif, ihr Gesicht eine tränenüberströmte Maske der Furcht. Sie sah den Feldwebel nicht an.

»Diese Frau«, sagte der Partisan lächelnd, »war so freundlich, uns von Ihrem Hiersein zu benachrichtigen. Ihr Bruder war ein Faschisten-Kollaborateur und Spion. Dadurch, daß sie Sie verriet, wollte sie uns beweisen, daß sie den wahren demokratischen Geist besitzt. Was halten Sie davon, Genosse Schirmer?«

»Ich denke, sie ist eine faschistische Hure«, sagte der Feldwebel kurz.

»Bravo. Das hab ich auch gedacht. Sie werden schnell lernen.«

Der Partisan sah seinen Begleiter an und nickte.

Die Pistole des andern bellte auf. Ehe Kyra schreien oder der Feldwebel auch nur daran denken konnte zu protestieren, waren drei Schüsse gefallen. Die Erschütterung riß ein kleines Stück Putz von der Decke. Der Feldwebel fühlte es auf seine Schulter fallen, als er sah, wie das Mädchen mit offenem Mund von der Gewalt der schweren Geschosse gegen die Wand geschleudert wurde. Dann sank sie lautlos zu Boden.

Der Partisanenoffizier beobachtete sie einen Moment gespannt, dann nickte er wieder und ging aus dem Zimmer.

Der Feldwebel folgte. Er wußte, daß er später, wenn er

nicht mehr so müde und verwirrt war, Entsetzen über das fühlen würde, was eben passiert war. Er hatte Kyra gern gehabt.

Feldwebel Schirmer diente über vier Jahre in der demokratischen Armee des Generals Markos.

Man hatte ihn nach der Dezember-Revolution 1944, bei der Markos zum Oberkommandierenden befördert wurde, nach Albanien geschickt. Dort war er Ausbilder in einem Lager gewesen, in dem die Guerillabanden zum Kampf in größeren Verbänden geschult wurden. In diesem Lager lernte er Arthur kennen.

Arthur war in einer britischen Kommandotruppe gewesen, die ein deutsches Hauptquartier in Nordafrika überfallen hatte. Er war dabei verwundet und gefangengenommen worden. Der kommandierende deutsche Offizier hatte den Befehl, gefangene Kommandosoldaten zu erschießen, ignoriert und Arthur mit einem Schub anderer britischer Gefangenen über Griechenland und Jugoslawien nach Deutschland geschickt. In Jugoslawien war Arthur entkommen; den Rest des Krieges verbrachte er damit, auf der Seite der Tito-Partisanen zu kämpfen. Als der Krieg zu Ende war, hatte er es durchaus nicht eilig, nach England zurückzukehren, sondern wurde einer der Ausbilder, die Tito stellte, um Markos zu unterstützen.

In Arthur fand der Feldwebel eine verwandte Seele. Sie waren beide Berufssoldaten und hatten als Unteroffiziere in einem *corps d'élite* gedient. Keiner hatte gefühlsmäßige Bindungen an seine Heimat. Beide liebten das Soldatsein um seiner selbst willen. Vor allem hatten sie die gleichen Ansichten in politischen Angelegenheiten.

Während der Zeit, da Arthur bei den Partisanen diente, hatte er so viele marxistische Phrasen gehört, daß er eine Menge davon auswendig kannte. Wenn er Langeweile hatte oder abgespannt war, sagte er sie blitzschnell herunter. Als der Feldwebel ihn das erste Mal so reden hörte, hatte ihn das aus der Fassung gebracht. Hinterher hatte er Arthur vertraulich ausgeholt.

»Hatte ja keine Ahnung, Corporal«, sagte er in der unbeholfenen Mischung von Griechisch, Englisch und Deutsch, die sie in ihrer Unterhaltung verwendeten, »ich hätte nie gedacht, daß du ein Roter bist.«

Arthur hatte gegrinst. »Nicht? Ich bin sogar einer der politisch zuverlässigsten Männer in der Abteilung.«

»Wirklich?«

»Beweise ich das nicht immer wieder? Hör dir nur an, wie viele Parolen ich kenne. Ich kann reden wie ein Buch.«

»Ja, das hab ich gemerkt.«

»Ich weiß natürlich nicht, was dieser ganze dialektische Materialismus bedeutet, aber ich verstehe ja auch nicht alles, was in der Bibel steht. In der Schule mußten wir immer Stückchen aus der Bibel aufsagen. Ich kriegte stets die besten Zensuren in Religion. Und hier bin ich eben politisch zuverlässig.«

»Du glaubst also nicht an die Sache, für die wir kämpfen?«

»Nicht mehr als du, Sergeant! Das überlasse ich den Dilettanten. Mein Beruf ist Soldatsein. Was soll ich mit einer ›Sache‹?«

Der Feldwebel hatte nachdenklich genickt und auf das Ordensband an Arthurs Hemd geschaut. »Glaubst du, Corporal, es besteht Aussicht, daß die Pläne von unserem General Erfolg haben?« hatte er gefragt. Obwohl sie beide in der Markos-Armee eine Offizierssstelle bekleideten, hatten sie beschlossen, im persönlichen Verkehr diese Tatsache zu ignorieren. Sie waren beide Unteroffiziere in einer richtigen Armee gewesen.

»Könnte sein«, sagte Arthur, »kommt drauf an, wieviel Fehler die andern machen, das ist ja immer so. Warum? Woran denkst du, Sergeant? Beförderung?«

Der Feldwebel hatte genickt. »Ja, Beförderung. Wenn diese Revolution Erfolg haben sollte, wären da dicke Pöstchen für

Leute, die tüchtig genug sind, zuzugreifen. Ich glaube, ich muß auch Schritte unternehmen, um politisch zuverlässig zu werden.«

Diese Schritte hatten sich als wirkungsvoll erwiesen, und seine Führerqualitäten wurden bald erkannt. 1947 führte er eine Brigade, Arthur war sein Stellvertreter. Als sich 1949 die Markos-Armee aufzulösen begann, war ihre Brigade eine der letzten, die noch im Grammos-Gebiet durchhielt.

Aber sie wußten inzwischen, daß die Revolution vorbei war, und waren verbittert. Keiner von ihnen hatte je an die Sache geglaubt, für die sie so lange zäh und geschickt gekämpft hatten. Aber der Verrat Titos und des Moskauer Polit-Büros erschien ihnen trotzdem als etwas Niederträchtiges.

»Verlaß dich nicht auf Fürsten!« hatte Arthur düster zitiert.

»Wer hat das gesagt?« hatte der Feldwebel gefragt.

»Die Bibel. Bloß dies sind keine Fürsten, dies sind Politiker.«

»Das ist dasselbe.« Ein träumerischer Blick kam in die Augen des Feldwebels. »Ich glaube, Corporal, in Zukunft dürfen wir uns nur noch auf uns selbst verlassen«, hatte er gesagt.

Elftes Kapitel

Es war kurz nach der Dämmerung, und die Berge über Florina zeichneten sich vor einem rosa Schimmer am Himmel ab, als der alte Renault George und Miss Kolin vor dem Kino absetzte, wo er sie vor zehn Stunden abgeholt hatte. Auf Georges Veranlassung bezahlte Miss Kolin den Fahrer und verabredete mit ihm, sie am Abend für die gleiche Fahrt wieder abzuholen. Sie gingen schweigend in ihr Hotel.

In seinem Zimmer zerriß George den Brief, den er vorsichtshalber für den Hotelbesitzer bereitgelegt hatte, und entwarf ein Telegramm an Mr. Sistrom.

»KLIENT BEFINDET SICH IN MERKWÜRDIGEN VERHÄLTNISSEN«, schrieb er, »IDENTITÄT ÜBER JEDEN ZWEIFEL ERHABEN STOP VERWICKELTE SITUATION VERHINDERT IHN DIREKT ZU IHREM BÜRO ZU BRINGEN STOP SCHICKE HEUTE AUSFÜHRLICHEN BERICHT STOP INZWISCHEN TELEGRAFIERT BEDINGUNGEN DES AUSLIEFERUNGSVERTRAGES ZWISCHEN USA UND GRIECHENLAND BESONDERS IN HINSICHT AUF BEWAFFNETEN BANKRAUB. CAREY.«

An diesem Telegramm, dachte George grimmig, konnte Sistrom sich die Zähne ausbeißen. Er las es noch einmal durch, kürzte es und übertrug es in den Code, den sie für streng vertrauliche Mitteilungen verabredet hatten. Als er fertig war, sah er auf die Uhr. Das Postamt würde erst in einer Stunde wieder öffnen. Er würde Sistrom schreiben und den Brief gleichzeitig aufgeben. Er seufzte. Es war eine anstrengende Nacht gewesen — anstrengend in einer ganz unerwarteten Weise. Als Kaffee und Brötchen kamen, die er im Restaurant bestellt hatte, setzte er sich, um seinen Bericht abzufassen.

»In meinem letzten Bericht«, begann er, »erzählte ich Ihnen von dem Beweis, der mir durch Madame Vassiotis geliefert wurde und von meinem daraus resultierenden Entschluß, so schnell wie möglich nach Hause zu fahren. Seitdem hat sich — wie Sie wohl aus meinem Telegramm entnommen haben — das Bild vollkommen geändert. Ich wußte natürlich, daß die Nachforschungen, die Madame Vassiotis veranlaßt hatte, allen möglichen Leuten zu Ohren kommen würden, die aus dem einen oder andern Grunde von den Behörden als Verbrecher angesehen werden. Ich hatte kaum erwartet, daß sie die Aufmerksamkeit jenes Mannes erregen würden, den wir suchen. Gerade das aber passierte. Vor vierundzwanzig Stunden setzte sich ein Mann mit mir in Verbindung, der behauptete, er habe Freunde, die über Schirmer Auskunft geben könnten. Daraufhin machten Miss Kolin und ich eine sehr unbequeme Fahrt mit geheimem Ziel irgendwo in den Bergen nahe der jugoslawischen Grenze. Am Ende der Fahrt wurden wir in ein Haus geführt und einem Mann gegenübergestellt, der behauptete, er sei Franz Schirmer. Nachdem ich den Zweck unseres Besuches erklärt hatte, stellte ich ihm verschiedene einschlägige Fragen, die er alle richtig beantwortete. Ich befragte ihn dann wegen des Überfalls bei Vodena und über seine späteren Erlebnisse. Er erzählte mir eine phantastische Geschichte.«

George zögerte; dann radierte er das Wort ›phantastisch‹ aus — Mr. Sistrom liebte derartige Adjektive nicht — und tippte das Wort ›merkwürdig‹ an seine Stelle.

Und dennoch, es *war* phantastisch, da im Lichte der Petroleumlampe zu sitzen und dem Ururenkel jenes Helden von Preußisch-Eylau zuzuhören, der in gebrochenem Englisch seine Abenteuer in Griechenland erzählte. Er hatte langsam gesprochen, manchmal mit dem Anflug eines Lächelns im Mundwinkel, die wachsamen grauen Augen immer auf die Besucher gerichtet, die er beobachtete und abschätzte. Der Dragoner von Ansbach, dachte George, mußte ihm sehr ähnlich gewesen sein, ein Mann von gleichem Schrot und Korn. Wo andere Männer den physischen Anstrengungen erlägen, würden Männer wie diese beiden Schirmer stets ausharren und am Leben bleiben. Der eine war verwundet worden und hatte sein Vertrauen in Gott gesetzt; er war desertiert und wurde ein erfolgreicher Kaufmann. Den andern hatte man für tot liegengelassen; er hatte auf sich selber vertraut, einen klaren Kopf bewahrt und sich durchgekämpft.

Was jedoch aus dem zweiten Feldwebel Schirmer geworden war, diese Frage hatte dieser selber nicht zu beantworten versucht.

Der Bericht von seinen Abenteuern hatte ergebnislos mit der Abriegelung der jugoslawischen Grenze durch Tito und einem bitteren Vorwurf gegen die kommunistischen Politiker geendet, die Markos' Truppen im Stich gelassen hatten. Aber George hatte jetzt kaum Zweifel über die Art der späteren Tätigkeit des Feldwebels. Sie entsprach einem alten Vorbild. Wenn geschlagene Revolutionsarmeen sich auflösten, wurden die Soldaten, die aus politischen Gründen nicht heimzukehren wagten oder kein Heim hatten, wohin sie zurückkehren konnten, zu Briganten. Und da ganz eindeutig weder der Feldwebel noch Arthur — um ein Wort von Oberst Chrysantos zu gebrauchen — einfältige, irregeführte Fanatiker von jenem Typ waren, der immer erwischt wird, war ihre Ausbeute in Saloniki sicherlich in ihre eigenen Taschen und die ihrer bewaffneten Helfer gewandert. Es war eine heikle Situation. Überdies mußte George die beiden, wenn er nicht verdächtig gleichgültig erscheinen wollte, auffordern, ihre Geschäfte, die sie auf ihre Weise machten, irgendwie zu erklären. Arthur hatte ihm Gelegenheit dazu gegeben.

»Habe ich Ihnen nicht gesagt, es sei der Mühe wert, zu kommen, Mr. Carey?« sagte er triumphierend, als der Feldwebel seine Erzählung beendet hatte.

»Gewiß, Arthur, und ich bin dafür sehr dankbar. Und natürlich verstehe ich jetzt auch den Grund für all diese Geheimniskrämerei.« Er blickte auf den Feldwebel. »Ich hatte keine Ahnung, daß in diesem Gebiet der Kampf immer noch andauert.«

»Nein?« Der Feldwebel trank sein Glas aus und setzte es heftig auf den Tisch. »Es liegt an der Zensur«, sagte er, »die Regierung verbirgt die Wahrheit vor der Welt.«

Arthur nickte ernst. »Richtige faschistisch-imperialistische Lakaien sind das«, sagte er.

»Aber wir wollen hier doch nicht über Politik reden.« Der Feldwebel lächelte, als er Miss Kolins Glas füllte. »Das interessiert eine schöne Dame nicht.«

Sie erwiderte kühl irgend etwas in Deutsch, und sein Lächeln verschwand. Einen Moment schien er Miss Kolins Worte noch einmal zu erwägen; dann wandte er sich fröhlich an George. »Lassen Sie uns die Gläser füllen und zur Sache kommen«, sagte er.

»Ja, das wollen wir«, sagte George. Er hatte den beruhigenden Eindruck bei ihnen hinterlassen, daß er sie für einfache Revolutionäre hielt, die immer noch um eine verlorene Sache kämpften. Das genügte.

»Ich glaube, Sie würden gern ein bißchen mehr über die ganze Angelegenheit wissen, nicht wahr, Sergeant?« fuhr er fort.

»Ja, das möchte ich.«

George erzählte ihm die Geschichte der Erbschaft von Anfang an.

Eine Zeitlang hörte der Feldwebel höflich zu und unterbrach nur, um sich gelegentlich einen juristischen Ausdruck erklären zu lassen. Wenn Miss Kolin ihn ins Deutsche übersetzte, zeigte er seine Anerkennung dafür jedesmal mit einem Nicken. Er schien beinahe gleichgültig zuzuhören, als ginge ihn die Sache in Wirklichkeit gar nichts an. Erst als George zu der Rolle kam, die der erste Feldwebel Schirmer durch seine Heldentaten bei Eylau spielte, änderte sich seine Haltung. Plötzlich neigte er sich über den Tisch und begann mit Fragen in knappem Kommandoton zu unterbrechen.

»Sie sagen Franz Schirmer? Er hatte denselben Namen und Dienstgrad wie ich, dieser Alte?«

»Ja. Und er war ungefähr im gleichen Alter wie Sie, als Sie über Kreta absprangen.«
»So. Bitte fahren Sie fort.«
George setzte seinen Bericht fort, aber nicht lange.
»Wo wurde er verwundet?«
»Am Arm.«
»Genau wie ich in Eben-Emael.«
»Nein, er bekam einen Säbelhieb.«
»Das macht nichts, das ist dasselbe. Weiter, bitte.«
George fuhr fort. Die Augen des Feldwebels waren gespannt auf ihn gerichtet. Er unterbrach wieder.
»Essen? Was hatte er zu essen?«
»Einige erfrorene Kartoffeln, die er aus einer Scheune geholt hatte.« George lächelte. »Wissen Sie, Sergeant, ich habe einen vollständigen Bericht von all diesem, aufgeschrieben von Schirmers zweitem Sohn Hans. Das ist der, der nach Amerika auswanderte. Er schrieb es für seine Kinder auf, um ihnen zu zeigen, was für ein tüchtiger Mann ihr Großvater war.«
»Haben Sie den Bericht hier?«
»Ich habe eine Abschrift im Hotel in Florina.«
»Kann ich sie sehen?« Er war jetzt ganz eifrig.
»Gewiß, die können Sie haben. Wahrscheinlich werden Sie letzten Endes das Original bekommen. Ich nehme an, alle Familienpapiere stehen Ihnen rechtmäßig zu.«
»Ah ja. Die Familienpapiere.« Er nickte gedankenvoll.
»Aber was Hans aufschrieb, ist keinesfalls die ganze Geschichte. Da gab es auch einige Dinge, die Franz Schirmer seinen Kindern nicht erzählt hat.«
»So? Und was war das?«
George berichtete ihm dann von dem Zusammentreffen mit Maria, über Mr. Moretons Nachforschungen und über seine Entdeckung der Wahrheit in den Armeeberichten in Potsdam.
Der Feldwebel lauschte jetzt, ohne zu unterbrechen, und als

George geendet hatte, sah er ein paar Augenblicke schweigend vor sich auf den Tisch. Schließlich sah er auf, und ein stilles Lächeln der Befriedigung lag auf seinen Zügen.

»Das war ein Kerl«, sagte er zu Arthur.

»Ja, das war er«, nickte Arthur zustimmend, »gleicher Name, gleicher Dienstgrad. Laß mal sehen — Dragoner, das war doch berittene Infanterie, nicht wahr?«

Aber der Feldwebel hatte sich schon wieder an George gewandt: »Und diese Maria, das war meine Ururgroßmutter?«

»Richtig. Marias erster Sohn Karl war Ihr Urgroßvater. Aber Sie sehen die Schwierigkeit, die wir durch die Namensänderung haben. Amelia Schneiders Vetter ersten Grades war Ihr Großvater Friedrich, und er hat sie überlebt. Erinnern Sie sich an ihn?«

Der Feldwebel nickte unbestimmt. »Ja, ich erinnere mich.«

»Gesetzlich hat er das Geld geerbt. Sie erben es von ihm über Ihren Vater. Da ist natürlich noch eine Menge zu tun, bis alles geklärt und geregelt ist. Ihr Anspruch muß durch die deutschen oder sogar Schweizer Gerichte geltend gemacht werden. Sie werden sich wohl zuerst um Schweizer Papiere kümmern müssen. Ich weiß das nicht. Es hängt von der Stellungnahme des Gerichts in Pennsylvania ab. Wir können bestimmt damit rechnen, daß der Staat Pennsylvania Ihren Anspruch bestreitet. Wie sich der Treuhänder für feindliches Vermögen verhalten wird, wissen wir noch nicht. Auf jeden Fall wird es schwierig sein. Aber ich nehme an, das macht Ihnen nichts aus?«

»Nein.« Aber er machte nicht den Eindruck, als hätte er Georges Erklärung viel Aufmerksamkeit geschenkt. »Ich bin noch nie in Ansbach gewesen«, sagte er langsam.

»Nun, Sie werden später Zeit genug haben, schätze ich. Jetzt zur geschäftlichen Seite des Falles. Die Rechtsanwaltsfirma, die ich vertrete, ist Anwalt des Nachlaßverwalters, darum können wir Sie nicht vertreten. Sie müssen einen anderen Anwalt nehmen. Ich weiß nicht, ob Sie genügend Geld haben, um den Fall durchzufechten. Das wird allerhand kosten. Wenn Sie das nicht können oder wollen, könnten wir Ihnen eine gute Firma empfehlen, die Sie bei prozentualer Beteiligung vertreten würde. Das heißt, sie würde einen gewissen Prozentsatz von allem bekommen, was sie herausholt. Erklären Sie das bitte alles, Miss Kolin.«

Sie erklärte es. Der Feldwebel hörte abwesend zu, dann nickte er.

»Sie sind einverstanden?« fragte George.

»Ja, ich bin einverstanden. Arrangieren Sie alles.«

»Okay. Wann könnten Sie nach Amerika fahren?«

George bemerkte, wie Arthur ihn scharf ansah. Nun würde der Krach losgehen.

Der Feldwebel runzelte die Stirn: »Amerika?«

»Ja. Wir könnten zusammen fahren, wenn Sie wollen.«

»Aber ich will nicht nach Amerika.«

»Well, Sergeant, wenn Sie Ihr Vermögen beanspruchen wollen, werden Sie das wohl müssen.« George lächelte. »Ohne Sie kann die Sache nicht ausgefochten werden.«

»Sie sagten doch, Sie würden alles veranlassen?«

»Ich sagte, daß wir Ihnen eine Anwaltsfirma empfehlen würden, die Sie vertritt. Aber ohne den Erbberechtigten vorzuführen, können die den Fall nicht bearbeiten. Sie werden Ihre Identität beweisen müssen und so weiter. Der Staat und der Treuhänder für feindliches Vermögen werden eine Menge Fragen an Sie stellen wollen.«

»Was für Fragen?«

»Alle möglichen Fragen. Wir wollen uns doch darüber im klaren sein: Sie sind verpflichtet, für jeden Augenblick Ihres Lebens Rechenschaft abzulegen, besonders für die Zeit, nachdem Sie als vermißt gemeldet wurden.«

»Da platzt die Bombe«, sagte Arthur.

George überhörte vorsichtshalber die Bemerkung.

»Oh, ich denke, der Sergeant hat deswegen keinen Grund,

sich zu beunruhigen«, sagte er. »Es ist eine rein amerikanische Rechtsangelegenheit. Die Tatsache, daß er hier in einem Bürgerkrieg gekämpft hat, interessiert Pennsylvania nicht. Wir könnten einige Schwierigkeiten haben, ein Visum zu bekommen, aber auch das dürften wir unter diesen besonderen Umständen erreichen. Natürlich könnten die Griechen ihm später Schwierigkeiten machen, wenn er hierher zurückkehren will, aber weiter auch nichts. Schließlich hat er ja kein schweres Verbrechen begangen, für das er der griechischen Regierung ausgeliefert werden müßte, nicht wahr?« Er machte eine Pause. »Sie sollten das übersetzen, Miss Kolin«, fügte er hinzu.

Miss Kolin übersetzte. Als sie fertig war, herrschte ein spannungsgeladenes Schweigen. Der Feldwebel und Arthur starrten sich grimmig an. Schließlich wandte sich der Feldwebel wieder an George.

»Wieviel, sagten Sie? Dies Geld?«

»Well, ich will ganz offen zu Ihnen sein, Sergeant. Solange ich nicht sicher war, wer Sie sind, wollte ich die Sache nicht allzu verlockend machen. Jetzt aber sollen Sie die Wahrheit erfahren. Nachdem Steuern und Kosten abgezogen sind, haben Sie ungefähr eine halbe Million Dollar zu erwarten.«

»Himmel!« sagte Arthur und der Feldwebel fluchte heftig auf deutsch.

»Natürlich nur, wenn Sie den Fall gewinnen. Die Regierung ist ebenfalls hinter dem Geld her. Wahrscheinlich wird sie versuchen, Sie als einen Betrüger hinzustellen, und Sie werden beweisen müssen, daß Sie keiner sind.«

Der Feldwebel war ungeduldig aufgesprungen und goß sich ein neues Glas Wein ein. George redete ununterbrochen weiter.

»Es kann doch nicht schwierig sein, denke ich, wenn man die Sache richtig anfaßt. Alle Möglichkeiten stehen offen. Zum Beispiel: Angenommen, man hat aus irgendeinem Grund Ihre Fingerabdrücke genommen — während Sie in der deutschen Armee dienten, etwa —, dann brauchten Sie sich um weiter nichts zu kümmern. Andererseits . . .«

»Bitte!« Der Feldwebel hob abwehrend die Hand. »Bitte, Mr. Carey, ich muß das überlegen.«

»Natürlich«, sagte George. »War dumm von mir. Es muß ja ein ziemlicher Schock für Sie gewesen sein, zu erfahren, daß Sie ein reicher Mann sind. Sie brauchen Zeit, sich darauf einzustellen.«

Wieder war Stille. Der Feldwebel blickte Arthur an, dann sahen beide nach Miss Kolin, die teilnahmslos mit ihrem Notizblock dasaß. Sie konnten sich in ihrer Gegenwart nicht aussprechen, weder in Griechisch noch in Deutsch. Arthur zuckte die Achseln. Der Feldwebel seufzte und setzte sich wieder zu George.

»Mr. Carey«, sagte er, »ich kann mich so schnell nicht entscheiden. Ich brauche Zeit. Da sind so viele Dinge.«

George nickte weise, als hätte er plötzlich den wahren Grund von Feldwebel Schirmers Dilemma verstanden. »Ah, ja. Daran hätte ich denken sollen, neben anderen Schwierigkeiten stellt diese Situation Sie vor ein Problem der revolutionären Ethik.«

»Wie bitte?«

Miss Kolin übersetzte schnell und mit einem gewissen Spott, der George gar nicht gefiel. Aber der Feldwebel schien das nicht zu bemerken.

Er nickte abwesend. »Ja, ja. So ist das. Ich brauche Zeit, um über manches nachzudenken.«

George fand, daß es notwendig war, jetzt etwas deutlicher zu sprechen.

»Über eins möchte ich Klarheit haben«, sagte er, »das heißt, wenn Sie nichts dagegen haben, mich in Ihr Vertrauen zu ziehen.«

»Ja? Und was ist das?«

»Sind Sie den griechischen Behörden unter Ihrem wirklichen Namen bekannt?«

»Hör mal, Freundchen...«, mahnte Arthur.

Aber George unterbrach ihn. »Das können Sie sich schenken, Arthur. Der Sergeant wird es mir letzten Endes doch sagen müssen, wenn ich ihm irgendwie von Nutzen sein soll. Das sehen Sie doch ein, Sergeant?«

Der Feldwebel überlegte einen Augenblick, dann nickte er. »Ja, Corporal, die Frage ist nötig. Ich verstehe seine Gründe. Mr. Carey, ich bin der Polizei unter einem andern Namen bekannt.«

»Gut. Ich habe kein Interesse, der griechischen Polizei zu helfen. Ich bin mit der Übergabe eines großen Vermögens betraut. Angenommen, wir könnten Ihr Pseudonym ganz aus der Sache heraushalten — und ich sehe keinen Grund, warum das nicht gehen sollte —, würde das Ihre Entscheidung erleichtern?«

Die klugen Augen des Feldwebels beobachteten ihn ständig. »Würden von solch einem glücklichen Erben keine Fotos in den Zeitungen erscheinen, Mr. Carey?«

»Aber sicher! Die Bilder würden die ganze Vorderseite füllen. Ah, jetzt verstehe ich! Sie meinen, Name oder nicht, die Tatsache, daß Sie in Griechenland waren, würde hier sicher Aufmerksamkeit erregen, und aufgrund der Bilder würde man Sie auf alle Fälle identifizieren.«

»So viele Leute kennen mein Gesicht«, sagte der Feldwebel entschuldigend. »Also, Sie sehen, ich muß das überlegen.«

»Ja, ich kann's begreifen«, sagte George. Er wußte nun, daß der Feldwebel die Lage genauso klar sah wie er. Wenn der Raub oder die Räubereien, in die er verwickelt war, auslieferungswürdige Verbrechen waren, dann wäre jede Presseveröffentlichung unangenehm für ihn. Zu denen, die sein Gesicht erkennen würden, gehörten zum Beispiel auch die Angestellten der Zweigstelle der Eurasian Credit Bank in Saloniki. Daß George die wahren Verhältnisse kannte, davon hatte der Feldwebel allerdings keine Ahnung. Aber ohne Zweifel würde man ihn eines Tages auch darüber aufklären können. Vielleicht in Mr. Sistroms Büro. Im Augenblick war Diskretion am Platz.

»Wie lange wollen Sie sich das überlegen, Sergeant?«

»Bis morgen. Wenn Sie morgen abend wiederkommen wollen, können wir darüber sprechen.«

»Okay.«

»Und Sie bringen auch meine Familienpapiere mit?«

»Das werde ich tun.«

»Dann auf Wiedersehen.«

»Auf Wiedersehen.«

»Vergessen Sie die Papiere nicht!«

»Nein, ich vergesse sie nicht, Sergeant.«

Arthur brachte sie zum Wagen zurück. Er ging schweigend neben ihnen her. Es war offensichtlich, daß auch er viel zu überlegen hatte. Aber als sie wieder im Wagen saßen und er das Verdeck überziehen wollte, hielt er inne und lehnte sich an das hintere Wagenbrett.

»Mögen Sie den Sergeanten?« fragte er.

»Ja, er ist ein ganzer Kerl. Sie hängen wohl sehr an ihm?«

»Der beste Kumpel auf der Welt«, sagte Arthur kurz. »Ich fragte nur so. Ich möchte nicht, daß ihm irgend etwas passiert, wenn Sie meine Meinung wissen wollen.«

George kicherte. »Möchten Sie der unbeliebteste Mann in Philadelphia sein, Arthur?«

»Wieso?«

»Das würde ich nämlich sein, wenn Franz Schirmer irgendwas zustößt.«

»O lala. Dann will ich nichts gesagt haben.«

»In Ordnung. Was halten Sie davon, wenn wir diesmal abwärts die Kurven ein bißchen langsamer nehmen?«

»Okay, Freund. Sie haben zu bestimmen. Fahren wir also langsam.«

Die Öffnung zwischen dem Sitz des Fahrers und dem Wageninneren war durch eine Klappe getrennt. Während der Fahrt hinunter zur Schlucht zündete George ein Zündholz an, so daß Miss Kolin die falschen Nummernschilder nochmals überprüfen konnte. Sie betrachtete sie sorgfältig und nickte. George löschte ungeduldig das Streichholz aus. Die schwache Hoffnung, daß der Feldwebel sich schließlich doch als einer der harmlosen Eiferer vom Phengaros-Typ erweisen würde, mußte er nun aufgeben. Es war Unsinn, sich noch an so einen Strohhalm zu klammern.

Nachdem sie versprochen hatten, am nächsten Abend sich am gleichen Platz wiederzutreffen, verließ Arthur sie bei der Schlucht. Sie stolperten zurück zum Wagen, weckten den alten Mann auf und fuhren nach Florina zurück.

Obwohl es die erste Gelegenheit war, sich wieder ungestört zu unterhalten, seit sie dem Feldwebel begegnet waren, verharrten beide eine Zeitlang ohne ein Wort. Endlich brach Miss Kolin das Schweigen.

»Was wollen Sie tun?« fragte sie.

»Dem Büro telegrafieren und Anweisungen erbitten.«

»Nicht die Polizei benachrichtigen?«

»Nicht, ehe mir das Büro den Auftrag gibt. Jedenfalls bin ich durchaus nicht sicher, ob wir mehr als einen vagen Verdacht mitteilen könnten.«

»Ist das Ihre ehrliche Meinung?«

»Miss Kolin, man hat mich nicht nach Europa geschickt, um hier den griechischen Polizeispitzel zu spielen. Ich soll den rechtmäßigen Schneider-Johnson-Erben finden und nach Philadelphia bringen. Nun, und das tue ich. Es geht mich gar nichts an, *was* er hier ist. Er kann ein Brigant, ein Räuber, ein Geächteter, ein reisender Handelsmann oder meinetwegen der Metropolit von Saloniki sein; das ist mir gleichgültig. In Philadelphia ist er der rechtmäßige Anwärter auf die Schneider-Johnson-Erbschaft, und was er hier ist, hat auf seinen Anspruch nicht den geringsten Einfluß.«

»Ich glaube, es würde doch seinen Wert vor Gericht erheblich beeinträchtigen.«

»Darüber soll sich sein Anwalt den Kopf zerbrechen, nicht

ich. Der mag es damit halten, wie er Lust hat. Außerdem, wieso kümmern Sie sich darum?«

»Ich dachte, Sie glaubten an Gerechtigkeit.«

»Tue ich. Darum wird Franz Schirmer auch nach Philadelphia gehen, wenn ich ihn dazu überreden kann.«

»Gerechtigkeit!« Sie lachte unangenehm.

George war der Sache müde; nun wurde er ärgerlich.

»Sehen Sie, Miss Kolin, Sie sind als Dolmetscherin engagiert und nicht als Rechtsberaterin oder mein Berufsgewissen. Wir wollen uns doch beide um unsere eigene Arbeit kümmern. Im Augenblick ist einzig und allein die Tatsache von Wichtigkeit, daß dieser Mann — so unglaublich es auch scheint — Franz Schirmer ist.«

»Er ist außerdem ein Deutscher von der übelsten Sorte«, sagte sie mürrisch.

»Es interessiert mich doch nicht, was für ein Typ er ist. Was für mich allein in Betracht kommt, ist die Tatsache, daß er existiert.«

Einen Augenblick herrschte Schweigen, und er glaubte das Thema damit beendet. Dann begann sie wieder zu lachen.

»Ein ganzer Kerl, dieser Sergeant«, sagte sie spöttisch.

»Hören Sie, Miss Kolin«, begann er, »ich war sehr . . .«

Aber sie hörte nicht mehr zu. »Das Schwein!« schrie sie wütend. »Das dreckige Schwein!«

George starrte sie an. Sie trommelte mit den Fäusten auf ihre Knie und wiederholte: »Dies dreckige . . .«

»Miss Kolin, glauben Sie nicht . . .«

Sie fuhr herum. »Dies Mädchen in Saloniki. Sie haben doch gehört, was er getan hat?«

»Ich hab auch gehört, was sie getan hat.«

»Doch nur aus Rache, weil er sie verführt hat! Und wie viele andere mag er ebenso behandelt haben?«

»Sind Sie nicht ein bißchen töricht?«

Sie hörte ihn nicht. »Wie viele Opfer?« Sie erhob die Stimme. »So machen sie's immer, diese Bestien — morden, foltern, vergewaltigen, wo sie hinkommen. Was wissen die Amerikaner und Engländer von ihnen? Eure Armeen fechten nicht in eurem eigenen Land. Fragen Sie die Franzosen über die Deutschen in ihren Straßen und Häusern. Fragen Sie die Polen und Russen, die Tschechen, die Jugoslawen. Diese Männer sind ein unflätiger Schmutz auf dem Land, das sie erdulden muß. Dreck! Prügeln und foltern, prügeln und foltern, mit ihrer Macht einfach alles überwältigen, bis sie ... bis sie ...«

Sie brach ab, mit leerem Blick vor sich hinstierend, als hätte sie vergessen, was sie sagen wollte. Dann brach sie plötzlich in einen leidenschaftlichen Weinkrampf aus.

George saß so gleichmütig da, wie seine Verlegenheit und das Schlingern des Wagens es erlaubten. Er versuchte sich zu erinnern, wie viele Schnäpse er sie hatte trinken sehen, seit sie Florina verlassen hatten. Ihm schien jetzt, daß ihr Glas nicht ein einziges Mal leer gewesen war, während sie im Hauptquartier des Feldwebels waren, aber er wußte es nicht ganz genau. Wahrscheinlich hatte sie immer rechtzeitig nachgefüllt. Wenn's so war, mußte sie den größten Teil der Flasche Zwetschgenschnaps bekommen haben und ihre Nachtisch-Kognaks obendrein. Er war zu beschäftigt gewesen, um darauf zu achten.

Sie schluchzte jetzt leise. Der alte Mann am Steuer hatte sich nur einmal umgesehen und sich dann nicht weiter darum gekümmert. Wahrscheinlich war er an verrückte Weiber gewöhnt. George nicht. Sie tat ihm leid, aber er entsann sich auch ihres Vergnügens an den Anekdoten von Oberst Chrysantos, dem Mann, ›der mit Deutschen umzugehen verstand‹.

Nach einer Weile schlief sie ein, den Kopf in ihren Armen gegen den Rücksitz gelehnt. Als sie wieder erwachte, brach schon der Tag an. Eine Zeitlang stierte sie auf die Straße, ohne darauf zu achten, wie der Wind ihr Haar zerzauste, dann zog sie eine Zigarette heraus und versuchte, ihr Feuerzeug in Gang zu setzen. Aber der Windzug im Wagen war zu heftig, und so bot George ihr seine brennende Zigarette. Sie dankte ganz normal, sie verlor kein Wort über ihren Ausbruch. Zweifellos hatte sie das schon wieder vergessen. Bei Miss Kolin, sagte er sich, war eben alles möglich.

George beendete seinen Bericht an Mr. Sistrom und versiegelte den Umschlag. Die Post würde jetzt wohl schon offen sein, dachte er. Er nahm den Brief und das Telegramm und ging nach unten.

Er hatte Miss Kolin vor über einer Stunde verlassen, als sie in ihr Zimmer gegangen war. Zu seiner Verwunderung sah er sie mit den Resten eines Frühstücks vor sich im Café sitzen. Sie hatte sich umgezogen und sah aus, als hätte sie die ganze Nacht geschlafen.

»Ich dachte, Sie seien zu Bett gegangen?« fragte er.

»Sie sagten, Sie wollten ein Telegramm an Ihr Büro schikken; ich habe gewartet, um es zur Post zu bringen. Die machen dort so viel Umstände wegen der Telegramme. Es werden selten welche aufgegeben. Ich dachte, Sie wollten sich nicht selbst damit herumschlagen.«

»Das ist sehr freundlich von Ihnen, Miss Kolin. Hier ist es. Hier ist auch mein Bericht. Schicken Sie ihn per Luftpost, bitte.«

»Natürlich.«

Sie ließ Geld für das Frühstück auf dem Tisch und ging durch die Halle der Straße zu, als der Portier ihr nachkam und ihr etwas auf französisch sagte. George hörte nur das Wort *téléphone*.

Sie nickte dem Portier zu und lächelte George an, etwas verlegen, wie ihm schien.

»Mein Gespräch mit Paris«, sagte sie. »Ich hatte meinen Freunden telegrafiert, daß ich zurückkomme. Ich wollte ihnen Nachricht geben, daß ich hier noch aufgehalten werde. Wie lange, meinen Sie, werden wir noch bleiben?«

»Zwei, drei Tage, denke ich.« Er wandte sich zum Gehen.

»Hat ja großartig funktioniert, Verbindung von hier mit Paris in einer Stunde«, fügte er hinzu.

»Ja.«

Er sah, wie sie die Telefonzelle betrat und zu sprechen begann, als er nach oben in sein Zimmer ging, um zu schlafen.

Abends um acht Uhr trafen sie den alten Mann mit seinem Renault wieder und fuhren zum zweitenmal zum Hauptquartier des Feldwebels.

George hatte den größten Teil des Tages unruhig geschlafen und fühlte sich darum noch müde. In der vagen Hoffnung auf ein Antworttelegramm von Mr. Sistrom war er am späten Nachmittag aufgestanden und hatte unten nachgefragt. Aber es war nichts gekommen. Er war enttäuscht, aber nicht verwundert. Sistrom mußte wohl erst überlegen und Auskünfte einholen, bevor er eine entscheidende Antwort schicken konnte. Miss Kolin war ausgewesen. Als er so neben ihr im Wagen saß, fiel ihm auf, daß die lederne Tasche, die sie an einem Riemen über der Schulter trug, dicker war als gewöhnlich. Er sagte sich, daß sie wohl eine Flasche Kognak gekauft habe, um sich während der Fahrt zu stärken. Er hoffte, etwas beunruhigt, daß sie es nicht zu arg treiben würde.

Arthur erwartete sie an derselben Stelle und ergriff die gleichen Vorsichtsmaßnahmen, indem er das Verdeck wieder überzog. Es war noch wärmer als in der vorangegangenen Nacht. George protestierte.

»Ist das wirklich noch notwendig?«

»Tut mir leid, Freund, muß sein.«

»Eine kluge Vorsichtsmaßnahme«, sagte Miss Kolin ganz unerwartet.

»Ja, das stimmt, Miss.« Arthur schien darüber ebenso überrascht wie George. »Haben Sie die Papiere für den Sergeanten, Mr. Carey?«

»Habe ich.«

»Gut. Er war schon in Sorge, daß Sie es vergessen könnten. Kann es kaum erwarten, etwas über seinen Namensvetter zu erfahren.«

»Ich habe sogar eine alte Fotografie von ihm mitgebracht.«

»Dafür werden Sie einen Orden bekommen.«

»Wie hat er sich entschieden?«

»Ich weiß nicht. Wir haben uns gestern abend, nachdem Sie weg waren, noch unterhalten, aber ... naja. Sie werden ja mit ihm sprechen. So, sind wir soweit? Alles fertig? Ich werde vorsichtig fahren.«

Sie fuhren wieder über die mit Geröll bestreute Straße zu dem verfallenen Haus hinauf. Nachdem sie es erreicht hatten, mußten sie wieder die gleichen Sicherungsmaßnahmen wie das erste Mal über sich ergehen lassen. Diesmal allerdings schwiegen George und Miss Kolin, als sie unter den Tannen warteten, bis Arthur die Wache von ihrer Ankunft verständigt hatte. Sie hatten sich nichts zu sagen. Arthur kam zurück und führte sie zum Haus.

Der Feldwebel begrüßte sie in der Halle, drückte George die Hand und schlug vor Miss Kolin die Hacken zusammen. Er lächelte, schien aber heimlich in Sorge, als zweifelte er an ihrem guten Willen. George stellte befriedigt fest, daß Miss Kolin wieder ihre gewöhnliche Teilnahmslosigkeit zeigte.

Der Feldwebel führte sie in das Eßzimmer, füllte die Gläser und beäugte Georges Aktentasche.

»Sie haben die Papiere mitgebracht?«

»Selbstverständlich.« George öffnete die Tasche.

»Ah!«

»Und ein Foto von dem Dragoner«, fügte George hinzu.

»Wirklich?«

»Ja, es ist alles da.« George nahm einen Ordner heraus, den er aus Philadelphia mitgebracht hatte. Er enthielt Fotokopien von jedem wichtigen Dokument. »Der Corporal hatte keine Zeit, den interessanten Teil zu lesen, als er mein Zimmer durchsuchte«, fügte er grinsend hinzu.

»*Touché*«, sagte Arthur gleichmütig.

Der Feldwebel setzte sich an den Tisch, das Glas in der Hand, seine Augen glänzten erwartungsvoll, als würde man ihm ein köstliches Mahl auftischen. George breitete die Dokumente einzeln vor ihm aus und erklärte dabei von jedem Herkunft und Bedeutung. Der Feldwebel nickte verstehend zu jeder Erklärung oder wandte sich an Miss Kolin um Auskunft; aber George erkannte bald, daß nur einige Urkunden ihn wirklich interessierten — jene, die den ersten Franz Schirmer direkt betrafen. Selbst ein Foto von Martin Schneider, dem Fabrikanten alkoholfreier Getränke, der das Vermögen zusammengescharrt hatte, das der Feldwebel vielleicht erben würde, lockte nicht mehr als einen höflichen Ausruf hervor. Dagegen studierte er minutenlang die Fotokopien und die Kirchenregistereintragungen, die Franzens Heirat betrafen, sowie die Taufurkunde von Karl. Er sprach dabei die deutschen Worte laut vor sich hin. Die Fotografie des alten Franz faßte er wie eine heilige Reliquie an. Lange Zeit starrte er darauf, ohne ein Wort zu sprechen; dann wandte er sich an Arthur.

»Schau mal, Corporal«, sagte er ruhig, »sehe ich ihm nicht ähnlich?«

»Wie aus dem Gesicht geschnitten, wenn man den Bart wegnimmt«, stimmte Arthur zu.

Und tatsächlich, für jemand, der das Verwandtschaftsverhältnis kannte, war eine starke Ähnlichkeit zwischen den beiden Schirmers festzustellen. Da war die gleiche Strenge und Kraft in den Gesichtern, die gleiche Entschlossenheit um die Mundpartie, beide hatten die gleiche aufrechte Haltung. Die großen Hände, die auf der Daguerreotypie die Armlehnen umfaßten, und diejenigen, die dieses Foto hielten, hätten tatsächlich dem gleichen Manne gehören können, dachte George.

Es klopfte an der Tür. Die Schildwache steckte den Kopf herein und winkte Arthur.

Arthur seufzte ungeduldig. »Werd lieber mal nachsehen, was er will«, sagte er, ging hinaus und schloß die Tür hinter sich.

Der Feldwebel beachtete es nicht. Er lächelte jetzt über Hans Schneiders Bericht von Eylau und die Fotokopie einer Seite aus dem Kriegstagebuch der Dragoner, und zwar derjenigen, die von Franz Schirmers Fahnenflucht handelte. Dieser alte Bericht, den George daneben gelegt hatte, schien ihm besonderes Vergnügen zu machen. Immer wieder blickte er auf die Fotografie seines Ahnen. George vermutete, daß des Feldwebels Versäumnis, nach Deutschland zurückzukehren — während einer der Amnestien bestand die Möglichkeit —, auch eine Art Fahnenflucht war. Vielleicht freute sich der Feldwebel nun über die beruhigende Erfahrung aus der Vergangenheit, daß Sünder nicht immer dem Teufel verfallen sind. Entgegen dem Glauben seiner Kindheit konnten Gesetzlose und Deserteure nicht anders als Märchenprinzen hinterher ganz glücklich leben.

»Haben Sie sich nun entschieden, was Sie tun wollen?« fragte George.

Der Feldwebel blickte auf und nickte. »Ja, ich glaube wohl, Mr. Carey. Aber zunächst müssen Sie mir noch einige Fragen beantworten.«

»Ich werde mich bemühen...«, begann George.

Aber er erfuhr nie, was der Feldwebel fragen wollte. Denn in diesem Moment wurde die Tür aufgestoßen, und Arthur kam zurück ins Zimmer.

Er knallte die Tür hinter sich zu, trat an den Tisch und sah George und Miss Kolin wütend an. Sein Gesicht war verzerrt und grau vor Zorn. Plötzlich warf er zwei hellgelbe Röhrchen vor ihnen auf den Tisch.

»All right«, sagte er. »Wer von euch beiden war's? Oder habt ihr's beide gemacht?«

Die Röhrchen waren etwa eineinhalb Zoll lang und einen halben Zoll dick. Sie sahen aus, als wären sie aus Bambus geschnitten und dann gefärbt worden. Die drei am Tisch starrten darauf und dann wieder auf Arthur.

»Was soll das?« schnauzte der Feldwebel.

Arthur brach in einen zornigen Wortschwall in Griechisch aus. George blickte auf Miss Kolin. Ihr Gesicht war immer noch teilnahmslos, aber sie war sehr blaß geworden. Dann schwieg Arthur, und es war still.

Der Feldwebel nahm eins der Röhrchen auf; dann blickte er auf George und Miss Kolin. Sein Gesicht wurde starr. Er nickte Arthur zu.

»Erklär es Mr. Carey.«

»Als wenn er's nicht wüßte!« Arthur preßte die Lippen aufeinander. »Also gut. Jemand hat aus diesen Dingern eine Spur von der Schlucht hier herauf hinterlassen. Alle fünfzig Meter so ein Ding, damit uns jemand folgen kann. Einer von unseren Burschen, der mit einer Taschenlampe heraufkam, hat sie entdeckt.«

Der Feldwebel sagte etwas auf deutsch.

Arthur nickte. »Ehe ich hereinkam, hab ich alle Mann auf die Suche geschickt, um sie einzusammeln.« Er sah George an. »Irgendeine Idee, wer sie ausgestreut haben könnte, Mr. Carey? Ich fand eines von diesen beiden zwischen dem Verdeck und dem Boden des Wagens eingeklemmt; also versuchen Sie lieber nicht, sich dumm zu stellen.«

»Dumm oder nicht«, sagte George ruhig, »ich weiß nichts davon. Was ist denn das?«

Der Feldwebel stand langsam auf. George konnte den Puls an seinem Hals schlagen sehen, als er Georges offene Aktentasche heranzog und hineinblickte. Dann klappte er sie wieder zu.

»Man sollte vielleicht die Dame fragen«, sagte er.

Miss Kolin saß ganz steif da und blickte starr vor sich hin.

Plötzlich langte Schirmer nach unten und ergriff ihre Handtasche, die auf dem Boden neben ihrem Stuhl stand.

»Sie erlauben?« sagte er, griff hinein und zog ein Gewirr von dünner Schnur heraus.

Als er langsam an der Schnur zog, kam so ein gelbes Röhrchen heraus, dann ein weiteres, schließlich eine Handvoll von diesen Dingern, rote und blaue ebenso wie gelbe. Es waren Holzperlen von der Art, wie man sie für Perlvorhänge verwendet.

Jetzt wußte George, daß es keine Flasche Kognak gewesen war, wovon ihre Handtasche so vollgestopft erschien. Ihm wurde elend.

»So!« Der Feldwebel warf die Perlen auf den Tisch. »Haben Sie davon gewußt, Mr. Carey?«

»Nein.«

»Richtig«, warf Arthur plötzlich ein, »es war dies kleine mürrische Fräulein, die das Verdeck übergezogen haben wollte. Er sollte natürlich nicht sehen, was sie vorhatte.«

»Um Gotteswillen, Miss Kolin«, sagte George ärgerlich, »was glauben Sie denn, was Sie da spielen?«

Sie stand entschlossen auf, als wollte sie einen Mißtrauensantrag in einer öffentlichen Versammlung beantragen, und wandte sich an George. Arthur und den Feldwebel würdigte sie keines Blicks. »Ich muß das wohl erklären, Mr. Carey«, sagte sie kühl. »Im Interesse der Gerechtigkeit und weil Sie sich weigerten, selber in der Angelegenheit etwas zu unternehmen, hielt ich es für meine Pflicht, Oberst Chrysantos anzurufen und ihn in Ihrem Namen zu benachrichtigen, daß die Männer, die die Eurasian Credit Bank beraubten, sich hier aufhalten. Auf seine Anweisung hin habe ich die Fährte von der Schlucht aus markiert, so daß seine Truppen...«

Die Faust des Feldwebels traf sie voll auf den Mund, und sie stürzte in die Ecke des Zimmers, wo die leeren Flaschen standen.

George sprang auf. Im gleichen Augenblick stieß der Kolben von Arthurs Pistole schmerzhaft in seine Seite.

»Bleib stehen, Freund, oder dir passiert was«, sagte Arthur. »Sie hat's ja gewollt, nun kriegt sie's.«

Miss Kolin lag auf den Knien, das Blut tropfte von ihrer aufgeschlagenen Lippe. Alle beobachteten sie, als sie sich langsam aufrichtete. Plötzlich ergriff sie eine Flasche und warf sie nach dem Feldwebel. Er machte keine Bewegung. Sie verfehlte ihn um Haaresbreite und zerschmetterte an der gegenüberliegenden Wand. Er trat vor und schlug sie hart mit dem Handrücken ins Gesicht. Sie sank wieder zu Boden. Sie hatte keinen Laut von sich gegeben. Sie blieb auch jetzt stumm. Nach einem Augenblick versuchte sie wieder aufzustehen.

»Ich dulde das nicht länger«, sagte George zornig und wollte vorstürzen.

Die Pistole fuhr in seine Seite. »Versuch's, Freundchen, und du kriegst eine Kugel in den Balg. Das geht dich gar nichts an, also halt den Mund!«

Miss Kolin nahm wieder eine Flasche auf. Das Blut lief ihr aus der Nase. Sie fixierte wieder den Feldwebel.

»Du Schuft!« zischte sie giftig und sprang ihn an.

Er wischte die Flasche beiseite und schlug sie abermals mit der Faust ins Gesicht. Als sie diesmal stürzte, versuchte sie nicht wieder hochzukommen, sondern blieb keuchend liegen.

Der Feldwebel ging zur Tür und öffnete sie. Der Posten, der Arthur vorhin benachrichtigt hatte, wartete dort. Der Feldwebel winkte ihn herein, zeigte auf Miss Kolin und gab einen Befehl auf griechisch. Der Posten grinste und hängte die Flinte über den Rücken. Dann trat er zu Miss Kolin und stellte sie wieder auf die Füße. Sie stand schwankend da und wischte sich das Blut mit der Hand aus dem Gesicht. Er packte ihren Arm und sagte etwas zu ihr. Ohne ein Wort zu sagen und ohne jemand anzublicken ging sie zur Tür.

»Miss Kolin . . .« George ging auf sie zu.

Sie kümmerte sich nicht darum. Der Posten stieß ihn zur Seite und folgte ihr aus dem Zimmer. Die Tür schloß sich.

Angeekelt und zitternd wandte sich George dem Feldwebel zu.

»Langsam, Freund«, sagte Arthur, »du willst hier wohl den heldenhaften Retter spielen? Das zieht hier nicht.«

»Wohin bringt man sie?« fragte George.

Der Feldwebel leckte sich das Blut von seinem Knöchel.

Er blickte George flüchtig an, setzte sich an den Tisch und nahm den Paß aus Miss Kolins Handtasche.

»Maria Kolin«, bemerkte er, »Französin.«

»Ich habe gefragt, wo man sie hinbringt?«

Arthur stand immer noch hinter ihm. »Ich würde nicht starrköpfig sein, Mr. Carey«, riet er ihm, »vergessen Sie nicht, Sie haben sie hergebracht.«

Der Feldwebel untersuchte den Paß. »Geboren in Belgrad«, sagte er, »Slawin.« Er klappte den Paß zu. »Und nun wollen wir uns mal ein bißchen unterhalten.«

George wartete. Der Blick des Feldwebels ruhte auf ihm.

»Wie haben Sie das rausgekriegt, Mr. Carey?«

George zögerte.

»Raus mit der Sprache, Freund!«

»Der Wagen, mit dem der Corporal uns raufbrachte, hatte eine Vorrichtung für falsche Nummernschilder. Diese Schilder lagen auf dem Boden des Wagens. Dieselben Nummern, die in den Saloniki-Zeitungen erwähnt wurden.«

Arthur fluchte.

Der Feldwebel nickte kurz. »So! Das wußte Sie schon gestern abend?«

»Ja.«

»Aber *Sie* sind heute nicht zur Polizei gegangen?«

»Ich habe meinem Büro nur verschlüsselt telegrafiert, daß sie feststellen sollten, was für ein Auslieferungsvertrag zwischen Amerika und Griechenland besteht in bezug auf bewaffneten Bankraub.«

»Wie bitte?«

Arthur erklärte es in Griechisch.

Der Feldwebel nickte. »Das war gut. Wußte sie, daß Sie das getan haben?«

»Ja.«

»Warum erzählt sie's dann Chrysantos?«

»Sie mag die Deutschen nicht.«

»Ach so, deshalb.«

George blickte demonstrativ auf die Hände des Feldwebels.
»Ich kann ihre Gefühle durchaus verstehen.«
»Vorsicht, Freund.«
Der Feldwebel lächelte rätselhaft. »So, Sie verstehen ihre Gefühle? Das glaube ich nicht.«
Der Posten kam herein, gab dem Feldwebel unter erklärenden Worten einen Schlüssel und ging wieder hinaus.
Der Feldwebel steckte den Schlüssel in die Tasche und goß sich ein Glas Zwetschgenschnaps ein. »Und nun müssen wir überlegen, was da zu machen ist. Ihre kleine Freundin ist oben in einem Raum sicher untergebracht. Ich fürchte, Mr. Carey, wir müssen auch Sie jetzt bitten, zu bleiben. Nicht daß ich Ihnen etwa mißtraute. Aber weil sie nicht alles verstehen, möchten Sie im Augenblick am liebsten den Corporal und mich vernichten. In zwei Tagen vielleicht, wenn der Corporal und ich unsere Angelegenheiten erledigt haben, können Sie gehen.«
»Wollen Sie mich mit Gewalt hier festhalten?«
»Nur wenn Sie nicht so vernünftig sind und bleiben wollen.«
»Vergessen Sie auch nicht, warum ich hergekommen bin?«
»Nein. In zwei Tagen werde ich Ihnen meine Entscheidung mitteilen, Mr. Carey. Bis dahin bleiben Sie.«
»Und wenn ich Ihnen sage, daß Sie genauso wenig Aussicht auf die Erbschaft haben, wie der Posten da draußen, wenn Sie Miss Kolin und mich nicht sofort freilassen?«
»Ihr Büro in Amerika würde sehr traurig sein. Arthur hat mir das erklärt.«
George fühlte, daß er rot wurde. »Denken Sie gar nicht daran, daß Oberst Chrysantos nicht lange brauchen wird, diesen Platz zu finden, mit oder ohne Fährte? In zwei oder drei Stunden kann er Sie mit seinen griechischen Truppen umzingelt haben.«
Arthur lachte. Der Feldwebel lächelte grimmig.
»Wenn er das täte, Mr. Carey, würde er Unannehmlich-

keiten mit seiner Regierung haben. Aber Sie brauchen sich nicht zu beunruhigen. Wenn dieser böse Oberst kommt, werden wir Sie beschützen. Ein Glas Wein? Nein? Schnaps? Auch nicht? Da Sie müde sein werden, wird der Corporal Ihnen zeigen, wo Sie schlafen können. Gute Nacht!« Er nickte zum Abschied und vertiefte sich wieder in die Fotokopien. Diejenigen, die ihn besonders interessierten, legte er neben sich.

»Hier lang, Freund.«

»Einen Augenblick. Was geschieht mit Miss Kolin, Sergeant?«

Der Feldwebel blickte gar nicht auf. »Um die brauchen Sie sich keine Sorgen zu machen, Mr. Carey. Gute Nacht.«

Arthur ging voran. George folgte, der Posten machte den Nachtrab. Sie gingen hinauf in einen verlassenen Raum mit einer Strohmatratze auf dem Fußboden. Auch ein Kübel stand da. Der Posten brachte eine Petroleumlampe.

»Ist nur für ein paar Nächte, Mr. Carey«, sagte Arthur: Hotelempfangschef, der sich bei einem unerwartet eintreffenden geschätzten Gast entschuldigt. »Sie werden den Strohsack ziemlich sauber finden. Der Sergeant hält viel auf Hygiene.«

»Wo ist Miss Kolin?«

»Nebenan.« Er zeigte mit dem Daumen. »Aber machen Sie sich ihretwegen keine Sorgen. Es ist ein besseres Zimmer als das hier.«

»Was meinte der Sergeant damit, daß Chrysantos mit der Regierung Unannehmlichkeiten haben könnte?«

»Wenn er uns zu umzingeln versucht? Well, die griechische Grenze ist fast einen Kilometer entfernt. Wir sind hier auf jugoslawischem Gebiet. Ich dachte, das hätten Sie erraten.«

George verdaute diese beunruhigende Nachricht, während Arthur den Lampendocht in Ordnung brachte.

»Und was machen die Grenzpatrouillen?«

Arthur hängte die Lampe an einen Haken, der aus der Mauer ragte. »Du willst zuviel wissen, Freund.« Er ging zur

Tür. »Kein Schloß an der Tür, aber für den Fall, daß du etwa schlafwandeln möchtest, auf dem Treppenabsatz ist ein Posten, der ist hellwach und schießt gerne. Kapiert?«

»Verstanden.«

»Ich ruf dich, wenn's Zeit zum Frühstücken ist. Träum schön.«

Über eine Stunde war verstrichen, als George den Feldwebel die Treppe heraufkommen und mit dem Posten sprechen hörte.

Der Posten antwortete kurz. Einen Augenblick später hörte George das Geräusch eines Schlüssels, der in die Tür des benachbarten Raumes gesteckt wurde — des Raumes, der, wie Arthur sagte, Miss Kolin gehörte.

Mit dem Gedanken, sie zu beschützen, fuhr George schnell von seiner Matratze hoch und ging an die Tür. Er öffnete sie nicht sofort. Er hörte die Stimmen von Miss Kolin und dem Feldwebel. Dann war eine Pause, und er hörte das Geräusch der zuschlagenden Tür. Der Schlüssel drehte wieder im Schloß.

Eine Zeitlang glaubte er, der Feldwebel sei weggegangen, und begab sich in die Ecke zurück, wo seine Matratze lag. Dann hörte er wieder die Stimme des Feldwebels und die ihre. Sie sprachen deutsch. Er ging an die Wand und horchte. Der Ton ihres Gesprächs hörte sich merkwürdig an wie eine ruhige Unterhaltung. George fühlte ein seltsames Unbehagen, und sein Herz fing an, heftig zu schlagen.

Die Stimmen waren verstummt, aber bald begannen sie von neuem, und zwar leise, als ob die Sprecher nicht belauscht werden wollten. Dann war es lange Zeit still. Er legte sich wieder auf die Matratze nieder. Minuten verstrichen. Dann, in der Stille, hörte er Miss Kolin einen wilden leidenschaftlichen Schrei ausstoßen. Er rührte sich nicht. Nach einer Weile hörte er wieder leise Stimmen. Dann nichts mehr. Zum erstenmal bemerkte er das Zirpen der Zikaden draußen in der Nacht. Endlich begann er Miss Kolin zu verstehen.

Zwölftes Kapitel

George wurde zwei Tage und drei Nächte im Hauptquartier des Feldwebels festgehalten.

Am ersten Tage verließ der Feldwebel das Haus kurz nach der Dämmerung und kam erst bei Dunkelheit zurück. George verbrachte den Tag im Raum unten, wo er mit Arthur zusammen die Mahlzeiten einnahm. Er sah weder den Feldwebel noch Miss Kolin. Nach jener ersten Nacht hatte man sie in einen Raum im Anbau des Hauses gebracht, wohin ihr einer der Posten auch das Essen brachte. Als George fragte, ob er sie sehen könne, schüttelte Arthur den Kopf.

»Tut mir leid, Freund, kann ich nicht machen.«

»Was ist mit ihr passiert?«

»Dreimal darfst du raten.«

»Ich möchte sie sehen.«

Arthur zuckte die Achseln. »Mir ist's gleich, ob du sie siehst oder nicht. Es ist nur so, daß *sie* keine Lust hat, *dich* zu sehen.«

»Warum nicht?«

»Der Sergeant ist der einzige, den sie sehen will.«

»Wie geht's ihr denn?«

»Die ist quietschvergnügt.« Er grinste. »Die Lippe kaputt, natürlich, und ein paar Beulen, aber sie strahlt wie eine Braut. Du würdest sie nicht wiedererkennen.«

»Wie lange soll das hier so weitergehen?«

»Was weiß ich. Ich hab den Eindruck, es hat gerade erst angefangen.«

»Aber das ist doch widersinnig, nach allem, was da passiert ist!«

Arthur guckte ihn belustigt an. »Ich glaube, du bist mächtig brav erzogen worden. Ich hab dir doch gesagt, daß sie's so wollte, nicht wahr? Na, nun hat sie's gekriegt, und auf nette Art dazu. Ich hab noch nie vorher erlebt, daß der Sergeant solchen Gefallen an einem Mädchen gefunden hat.«

»Gefallen!« George wurde ärgerlich.

»Ich würde jede Wette eingehen, sie war noch Jungfrau«, grübelte Arthur, »oder wenigstens so gut wie.«

»Um Gottes willen!«

»Was ist denn los, Freund? Saure Trauben?«

»Es hat doch keinen Zweck, darüber zu reden. Ist Oberst Chrysantos aufgetaucht?«

»Sein Polizeiaufgebot meinst du? Natürlich. Die sitzen drüben auf der anderen Seite der Grenze auf ihrem Hintern und schauen dumm. Warten, daß was passiert.«

»Oder vielleicht warten sie darauf, daß Miss Kolin und ich zurückkommen? Angenommen, die amerikanische Gesandtschaft hat sich eingemischt und sich in Belgrad beschwert. Dürfte für euch wohl ein bißchen unangenehm werden, nicht wahr?«

»Du wirst zurück sein, ehe sie sich nur darüber unterhalten haben, ob sie etwas tun wollen. Und wenn du zurückkehrst, wirst du dir nochmal überlegen, was dein Büro für einen Klamauk über den Sergeanten machen wird, und sagen, daß alles ein Irrtum war.«

»Haben Sie sich alles so ausgedacht, nicht wahr? Verstehe gar nicht, was Sie so aus dem Häuschen bringt.«

»Nein? Erstmal haben sie den guten alten Kerl, der euch gefahren hat, verhaftet. Das ist doch gar nicht so witzig, nicht wahr?«

»Woher wissen Sie das?«

»Hat man uns heute morgen von Florina gemeldet.«

»Wie denn?«

»Frag nicht so viel, dann wird man dir auch nichts vorlügen. Ich will dir trotzdem das eine sagen: Die Komitadschi hausen in diesen Bergen seit mehr als fünfzig Jahren. Es gibt nicht viel, womit man in dieser Gegend nicht durchkommt, wenn man den Rummel kennt. Vergiß nicht, daß auf beiden

Seiten der Grenze Mazedonier sind. Wenn es zu Plänkeleien kommt, wie in diesem Fall, dann haben die Chrysantos-Kerle nicht die geringste Chance.«

»Und was wird dem Fahrer passieren?«

»Kommt drauf an. Er ist ein alter Komitadschi, darum wird er nicht verraten, von wem er seine Befehle bekam, ganz egal, was sie mit ihm machen. Aber es ist verdammt unangenehm. Er ist ja nicht der einzige in Florina. Da ist zum Beispiel noch die alte Dame Vassiotis. Sie werden's auch mit ihr versuchen. Weißt du, wenn der Sergeant hier die Dinge nicht ein bißchen umgekrempelt hätte, ich hätte weiß Gott die größte Lust, deinem Fräulein — wie heißt sie noch? — eine gehörige Abreibung zu geben.«

»Und wenn ich Chrysantos sagen würde, daß ich das Auto gemietet und dem alten Mann gesagt habe, wohin er fahren soll?«

»Kann sein, daß er dir glaubt. Aber woher wußtest du, wohin er fahren sollte?«

»Ich würde sagen, daß Sie es mir gesagt haben.«

Arthur lachte. »Du bist mir ein schöner Rechtsanwalt, was?«

»Würde es Ihnen was ausmachen?«

»Nicht einen verdammten Pfifferling.«

»Dann ist ja alles okay.«

Arthur reinigte seine Pistole. George beobachtete ihn eine Weile schweigend. Schließlich sagte er: »Angenommen, es wäre nicht die Rede davon gewesen, daß der Sergeant nach Amerika kommen soll. Würden Sie hier mit Ihrer Bande so weitergemacht haben?«

Arthur blickte auf, dann schüttelte er den Kopf. »Nein. Ich schätze, das war gerade vorbei.«

»Sie hätten die großen Sachen aufgegeben?«

»Vielleicht. War sowieso Zeit zum Verschwinden.« Er beugte sich wieder über seine Pistole.

»Haben Sie ordentlich Moneten beiseitegeschafft?« fragte George nach ein paar Augenblicken.

Arthur blickte überrascht auf. »Ich bin noch nie jemandem begegnet, der solch schlechte Manieren hat«, sagte er.

»Lassen Sie das, Arthur.«

Aber Arthur war ehrlich entrüstet. »Was würdest du sagen, wenn ich dich fragte, wieviel Geld du auf der Bank hast?« sagte er empört.

»All right. Dann erzählen Sie mir was anderes. Wie fing es an? Der Sergeant schwieg sich darüber aus. Was wurde aus der Markos-Brigade, die Sie beide befehligt haben?«

Arthur schüttelte traurig den Kopf. »Du kannst einem ein Loch in den Ärmel fragen. Aber das kommt wohl, weil du Advokat bist.«

»Ich will gerne alles wissen.«

»Ein richtiger Naseweis, würde meine Mutter gesagt haben.«

»Sie vergessen, daß ich im Augenblick der Rechtsberater des Sergeanten bin. Zwischen einem Klienten und seinem Berater sollte es keine Geheimnisse geben.«

Arthur stieß nur ein häßliches Wort von sieben Buchstaben aus und ging wieder an seine Reinigungsarbeit.

Aber am nächsten Abend kam er von selbst auf die Sache zurück. George hatte immer noch nichts von dem Feldwebel oder Miss Kolin gesehen, und ihm war ein Verdacht aufgestiegen. Er begann wieder zu fragen.

»Um welche Zeit kommt der Sergeant heute zurück?«

»Weiß ich nicht, Freund. Ich denke, wenn wir ihn sehen.«

Arthur las eine Belgrader Zeitung, die an diesem Tag auf geheimnisvolle Weise angelangt war. Nun warf er sie angeekelt beiseite. »'n Haufen Unsinn in diesem Blatt«, sagte er. »Hast du mal die *News of the World* gelesen? Ist 'ne Londoner Zeitung.«

»Nein, habe ich nie gelesen. Ist der Sergeant heute in Griechenland oder in Albanien?«

»Albanien?« Arthur lachte. Aber als George den Mund öffnete, um weiterzufragen, fuhr er fort: »Du hast gefragt, was passierte, als wir damals mit dem Krieg Schluß machten. Wir waren gerade in der Nähe der albanischen Grenze.«

»Ach ja?«

Arthur nickte in Erinnerungen versunken. »Wenn du Gelegenheit hast, dann guck dir mal den Berg Grammos an!« sagte er. »Wundervolle Gegend dort oben.«

Das Grammos-Massiv war eins der ersten Bollwerke der Markos-Armee gewesen; es sollte auch eines ihrer letzten werden.

Wochenlang hatte sich die Lage der Brigade in diesem Gebiet ständig verschlechtert. Aus vereinzelten Deserteuren wurden viele. Dann kam ein Tag im Oktober, an dem wichtige Entscheidungen getroffen werden mußten.

Der Feldwebel war seit vierzehn Stunden und länger auf den Füßen gewesen, seine Hüfte schmerzte, als er endlich den Befehl gab, für die Nacht zu biwakieren. Später ergriff der Offizier einer Vorposten-Abteilung zwei Deserteure von einem anderen Bataillon, und sandte sie ins Brigade-Hauptquartier zum Verhör.

Der Feldwebel betrachtete die beiden nachdenklich, dann gab er Befehl, sie zu erschießen. Als man sie abgeführt hatte, schenkte er sich ein Glas Wein ein und nickte Arthur zu, das gleiche zu tun. Sie tranken schweigend. Dann füllte der Feldwebel die Gläser nach.

»Fällt dir auch auf, Corporal«, sagte er, »daß diese beiden Männer ihrem Brigade-Kommandeur und seinem Stellvertreter ein gutes Beispiel gegeben haben?«

Arthur nickte. »Ist mir schon vor Tagen eingefallen, Sergeant. Wir haben, zum Teufel, keine Hoffnung mehr.«

»Nein. Das Beste, was wir erhoffen können, ist, daß sie uns verhungern lassen.«

»Damit haben sie ja schon angefangen.«

»Ich habe keine Lust, Märtyrer der Revolution zu werden.«

»Auch ich nicht. Wir haben unsere Schuldigkeit getan, Sergeant, so gut wir konnten, und noch ein bißchen mehr. Und wir haben die Treue gehalten. Das ist mehr, als man von den Halunken da oben an der Spitze sagen kann.«

»›Verlaß dich nie auf Fürsten!‹ Du siehst, ich habe das nicht vergessen. Ich glaube, es ist Zeit, daß wir uns unabhängig machen.«

»Und wann hauen wir ab?«

»Morgen nacht wäre nicht zu früh.«

»Wenn die merken, daß wir beide gegangen sind, werden die übrigen rennen, so schnell sie können. Bin neugierig, wie viele wohl durchkommen.«

»Diejenigen, die immer durchkommen, die Komitadschi-Typen. Sie werden sich in ihren Bergen verstecken, wie sie es immer gemacht haben. Sie werden wieder da sein, wenn wir sie brauchen.«

Arthur war überrascht. »Wenn wir sie brauchen? Ich dachte, du sagtest was von Unabhängigkeit?«

Der Feldwebel füllte sein Glas wieder, ehe er antwortete. »Ich hab überlegt, Corporal«, sagte er schließlich, »und ich habe einen Plan. Die Politiker haben uns ausgenutzt. Jetzt werden wir sie ausnutzen.«

Er stand auf und hinkte zu seinem Tornister, um die Blechdose zu holen, in der er seine Zigaretten aufbewahrte.

Arthur beobachtete ihn dabei, er war sich bewußt, daß er so etwas wie Liebe für den Kameraden empfand. Vor den geschickten Plänen seines Freundes hatte er einen gewaltigen Respekt. Dieser harte, mächtige Schädel hatte manchmal überraschende Dinge ausgebrütet.

»Und wie wollen wir sie ausnutzen?« fragte Arthur.

»Vor einigen Wochen kam mir die Idee«, sagte der Feldwebel. »Ich dachte an jene Geschichte der Partei, die man uns damals zu lesen zwang. Weißt du noch?«

»Natürlich! Ich hab meine gelesen, ohne die Seiten aufzuschneiden.«

Der Feldwebel lächelte. »Da hast du ein paar wichtige Dinge versäumt, Corporal. Ich werde dir mein Exemplar zum Lesen geben.« Er steckte sich genießerisch eine Zigarre an. »Ich halte es durchaus für möglich, daß aus uns einfachen Soldaten bald Ritter des Glücks werden.«

»Es war mordseinfach«, sagte Arthur. »Der Sergeant hatte irgendwo eine Liste von all den geheimen Parteimitgliedern und Mitläufern im Saloniki-Abschnitt erwischt. Wir suchten die heraus, die mit großen Gehältern in Banken und Geschäften arbeiteten. Dann wandten wir uns an sie und gaben ihnen die große Chance, der Partei in der Stunde der Not zu dienen, genauso, wie laut Buch die alten Bolschies getan haben. Wir konnten immer drohen, wir würden sie anprangern, wenn sie mißtrauisch waren, aber in der Beziehung hatten wir nie Schwierigkeiten. Ich kann dir sagen, bei jedem Ding, das wir so gedreht haben, hatten wir einen Vertrauensmann oder eine Frau innerhalb der Firma, die uns um der Ehre und des Ruhms der Partei willen halfen.« Er lachte verächtlich. »Fliegen in der Buttermilch, vereinigt euch! Sie konnten es gar nicht abwarten, die Leute, für die sie arbeiteten, zu ruinieren. Manche von ihnen würden die eigene Mutter foltern, wenn die Partei es von ihnen verlangte, und zwar mit Vergnügen. ›Jawohl, Genosse. Selbstverständlich, Genosse! Gern zu Ihren Diensten, Genosse!‹ Ich kann dir sagen — zum Kotzen!« fügte er selbstgerecht hinzu.

»Immerhin, Sie haben doch ganz hübsch was dabei rausgeholt, nicht wahr?«

»Mag sein. Aber solches Pack, das die Hand beißt, die sie füttert, kann ich nicht ausstehen.«

»Gewiß. Aber es gehörte doch allerhand Mut dazu, daß die Leute für ihre Überzeugung so weit gingen, Ihnen zu helfen.«

»Da bin ich gar nicht so sicher«, sagte Arthur säuerlich. »Wenn man mich fragt, mit diesen politischen Überzeugungen, die ein Verdienst draus machen, anderen einen dreckigen Streich hinterm Rücken zu spielen, stimmt doch was nicht.«

»Sie sind ja ein richtiger Moralist, Arthur. Was meinen Sie denn zu dem Streich, den *Sie* gespielt haben?«

»Ich will mich ja gar nicht besser machen, als ich bin. Aber solche Gemeinheiten kann ich nun mal nicht vertragen. Du müßtest mal mit so einem reden. Gerissene Burschen! Wissen auf alles eine Antwort. Beweisen dir alles, was du willst. Das ist die Sorte, die man nicht gerne bei sich haben möchte, wenn man auf Patrouille geht, denn wenn's knifflig wird, sind sie die ersten, die nach einem Vorwand suchen, um sich die Hände abzuwischen und abzuhauen.«

»Hat der Sergeant über diese Dinge die gleiche Ansicht?«

»Der?« Arthur lachte. »Nein, der kümmert sich nicht darum. Siehst du, ich denke, die Menschen sind nun mal alle verschieden. Er aber nicht. Er meint, es gebe nur zwei Arten: diejenigen, die man brauchen kann, wenn's hart auf hart geht, und diejenigen, die man um keinen Preis bei sich haben möchte.« Er grinste schlau und fügte hinzu: »Und er ist mit seinem Urteil schnell bei der Hand.«

George zündete sich die letzte Zigarette an und blickte dabei Arthur einen Augenblick nachdenklich an. Plötzlich wurde der Verdacht in ihm zur Gewißheit. Er zerknüllte das leere Päckchen und warf es auf den Tisch.

»Arthur, wo sind sie?« fragte er.

»Wer soll wo sein?« Arthurs Gesicht war die reine Unschuld.

»Nun mal los, Arthur! Nun wollen wir mal mit dem Theater aufhören. Gestern abend waren sie hier; das weiß ich, weil ich den Sergeanten gegen Mitternacht kommen und mit Ihnen sprechen hörte. Aber heute morgen waren weder er noch Miss Kolin mehr hier. Jedenfalls hab ich ihn nicht gesehen, und man hat für sie auch nichts zu essen raufgebracht. Also: wo sind die beiden?«

»Weiß ich nicht.«

»Überlegen Sie mal.«

»Ich weiß es wirklich nicht, Mr. Carey. Tatsache.«

»Ist er endgültig weg?«

Arthur zögerte und zuckte dann die Achseln. »Ja, den wirst du nicht wiedersehen.«

George nickte. Er hatte es vermutet, aber nun, da er es bestimmt wußte, traf ihn die Nachricht wie ein Schlag.

»Wozu hält man mich dann noch fest?« fragte er.

»Er braucht Zeit, um wegzukommen.«

»Weg von mir?«

»Nein, aus diesem Land.« Arthur beugte sich mit ernster Miene vor. »Du verstehst doch, für den Fall, daß Chrysantos dir nach deiner Rückkehr auf die Bude rückt und du verrätst, daß er auf der Flucht ist. Ich will nicht sagen, daß du es getan hättest, aber er ist eben ein schlauer Hund, der Bursche. Kannst dir vorstellen, das würde unangenehm sein.«

»Ja, seh ich ein. Aber er hatte doch schon entschieden, was er tun wollte. Er hätte es mir doch sagen können.«

»Er hat mich darum gebeten, Mr. Carey. Ich wollte es Ihnen erst nach dem Abendbrot sagen, um ganz sicherzugehen, aber Sie können es auch jetzt wissen. Sehen Sie, es war nicht viel Zeit zum Überlegen. Wir waren alle seit Tagen schon darauf vorbereitet, abzuhauen. Er hat gestern die letzten Anordnungen getroffen und kam nur noch zurück, um sie zu fragen, ob sie mitwolle.«

»Und sie wollte?«

»Na und ob! Wie aus der Pistole geschossen! Sie kann nicht von ihm lassen. Die beiden sind sich einig.«

»Fürchtet er nicht, daß sie ihn nochmal reinlegt?«

Arthur lachte. »Sei doch nicht dumm, Freund. Auf so einen Mann hat sie doch ihr ganzes Leben gewartet.«

»Ich kann's immer noch nicht begreifen.«

»Ich schätze, du bist so wie ich«, sagte Arthur tröstend. »Ich mag es auch lieber ein bißchen nach der ruhigen Seite. Aber was nun das Geld betrifft ...«

»Ja, das Geld.«

»Wir haben darüber gesprochen, er und ich, Mr. Carey, und wir kamen zu einem Entschluß. Er hätte es nicht beanspruchen können. Das sehen Sie doch ein, nicht wahr? Sie haben da von Auslieferungen und all dem gesprochen, aber darum geht es gar nicht. Ob Auslieferung oder nicht, schließlich wäre ja doch alles rausgekommen. Und das wäre schlimm gewesen. Er will ein neues Leben unter einem neuen Namen anfangen; all dies liegt jetzt hinter ihm. Er hat zwar keine halbe Million Dollar zusammen, auch nicht annähernd, aber er hat immerhin genug für den Anfang. Wenn er die Erbschaft beanspruchte, würde man auf ihn aufmerksam werden. Das wissen Sie genauso wie ich.«

»Das hätte er mir doch gleich das erste Mal sagen können.«

»Er wollte bloß seine Familienpapiere haben, Mr. Carey, das können Sie ihm nicht verdenken.«

»Und dann hat er mich so lange hingehalten, damit ich keine Schwierigkeiten mache. Jetzt versteh ich.« George seufzte. »All right! Wie will er sich in Zukunft nennen? Schneider?«

»Na, wirst doch nicht böse werden, Freund. Er mochte dich wirklich gern, und er ist dir sehr dankbar.«

Nach ein paar Augenblicken sah George auf. »Was wird nun aus Ihnen?«

»Aus mir? Oh, ich werd's schon schaffen, so mit der Zeit. Für mich als Engländer ist das leichter. Es gibt alle möglichen Orte, wohin ich gehen kann. Ich könnte ja auch wieder mit dem Sergeanten zusammengehen, wenn ich Lust habe.«

»Dann wissen Sie also doch, wohin er geht?«

»Ja, aber ich habe keine Ahnung, wie er dahin kommt. Soviel ich weiß, könnte er jetzt gerade auf einem Schiff in Saloniki sein, aber ich kann das nicht bestimmt behaupten. Was ich nicht weiß, kann ich nicht sagen.«

»Dann sind Sie also nur hier, um auf mich aufzupassen. Stimmt's?«

»Na, ich muß doch auch noch die Jungs auszahlen und dann so im ganzen aufräumen. Ich bin ja sozusagen der Adjutant.«

Einen Augenblick war es still. Er sah sich trübselig im Raume um, sein Blick begegnete dem Georges. Er versuchte zu grinsen, aber es wollte nicht recht gelingen.

»Weißt du was, Freund«, sagte er, »jetzt, wo der Sergeant weg ist, und alles geht zum Teufel, sind wir beide nicht so recht bei Laune, schätze ich. Wir haben mal eine Partie deutschen Wein erwischt. Haben ihn für besondere Gelegenheiten aufbewahrt, so wie vergangene Nacht. Was meinst du, wenn wir beide uns mal eine Flasche zu Gemüte führen?«

Als George am folgenden Morgen erwachte, schien die Sonne. Er blickte auf seine Uhr, es war bereits acht. An den beiden vorangegangenen Tagen hatte Arthur ihn um sieben mit viel militärischem Radau geweckt.

Er horchte. Im Haus war es totenstill und draußen schienen die Zikaden besonders laut zu zirpen. Er öffnete die Zimmertür.

Es stand kein Posten mehr davor. Die ›Jungs‹ waren augenscheinlich abgelöhnt. Er ging die Treppe hinunter.

In dem Zimmer, wo sie ihre Mahlzeiten eingenommen hatten, hatte Arthur einen Zettel und einen Brief für ihn hinterlassen.

George las zuerst den Zettel.

Nun lieber Freund (so war zu lesen), *ich hoffe, daß Du keinen Kater hast. Da ist ein Brief, den Sergeant Schirmer für Dich zurückgelassen hat, ehe er ging. Tut mir leid, daß ich Dir heute nicht meinen Rasierapparat leihen kann, aber ich habe nur den einen. Wenn Du wieder in die liebe alte Zivilisation zurückkehren willst, gehe nur durch das kleine Gehölz hinauf, an dem Platz vorbei, wo wir geparkt haben, und dann nimm die rechte Abzweigung. Kannst den Weg nicht verfehlen. Es ist keine Meile Entfernung. Auf dieser*

Seite wirst Du niemand treffen. Aber auf der andern wirst Du bald auf eine Patrouille stoßen. Vergiß nicht, für den alten Fahrer Dein Bestes zu tun. Es war nett, daß ich Dich kennengelernt habe. Alles Gute! Arthur.

Der Brief vom Feldwebel war in Miss Kolins eckiger Handschrift geschrieben.

Lieber Mr. Carey (las er),
ich habe Maria gebeten, dies für mich zu schreiben, damit das, was ich fühle und Ihnen zu sagen habe, klar und deutlich in Ihrer Sprache ausgedrückt wird.

Zuerst bitte ich um Entschuldigung, daß ich Sie so plötzlich und unhöflich verlassen habe, ohne mich zu verabschieden. Wenn Sie dies lesen, wird der Corporal Ihnen die Lage schon erklärt haben und auch den Grund für meinen Entschluß, nicht mit Ihnen nach Amerika zu gehen. Ich hoffe, Sie werden das verstehen. Auch für mich ist das natürlich eine Enttäuschung, denn ich wollte Ihr Land immer gerne kennenlernen. Eines Tages wird es vielleicht möglich sein.

Und nun darf ich Ihnen und denjenigen aus Ihrem Büro, die Sie herüberschickten, wohl meinen Dank ausdrücken.

Maria hat mir berichtet, wie beharrlich und entschlossen Sie nach dem Mann gesucht haben, den Sie aus so vielen Gründen für tot halten mußten. Es ist gut, daß es Leute gibt, die vorwärtsdrängen, während die andern, die weniger Energie haben, zurückbleiben. Es tut mir leid, daß Sie dafür keine wertvollere Belohnung als meine Dankbarkeit bekommen. Diese aber biete ich Ihnen von Herzen an, mein Freund. Ich hätte gern diesen Haufen Geld genommen, wenn es möglich gewesen wäre. Aber ich bin nicht weniger froh, daß ich jetzt die Familienurkunden besitze, die Sie mir gebracht haben.

An das Geld denke ich ohne großes Bedauern. Es ist eine große Summe, aber sie hat wohl mit mir nichts zu tun. Das Geld wurde in Amerika von Amerikanern verdient. Ich glaube, es ist gerecht, daß der amerikanische Staat Pennsylvania es bekommt, wenn außer mir kein Erbe da ist. Meine wahre Erbschaft ist das Wissen um meine Blutsverwandten und von mir selbst, das ich durch Sie erhielt. Es hat sich ja vieles geändert, und Eylau ist lange her, aber Hände ergreifen Hände über die Jahre hin und vereinen sich. Die Unsterblichkeit eines Mannes ruht in seinen Kindern. Ich hoffe, ich werde viele haben. Vielleicht wird Maria sie tragen, sie sagt, daß sie es gerne möchte.

Der Corporal sagte mir, daß Sie die Freundlichkeit haben wollen, für den verhafteten Fahrer ein Wort einzulegen. Maria bittet, daß Sie ihm, wenn möglich, ihre Schreibmaschine und die andern Sachen geben, die sie in Florina gelassen hat, er mag sie verkaufen und den Erlös behalten. Sein Name ist Duschko. Sie sendet Ihnen ebenfalls ihre Entschuldigung und ihren Dank. Und nun, mein Freund, bleibt mir nur noch, Ihnen nochmals zu danken und Ihnen Glück für Ihre Zukunft zu wünschen. Ich hoffe, wir sehen uns wieder.

Ihr sehr ergebener
Franz Schirmer

Unterschrieben hatte er selbst, sehr ordentlich und klar.

George steckte den Brief in die Tasche, holte die Aktenmappe aus seinem Zimmer und wanderte durch das kleine Gehölz. Es war ein schöner frischer Morgen, die Luft war köstlich. Er überlegte unterwegs, was er Oberst Chrysantos berichten wollte. Der Oberst würde nicht sehr erfreut sein und Mr. Sistrom wohl auch nicht. Die ganze Angelegenheit war in der Tat recht unerfreulich.

George wunderte sich, warum er trotz allem erlöst lachen mußte, als er weiter auf die Grenze zu marschierte.

Eric Ambler
im Diogenes Verlag

Der dunkle Grenzbezirk
Roman. Deutsch von Walter Hertenstein
und Ute Haffmans. detebe 20602

Ungewöhnliche Gefahr
Roman. Deutsch von Walter Hertenstein
und Werner Morlang. detebe 20603

Nachruf auf einen Spion
Roman. Deutsch von Peter Fischer
detebe 20605

Anlaß zur Unruhe
Roman. Deutsch von Franz Cavigelli
detebe 20604

Die Maske des Dimitrios
Roman. Deutsch von Mary Brand und
Walter Hertenstein. detebe 20137

Die Angst reist mit
Roman. Deutsch von Walter Hertenstein
detebe 20181

Der Fall Deltschev
Roman. Deutsch von Mary Brand und
Walter Hertenstein. detebe 20178

Schirmers Erbschaft
Roman. Deutsch von Harry Reuß-Löwenstein, Th. A. Knust und Rudolf Barmettler.
detebe 20180

Besuch bei Nacht
Roman. Deutsch von Wulf Teichmann
detebe 20539

Waffenschmuggel
Roman. Deutsch von Tom Knoth
detebe 20364

Topkapi
Roman. Deutsch von Elsbeth Herlin
detebe 20536

Eine Art von Zorn
Roman. Deutsch von Susanne Feigl und
Walter Hertenstein. detebe 20179

Schmutzige Geschichte
Roman. Deutsch von Günter Eichel
detebe 20537

Das Intercom-Komplott
Roman. Deutsch von Dietrich Stössel
detebe 20538

Der Levantiner
Roman. Deutsch von Tom Knoth
detebe 20223

Doktor Frigo
Roman. Deutsch von Tom Knoth und
Judith Claassen
detebe 20606

Bitte keine Rosen mehr
Roman. Deutsch von Tom Knoth
detebe 20887

Mit der Zeit
Roman. Aus dem Englischen von
Hans Hermann. detebe 21054

Als Ergänzungsband liegt vor:

Über Eric Ambler
Aufsätze von Alfred Hitchcock bis Helmut
Heißenbüttel. Chronik und Bibliographie.
Herausgegeben von Gerd Haffmans
detebe 20607

Klassische und moderne Kriminal-, Grusel- und Abenteuergeschichten in Diogenes Taschenbüchern

● **Joan Aiken**
Die Kristallkrähe. Roman. detebe 20138

● **Margery Allingham**
Die Handschuhe des Franzosen. Kriminalgeschichten. detebe 20929

● **Eric Ambler**
Die Maske des Dimitrios. Roman
detebe 20137
Der Fall Deltschev. Roman. detebe 20178
Eine Art von Zorn. Roman. detebe 20179
Schirmers Erbschaft. Roman. detebe 20180
Die Angst reist mit. Roman. detebe 20181
Der Levantiner. Roman. detebe 20223
Waffenschmuggel. Roman. detebe 20364
Topkapi. Roman. detebe 20536
Schmutzige Geschichte. Roman
detebe 20537
Das Intercom-Komplott. Roman
detebe 20538
Besuch bei Nacht. Roman. detebe 20539
Der dunkle Grenzbezirk. Roman
detebe 20602
Ungewöhnliche Gefahr. Roman
detebe 20603
Anlaß zur Unruhe. Roman. detebe 20604
Nachruf auf einen Spion. Roman
detebe 20605
Doktor Frigo. Roman. detebe 20606
Bitte keine Rosen mehr. Roman
detebe 20887
Mit der Zeit. Roman. detebe 21054

● **John Bellairs**
Das Haus das tickte. Roman. detebe 20638

● **Robert Benesch**
Außer Kontrolle. Roman. detebe 21081

● **Ambrose Bierce**
Die Spottdrossel. Erzählungen. detebe 20234

● **Ray Bradbury**
Die Mars-Chroniken. Roman in Erzählungen. detebe 20363
Der illustrierte Mann. Erzählungen
detebe 20365
Fahrenheit 451. Roman. detebe 20862
Die goldenen Äpfel der Sonne. Erzählungen
detebe 20864

Medizin für Melancholie. Erzählungen
detebe 20865
Das Böse kommt auf leisen Sohlen. Roman
detebe 20866
Löwenzahnwein. Roman
detebe 21045

● **Fredric Brown**
Flitterwochen in der Hölle. Schauer- und Science-Fiction-Geschichten. detebe 20600

● **John Buchan**
Die neununddreißig Stufen. Roman
detebe 20210
Grünmantel. Roman. detebe 20771
Mr. Standfast oder Im Westen was Neues
Roman. detebe 20772
Die drei Geiseln. Roman. detebe 20773

● **W. R. Burnett**
Little Caesar. Roman. detebe 21061

● **Karel Čapek**
Der Krieg mit den Molchen. Roman
detebe 20805

● **Raymond Chandler**
Der große Schlaf. Roman. detebe 20132
Die kleine Schwester. Roman. detebe 20206
Das hohe Fenster. Roman. detebe 20208
Der lange Abschied. Roman. detebe 20207
Die simple Kunst des Mordes. Essays, Briefe, Fragmente. detebe 20209
Die Tote im See. Roman. detebe 20311
Lebwohl, mein Liebling. Roman
detebe 20312
Playback. Roman. detebe 20313
Mord im Regen. Frühe Stories. detebe 20314
Erpresser schießen nicht. Detektivstories I
detebe 20751
Der König in Gelb. Detektivstories II
detebe 20752
Gefahr ist mein Geschäft. Detektivstories III
detebe 20753
Englischer Sommer. Geschichten und Essays
detebe 20754

● **Erskine Childers**
Das Rätsel der Sandbank. Roman
detebe 20211

- **Agatha Christie**
Villa Nachtigall. Kriminalgeschichten
detebe 20133
Der Fall der enttäuschten Hausfrau
Kriminalgeschichten. detebe 20826

- **René Clair**
Die Prinzessin von China. Roman
detebe 20579

- **Wilkie Collins**
Ein schauerliches fremdes Bett. Gruselgeschichten. detebe 20589

- **Joseph Conrad**
Lord Jim. Roman. detebe 20128
Der Geheimagent. Roman. detebe 20212
Herz der Finsternis. Erzählung. detebe 20363

- **Manfred von Conta**
Schloßgeschichten. detebe 21060
Der Totmacher. Roman. detebe 20962

- **Stephen Crane**
Das blaue Hotel. Klassische Geschichten aus dem Wilden Westen. detebe 20789

- **Guy Cullingford**
Post mortem. Roman. detebe 20369

- **Dolly Dolittle's**
Crime Club. detebe 20277–20279, 20664

- **Friedrich Dürrenmatt**
Grieche sucht Griechin / Mr. X macht Ferien /Nachrichten über den Stand des Zeitungswesens in der Steinzeit. Grotesken
detebe 20851
Der Hund / Der Tunnel / Die Panne
Drei Erzählungen. detebe 20850
Aus den Papieren eines Wärters
Frühe Prosa. detebe 20848
Der Richter und sein Henker / Der Verdacht
Zwei Romane. detebe 20849
Das Versprechen / Aufenthalt in einer kleinen Stadt. Erzählungen. detebe 20852

- **Alexandre Dumas Père**
Horror in Fontenay. Roman. detebe 20367

- **Lord Dunsany**
Smetters erzählt Mordgeschichten
detebe 20597
Jorkens borgt sich einen Whiskey. Club-Geschichten. detebe 20598

- **William Faulkner**
Der Springer greift an. Kriminalgeschichten
detebe 20182

- **Celia Fremlin**
Klimax. Roman. detebe 20916

- **Egon Friedell**
Die Rückkehr der Zeitmaschine. Phantastische Novelle. detebe 20177

- **Felix Gasbarra**
Schule der Planeten. Roman. detebe 20549

- **Eric Geen**
Tolstoi lebt in 12N B9. Roman. detebe 20221

- **Rider Haggard**
Sie. Roman. detebe 20236
König Salomons Schatzkammern. Roman
detebe 20920

- **Dashiell Hammett**
Der Malteser Falke. Roman. detebe 20131
Rote Ernte. Roman. detebe 20292
Der Fluch des Hauses Dain. Roman
detebe 20293
Der gläserne Schlüssel. Roman. detebe 20294
Der dünne Mann. Roman. detebe 20295
Fliegenpapier. 5 Stories. detebe 20911
Fracht für China. 3 Stories. detebe 20912
Das große Umlegen. 3 Stories. detebe 20913
Das Haus in der Turk Street. 3 Stories
detebe 20914
Das Dingsbums Küken. 3 Stories. Nachwort von Steven Marcus. detebe 20915

- **Cyril Hare**
Mörderglück. Kriminalgeschichten
detebe 20196

- **W. F. Harvey**
Die Bestie mit den fünf Fingern. Gruselgeschichten. detebe 20599

- **Harry Hearson & J. C. Trewin**
Euer Gnaden haben geschossen?
Eine Geschichte. detebe 20240

- **Ernst W. Heine**
Kille Kille. Makabre Geschichten
detebe 21053

- **Frank Heller**
Herrn Collins Abenteuer. Roman
detebe 20238

- **O. Henry**
Glück, Geld und Gauner. Ausgewählte Geschichten. detebe 20235
Die klügere Jungfrau. Geschichten
detebe 20871

Das Herz des Westens. Geschichten
detebe 20872
Der edle Gauner. Geschichten. detebe 20873
Wege des Schicksals. Geschichten
detebe 20874
Streng geschäftlich. Geschichten
detebe 20875
Rollende Steine. Geschichten. detebe 20876

● **Patricia Highsmith**
Der Stümper. Roman. detebe 20136
Zwei Fremde im Zug. Roman. detebe 20173
Der Geschichtenerzähler. Roman
detebe 20174
Der süße Wahn. Roman. detebe 20175
Die zwei Gesichter des Januars. Roman
detebe 20176
Der Schrei der Eule. Roman. detebe 20341
Tiefe Wasser. Roman. detebe 20342
Die gläserne Zelle. Roman. detebe 20343
Das Zittern des Fälschers. Roman
detebe 20344
Lösegeld für einen Hund. Roman
detebe 20345
Der talentierte Mr. Ripley. Roman
detebe 20481
Ripley Under Ground. Roman. detebe 20482
Ripley's Game. Roman. detebe 20346
Der Schneckenforscher. Geschichten
detebe 20347
Ein Spiel für die Lebenden. Roman
detebe 20348
Kleine Geschichten für Weiberfeinde
detebe 20349
Kleine Mordgeschichten für Tierfreunde
detebe 20483
Venedig kann sehr kalt sein. Roman
detebe 20484
Ediths Tagebuch. Roman. detebe 20485
Der Junge, der Ripley folgte. Roman
detebe 20649
Leise, leise im Wind. Geschichten
detebe 21012

● **E. W. Hornung**
Raffles – Der Dieb in der Nacht. Geschichten. detebe 20237

● **Mary Hottinger**
Mord. Mehr Morde. Noch mehr Morde. Kriminalgeschichten. detebe 20030–20032
Wahre Morde. detebe 20587
Gespenster. Geschichten aus England.
detebe 20497
Mehr Gespenster. Geschichten aus England, Schottland und Irland. detebe 21027

● **Gerald Kersh**
Mann ohne Gesicht. Phantastische Geschichten. detebe 20366

● **Russische Kriminalgeschichten**
Von Dostojewskij bis Turgenjew
detebe 21127

● **Maurice Leblanc**
Arsène Lupin – Der Gentleman-Gauner
Roman. detebe 20127
Die hohle Nadel oder Die Konkurrenten des Arsène Lupin. Roman. detebe 20239
813 – Das Doppelleben des Arsène Lupin
Roman. detebe 20931
Der Kristallstöpsel oder Die Mißgeschicke des Arsène Lupin. Roman. detebe 20932
Die Gräfin von Cagliostro oder Die Jugend des Arsène Lupin. Roman. detebe 20933
Arsène Lupin kontra Herlock Sholmes
Roman. detebe 21026

● **Sheridan Le Fanu**
Carmilla, der weibliche Vampir
detebe 20596
Der ehrenwerte Herr Richter Harbottle
Unheimliche Geschichten. detebe 20619

● **Gaston Leroux**
Das Geheimnis des gelben Zimmers
Roman. detebe 20924

● **Marie Belloc Lowndes**
Jack the Ripper oder Der Untermieter
Roman. detebe 20130

● **Ross Macdonald**
Dornröschen war ein schönes Kind. Roman
detebe 20227
Unter Wasser stirbt man nicht. Roman
detebe 20322
Ein Grinsen aus Elfenbein. Roman
detebe 20323
Die Küste der Barbaren. Roman
detebe 20324
Der Fall Galton. Roman. detebe 20325
Gänsehaut. Roman. detebe 20326
Der blaue Hammer. Roman. detebe 20541
Durchgebrannt. Roman. detebe 20868
Geld kostet zuviel. Roman. detebe 20869
Die Kehrseite des Dollars. Roman
detebe 20877
Der Untergrundmann. Roman. detebe 20878
Der Drahtzieher. Sämtliche Detektivstories I
detebe 21018
Einer lügt immer. Sämtliche Detektivstories II. detebe 21019

● **W. Somerset Maugham**
Silbermond und Kupfermünze. Roman
detebe 20087

Auf Messers Schneide. Roman. detebe 20088
Rosie und die Künstler. Roman. detebe 20086

● **Margaret Millar**
Liebe Mutter, es geht mir gut . . . Roman
detebe 20226
Die Feindin. Roman. detebe 20276
Fragt morgen nach mir. Roman. detebe 20542
Ein Fremder liegt in meinem Grab. Roman
detebe 20646
Die Süßholzraspler. Roman. detebe 20926
Von hier an wird's gefährlich. Roman
detebe 20927
Der Mord von Miranda. Roman
detebe 21028
Das eiserne Tor. Roman. detebe 21063

● **Fanny Morweiser**
Lalu lalula, arme kleine Ophelia. Roman
detebe 20608
La vie en rose. Roman. detebe 20609
Indianer-Leo. Geschichten. detebe 20799
Die Kürbisdame. Erzählungen
detebe 20758
Ein Sommer in Davids Haus. Roman
detebe 21059

● **Hans Neff**
XAP oder Müssen Sie arbeiten? fragte der
Computer. Ein fabelhafter Tatsachenroman
detebe 21052

● **Edgar Allan Poe**
Der Untergang des Hauses Usher. Geschichten. detebe 20233

● **Patrick Quentin**
Bächleins Rauschen tönt so bang. Kriminalgeschichten. detebe 20195
Familienschande. Roman. detebe 20917

● **Saki**
Die offene Tür. Erzählungen. detebe 20115

● **Maurice Sandoz**
Am Rande. Unheimliche Erzählungen
Deutsch von Gertrude Droz-Rüegg
detebe 20739

● **Sience-Fiction-Geschichten des Golden Age**
Von Ray Bradbury bis Isaac Asimov. Herausgegeben von Peter Naujack. detebe 21048

● **Klassische Sience-Fiction-Geschichten**
Von Voltaire bis Conan Doyle. Herausgegeben von William Matheson
detebe 21049

● **Hermann Harry Schmitz**
Buch der Katastrophen. detebe 20548

● **Georges Simenon**
Maigrets erste Untersuchung. Roman
detebe 20501
Maigret und Pietr der Lette. Roman
detebe 20502
Maigret und die alte Dame. Roman
detebe 20503
Maigret und der Mann auf der Bank. Roman
detebe 20504
Maigret und der Minister. Roman
detebe 20505
Mein Freund Maigret. Roman. detebe 20506
Maigrets Memoiren. Roman. detebe 20507
Maigret und die junge Tote. Roman
detebe 20508
Maigret amüsiert sich. Roman. detebe 20509
Hier irrt Maigret. Roman. detebe 20690
Maigret und der gelbe Hund. Roman
detebe 20691
Maigret vor dem Schwurgericht. Roman
detebe 20692
Maigret als möblierter Herr. Roman
detebe 20693
Madame Maigrets Freundin. Roman
detebe 20713
Maigret kämpft um den Kopf eines Mannes
Roman. detebe 20714
Maigret und die kopflose Leiche. Roman
detebe 20715
Maigret und die widerspenstigen Zeugen
Roman. detebe 20716
Maigret am Treffen der Neufundlandfahrer
Roman. detebe 20717
Maigret bei den Flamen. Roman
detebe 20718
Maigret und die Bohnenstange. Roman
detebe 20808
Maigret und das Verbrechen in Holland.
Roman. detebe 20809
Maigret und sein Toter. Roman
detebe 20810
Maigret beim Coroner. Roman. detebe 20811
Maigret, Lognon und die Gangster. Roman
detebe 20812
Maigret und der Gehängte von Saint-Pholien. Roman. detebe 20816
Maigret und der verstorbene Monsieur Gallet. Roman. detebe 20817
Maigret regt sich auf. Roman. detebe 20820
Maigret und das Schattenspiel. Roman
detebe 20734
Maigret und die Keller des Majestic
Roman. detebe 20735
Maigret contra Picpus. Roman. detebe 20736
Maigret läßt sich Zeit. Roman. detebe 20755

Maigrets Geständnis. Roman. detebe 20756
Maigret zögert. Roman. detebe 20757
Maigret und der Treidler der »Providence«
Roman. detebe 21029
Maigret hat Angst. Roman. detebe 21062
Maigrets Nacht an der Kreuzung. Roman
detebe 21050
Maigret erlebt eine Niederlage. Roman
detebe 21120
Maigret gerät in Wut. Roman
detebe 21113
Maigret verteidigt sich. Roman
detebe 21117

● **Henry Slesar**
Das graue distinguierte Leichentuch. Roman
detebe 20139
Vorhang auf, wir spielen Mord! Roman
detebe 20216
Erlesene Verbrechen und makellose Morde
Kriminalgeschichten. detebe 20225
Ein Bündel Geschichten für lüsterne Leser
Roman. detebe 20275
Hinter der Tür. Roman. detebe 20540
Aktion Löwenbrücke. Roman. detebe 20656
Ruby Martinson. Geschichten. detebe 20657
Schlimme Geschichten für schlaue Leser
detebe 21036
Coole Geschichten für clevere Leser
detebe 21049
Fiese Geschichten für fixe Leser. Deutsch von
Thomas Schlück. detebe 21125

● **Muriel Spark**
Memento Mori. detebe 20892
Robinson. Roman. detebe 21090

● **R. L. Stevenson**
Die Schatzinsel. Roman. detebe 20701
Der Junker von Ballantrae. Roman
detebe 20703
Die Entführung. Roman. detebe 20704
Catriona. Roman. detebe 20705
Die Herren von Hermiston. Roman
(Fragment). detebe 20702
*Der Pavillon auf den Dünen / Der seltsame
Fall von Dr. Jekyll und Mr. Hyde*
Zwei Novellen. detebe 20706
*Der Selbstmörderklub / Der Diamant des
Rajahs.* Zwei Geschichtensammlungen
detebe 20707
Die tollen Männer und andere Geschichten
detebe 20708
Der Flaschenteufel und andere Geschichten
detebe 20709
Der Leichenräuber und andere Geschichten
detebe 20710
In der Südsee. Ein Reiseabenteuer in zwei
Bänden mit einer Karte. detebe 20711-20712

● **Bram Stocker**
Draculas Gast. Gruselgeschichten
detebe 20135

● **Julian Symons**
Auf den Zahn gefühlt. Geschichten
detebe 20601
Ein Pekinese aus Gips. Kriminalgeschichten
detebe 20740

● **Roland Topor**
Der Mieter. Roman. detebe 20358

● **B. Traven**
Das Totenschiff. Roman. detebe 21098
Die Baumwollpflücker. Roman
detebe 21099
Die Brücke im Dschungel. Roman
detebe 21100
Der Schatz der Sierra Madre. Roman
detebe 21101
Die Weiße Rose. Roman. detebe 21102
Aslan Norval. Roman. detebe 21103
Regierung. Roman. detebe 21104
Die Carreta. Roman. detebe 21105
Der Marsch ins Reich der Caoba. Roman
detebe 21106
Trozas. Roman. detebe 21107
Die Rebellion der Gehenkten. Roman
detebe 21108
Ein General kommt aus dem Dschungel
Roman. detebe 21109
Die Geschichte vom unbegrabenen Leichnam
Erzählungen. detebe 21110
Die ungeladenen Gäste. Erzählungen
detebe 21111
Der Banditendoktor. Erzählungen
detebe 21112

● **Mark Twain**
Die Million-Pfund-Note. Erzählungen. Aus
dem Amerikanischen von N. O. Scarpi,
Marie-Louise Bischof und Ruth Binde
detebe 20918
Menschenfresserei in der Eisenbahn
Erzählungen. Deutsch von Marie-Louise
Bischof und Ruth Binde. detebe 20919

● **Jules Verne**
Reise um die Erde in achtzig Tagen. Roman
detebe 20126
Fünf Wochen im Ballon. Roman
detebe 20241
Von der Erde zum Mond. Roman
detebe 20242
Reise um den Mond. Roman. detebe 20243
Zwanzigtausend Meilen unter Meer. Roman
in zwei Bänden. detebe 20244 + 20245

Reise zum Mittelpunkt der Erde. Roman
detebe 20246
Der Kurier des Zaren. Roman in zwei
Bänden. detebe 20401 + 20402
Die fünfhundert Millionen der Begum
Roman. detebe 20403
Die Kinder des Kapitäns Grant. Roman in
zwei Bänden. detebe 20404 + 20405
Die Erfindung des Verderbens. Roman
detebe 20406
Die Leiden eines Chinesen in China. Roman
detebe 20407
Das Karpathenschloß. Roman. detebe 20408
Die Gestrandeten. Roman in zwei Bänden
detebe 20409 + 20410
Der ewige Adam. Geschichten. detebe 20411
Robur der Eroberer. Roman. detebe 20412
Zwei Jahre Ferien. Roman. detebe 20440

● **Hans Weigold**
Eines der verwunschenen Häuser. Roman
detebe 21070

● **H. G. Wells**
Der Krieg der Welten. Roman. detebe 20171
Die Zeitmaschine. Roman. detebe 20172

● **Weltuntergangsgeschichten**
Von Poe bis Dürrenmatt. detebe 20806

● **P. G. Wodehouse**
Promenadenmischung. Geschichten
Deutsch von Günter Eichel
detebe 21056

● **Cesare Zavattini**
Liebenswerte Geister. Erzählungen
detebe 21058